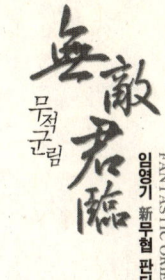

무적군림 5

임영기 新무협 판타지 소설

초판 1쇄 찍은 날 § 2011년 9월 6일
초판 1쇄 펴낸 날 § 2011년 9월 13일

지은이 § 임영기
펴낸이 § 서경석

편집부장 § 권태완
편집 § 주소영

펴낸곳 § 도서출판 청어람
등록번호 § 제1081-1-89호
등록일자 § 1999. 5. 31
어람번호 § 제2-2147호

주소 § 경기도 부천시 원미구 심곡2동 163-2 서경B/D 3F (우) 420-822
전화 § 032-656-4452 팩스 § 032-656-4453
http://www.chungeoram.com
E-mail § chungeoram@chungeoram.com

ⓒ 임영기, 2011

ISBN 978-89-251-2615-9 04810
ISBN 978-89-251-2556-5 (세트)

※ 파본은 구입하신 서점에서 교환하여 드립니다.
※ 저자와 협의하여 인지를 붙이지 않습니다.
※ 이 책은 도서출판 청어람과 저작자의 계약에 의해 출판된 것이므로,
   무단 전재 및 유포 · 공유를 금합니다.

임영기 新무협 판타지 소설

FANTASTIC ORIENTAL HEROES

無敵君臨
무적군림
5
남경혈전(南京血戰)

청람

제48장	절체절명(絶體絶命)	7
제49장	또 살아남	35
제50장	늪	63
제51장	철화빙선(鐵花氷仙)	87
제52장	짓밟다	115
제53장	혈루(血淚)	141
제54장	진짜 사나이	167
제55장	신(神)의 박투술(搏鬪術)	195
제56장	빛나는 우정	223
제57장	혼인약조	251
제58장	무완룡이 된 옥령	279

第四十八章

절체절명(絶體絶命)

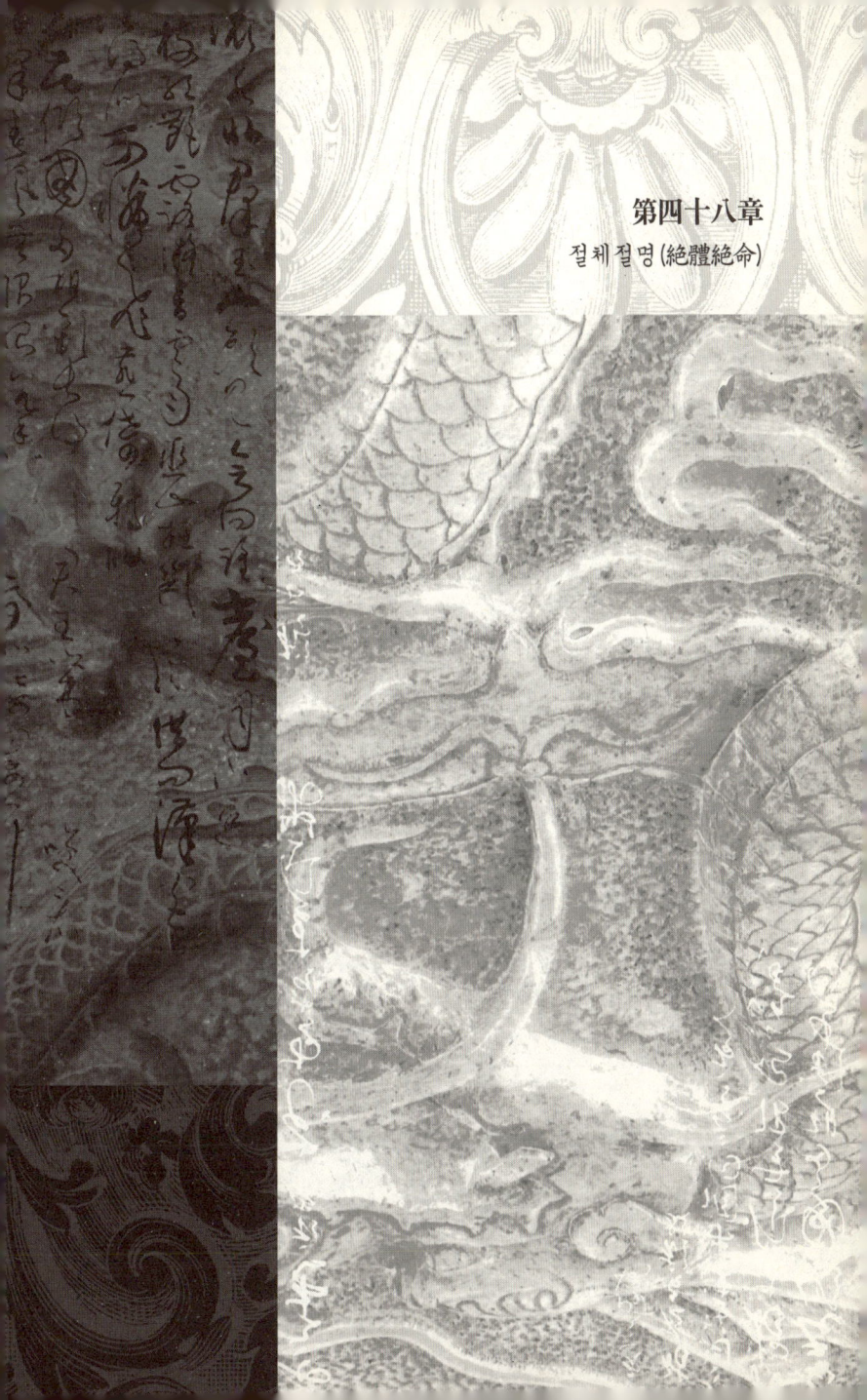

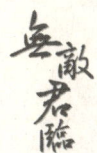

　무극신련과 철화천궁의 싸움은 새로운 국면으로 접어들고 있었다.
　무극신련이 자신들의 정보망을 통해서 신천회의 정체를 알아낸 것이다.
　즉, 신천회라는 것은 원래 존재하지 않았으며, 철화궁의 무력인 철화천궁을 무림인들이 제멋대로 신천회라고 불렀다는 것이다.
　그것 하나 때문에 싸움이 큰 전환점을 맞이하게 되었다.
　무극신련은 지금까지 자신들이 싸우고 있는 적이 누군지

도 제대로 알지 못한 채 싸웠었다.

그것은 장님이 보이지 않는 적에게 마구잡이로 검을 휘두른 것이나 다름없다.

하지만 이제는 적이 누구며, 어디에 본거지를 두고 있고, 어디를 어떻게 공격해야 하는지를 제대로 알고 싸웠다.

그로 인해서 싸움의 양상은 크게 달라졌다. 무극신련 총본련 십 개 단을 이끄는 총단주 천풍공자 단유천은 철화천궁이 천하에 보유하고 있는 철화십지부의 정확한 위치를 확보하여 대대적인 공세를 퍼부어댔다.

그로 인해서 두 가지 결과가 나타나고 있었다.

철화천궁이 패색을 드러내기 시작했다는 것과 천풍공자 단유천의 명성이 대강남북을 진동시키고 있다는 것이다.

       *   *   *

개방 남경분타주 뇌성개(雷聲丐)는 예전에 태무랑을 본 적이 없지만 그를 한눈에 알아보았다.

하지만 호들갑을 떨지 않고 정중하고도 조용히 태무랑을 분타 밖으로 데리고 나갔다.

개방이 남경분타로 사용하고 있는 성 밖 관제묘(關帝廟)는 좁아서 대화를 나눌 만한 장소가 못 되기 때문이다.

뇌성개는 불쑥 나타난 태무랑 때문에 적잖이 놀란 마음을 얼굴에 그대로 드러냈다.

"무슨 일이십니까?"

"풍개는 없는가?"

목소리가 뇌성벽력처럼 크다고 해 뇌성개라는 별호로 불리는 남경분타주는 의아한 표정을 지었다.

"소방주께선 태 공자에게 간다고 나가셨는데 만나지 못하셨습니까?"

누가 지었는지 뇌성개라는 별호는 그에게 딱 어울렸다. 제 딴에는 조용히 말하는데도 목소리가 우렁우렁했다.

태무랑은 불길함이 적중할 것 같은 예감이 들었다.

"만나지 못했네. 다른 곳에 간다는 말은 없었나?"

"없었습니다. 사실은……."

뇌성개는 주위를 둘러보고 나서 목소리를 낮추려는 몸짓을 해 보였다.

"오늘 아침에 천옥선녀가 천자필사와 함께 북쪽 포구를 통해서 남경에 들어오는 것이 목격됐습니다. 소방주께선 그 사실을 태 공자에게 알리러 나가셨습니다."

순간 태무랑은 몸이 극도로 팽팽해졌다. 마침내 옥령이 남경에 모습을 드러낸 것이다. 그런데 그때 어떤 생각이 번쩍 고개를 쳐들었다.

'혹시 옥령이 풍개를 납치한 것인가?'

옥령이 남경에 나타난 시기와 신풍개가 사라진 시기가 맞아떨어지기 때문이다.

태무랑이 신풍개하고 단짝이라는 사실을 알고 있다면 그럴 가능성이 높다.

지난번에 옥령이 은지화를 납치했듯이, 이번에는 신풍개를 납치했을 수도 있다.

뇌성개는 태무랑이 생각에 잠긴 모습을 보고 걱정스러운 듯 물었다.

"짐작 가시는 거라도 있습니까?"

태무랑은 신풍개가 옥령에게 납치됐다면 어떻게 하는 것이 최선일지 골똘히 생각하느라 대답하지 않았다.

'우선 옥령을 찾아내는 것이 순서다.'

옥령과 천자필사가 남경 북쪽 포구로 들어오는 것을 발견한 사람은 개방제자들이다.

"현재 옥령이 어디에 있는지 알고 있나?"

"제자들이 미행 중인데 아직 보고가 들어오지 않았습니다."

뇌성개는 고개를 갸웃거리며 염려스러운 표정을 지었다.

"누군가를 미행할 때에는 보통 반 시진에 한차례씩 보고를 하게 되어 있습니다만……."

"보고가 없었군."

"그렇습니다. 이미 두 시진 동안 보고가 없습니다. 그래서 다시 다른 제자들을 보냈습니다."

태무랑은 옥령을 미행하던 개방제자들이 발각되어 모두 죽었을 것이라고 짐작했다.

옥령을 과소평가한 것이 실수다. 그녀 곁에는 무극백절 십이 위의 무시무시한 천자필사라는 여고수가 그림자처럼 붙어 있다.

그뿐 아니라 필경 보이지 않는 곳에서는 대단한 고수들이 따르고 있을 것이다.

그런 철통같은 호위 상황이라면 태무랑이 미행을 해도 위험할 텐데 개방제자들이라면 여북했겠는가. 발각되고 죽임을 당하지 않았으면 그것이 오히려 이상한 일이다.

옥령이 신풍개를 납치했다면 그 이유는 태무랑이 있는 곳을 알아내려는 것이 분명할 터이다.

태무랑은 옥령이 자신의 거처를 알아내는 것은 괜찮으나 신풍개가 죽을까 봐 걱정이 앞섰다.

"아무래도 풍개에게 무슨 일이 생긴 것 같네."

생각을 끝낸 그는 자신의 추측을 뇌성개에게 설명하고 한시바삐 옥령이 있는 곳을 알아내라고 부탁했다.

아울러 포구의 자신의 거처로 개방제자를 보내서 그곳에

있는 고구려 사람들을 피신시키라고 덧붙였다.

만에 하나 신풍개가 실토할 경우에는 옥령 등이 태무랑의 거처로 들이닥칠 텐데, 고구려 사람들이 애꿎은 화를 당하게 될까 봐 염려하는 것이다.

뇌성개와 헤어진 태무랑은 그 길로 철화천궁 남경지부로 향했다. 경뢰궁주에게 옥령의 행방을 알아봐달라고 부탁할 생각이다.

철화천궁의 정보망이 개방 못지않다는 사실을 알고 있기 때문에 그들의 힘을 빌리면 더 빨리 옥령을 찾아낼 수 있을 것이다.

태무랑은 남경 성내로 들어가지 않고 성 바깥에서 경공을 전개하여 전력으로 달렸다.

개방 남경분타는 남경 성의 동쪽 태평문(太平門) 밖에 있으며, 철화천궁 남경지부는 성안 서쪽인 막추호(莫秋湖) 근처에 있으므로 서로 반대쪽에 위치해 있다.

그러므로 성내 거리를 가로지르는 것이 가깝지만 그럴 경우 경공을 전개할 수 없기 때문에 두 배 이상 멀더라도 성 밖을 택한 것이다.

태무랑이 이상한 느낌을 감지한 것은 중산문(中山門)을 지나 성의 남쪽에서 북서쪽으로 흘러 장강으로 들어가는 진회하(秦淮河)를 수백 장쯤 남겨놓았을 때였다.

그렇다고 어떤 기척을 감지한 것은 아니다. 단지 무엇인가 자신을 노리고 있다는 본능적인 감(感) 같은 것이다.

만약 누군가 태무랑을 미행하고 있으며 또 노리고 있는데도 그가 추호도 감지하지 못할 정도라면, 암중인은 대단한 고수가 틀림없을 터이다.

지금 그가 달리고 있는 곳은 꽤나 울창한 숲 속이다. 바닥에는 잡초가 무성하고 아름드리나무들이 밀생해 있다. 이런 곳이라면 공격을 당하는 쪽과 공격을 가하는 쪽 양쪽 다 유리한 지형이다.

그는 일단 자신이 본능적으로 느끼고 있는 감이 맞는지 확인할 필요를 느꼈다.

일전에 동릉에서 무극백절 구십사 위 도운강이라는 자가 암중에 숨어 있는 것을 찾아냈던 방법, 즉 오행지기의 토기와 수기를 발출해 볼 생각이다.

사람 몸의 거의 대부분은 토기와 수기로 이루어졌으므로, 암중인이 사람이라면 그 방법으로 반드시 찾아낼 수 있을 것이다.

태무랑은 달리면서 아무런 동작도 취하지 않았다. 하지만 추호의 음향도 없이 그가 달리고 있는 전방 오른쪽 숲에서 희고 검은 흑백의 기운이 마치 아지랑이처럼 피어오르더니 그것이 두 줄기로 모아지면서 허공으로 솟구쳤다.

만약 그가 직접 발출하면 지켜보고 있을 암중인에게 발각될 수도 있기 때문이다.

그는 토기와 수기를 발출하고서도 그것이 어느 방향으로 향하고 있는지 쳐다보지 않았다.

그럴 필요가 없다. 쏘아가고 있는 토기와 수기가 그의 체내에 있는 토기와 수기하고 상호반응을 하여 눈으로 보는 것 이상의 효과를 내기 때문이다.

"……!"

그런데 쏘아가고 있는 토기와 수기가 갑자기 여러 갈래로 쪼개지기 시작했다.

찰나지간에 쪼개진 수는 도합 열 줄기. 한 줄기씩의 토기와 수기가 한 사람에게 쏘아가므로 열 줄기라면 암중인이 다섯 명이라는 뜻이다.

'무극백절인가?'

이 정도로 고강한 자들이라면, 그리고 태무랑을 미행하고 있다면 무극백절밖에 없다는 생각이 들었다.

태무랑은 지난번에 무극백절의 홍탄과 도운강 두 명을 상대로 싸워서 고군분투 끝에 쓰라린 신승을 거두었었다.

만약 그에게 아무리 극심한 상처를 입더라도 즉시 자체적으로 치료되는 능력이 없었다면 그는 그 싸움에서 십중팔구 죽었을 것이다. 그 말은, 순수한 실력으로는 그들을 이길 수 없었다는 뜻이다.

그런데도 그 두 명은 무극백절의 최하위라고 할 수 있는 구십삼 위와 구십사 위였다.

지금 암중에서 태무랑을 뒤따르고 있는 다섯 명이 무극백절이라면 홍탄과 도운강보다 서열이 높을 가능성이 크다.

그것도 무려 다섯 명이다. 말하자면 지금 태무랑은 그 당시에 비해서 서너 배 이상 훨씬 더 절체절명의 위기에 처했다는 뜻이다.

'놈들에게 합공을 당하면 안 된다.'

한 명씩 상대하는 것도 어려운데 한꺼번에 두 명이나 세 명, 아니면 다섯 명 모두에게 합공을 당하게 되면 태무랑은 승산이 채 일 할도 안 될 것이다.

'무슨 수를 써서라도 한 명씩 상대해야만 한다.'

만약 태무랑의 팔다리가 절단되거나 목이 잘리는 상황이 발생하면 죽을 수밖에 없다.

오행지기가 상처를 치료할 수는 있어도 절단된 몸은 붙일 수가 없을 것이기 때문이다.

설혹 한 명씩 상대하게 되더라도 잠깐이라도 시간을 지체하면 다른 자들이 모여들 것이다.

또한 한 명과 싸울 때 반드시 상대에게 치명상을 입히거나 죽여야만 한다.

그러지 못하면 한 명씩 싸우는 의미가 없다. 문제는 바로 그것이다. 단 일 초식에 전력을 다해서 기필코 적을 죽여야만 한다는 사실이다.

그러므로 지금 태무랑에게 필요한 것은 최대의 응집력(凝集力)이다.

그의 모든 능력과 무공을 단 한 번에 모조리 쏟아내는 응집력이 절실히 필요한 때다.

그래야지만 이 싸움에서 이길, 아니, 살아남을 가능성이 한 뼘이라도 커진다.

그때 그의 체내의 토기와 수기가 강하게 반응하고 있다. 쏘아낸 토기와 수기가 암중의 다섯 명에게 가까이 쏘아가고 있다는 뜻이다.

암중의 다섯 명은 매우 가까운 곳에서 태무랑과 비슷한 속도에 같은 방향으로 이동하고 있었다.

문득 그는 한 가지 기발한 생각이 떠올랐다. 토기와 수기를 그들 다섯 명의 몸에 묻히는 것이다. 그러면 그들이 어느 곳에 있더라도 정확한 위치를 파악할 수가 있다. 즉, 손아귀 안에 들어 있는 것이다. 불리한 싸움에서 그것은 큰 힘이 되어줄 것이 분명하다.

그는 다섯 명에게 쏘아 보낸 토기와 수기를 마지막 순간에 지풍으로 삼아서 그들을 공격하려던 생각을 바꿨다.

그것을 다섯 명의 지척에서 터뜨리면 마치 안개처럼 그들의 몸을 뒤덮을 것이다.

그다음에는 어떻게 될는지 태무랑도 알지 못한다. 한 번도 시도해 본 적이 없기 때문이다. 하지만 그에게 유리한 상황을 만들어줄 것임에는 틀림없을 터이다.

그때 열 줄기의 토기와 수기가 한꺼번에 사라졌다. 동시에 터진 것이다.

하지만 그때부터 태무랑은 토기와 수기를 묻힌 다섯 명이 암중에서 어디로, 그리고 어떻게 움직이고 있는지 생생하게 알 수 있게 되었다.

그런데 암중의 다섯 명의 움직임이 갑자기 빨라졌다. 태무랑을 포위하기 시작했다. 그것은 이제 곧 집중공격이 가해질 것이라는 뜻이다.

태무랑이 다섯 명에게 합공을 받기 시작하면 그에게는 공격할 기회가 없을 것이다. 합공을 당하기 전에 먼저 선공(先攻)해야만 한다.

'전방 왼쪽이다!'

그는 마음속으로 표적을 정하고 오른손으로 어깨의 염마도 도파를 잡으면서 전속력으로 최초의 표적을 향해 쏘아갔다.

그러면서 동시에 자신의 모든 공력과 오행지기를 끌어올

려 오른팔에 집중시켰다.

공력과 오행지기를 함께 병용한 적은 한 번도 없었고, 그것들을 극한까지 발출한 적도 없었다.

이번이 처음이다. 그러므로 그렇게 한 직후에 그가 어떤 상태에 처하게 되는지 지금으로선 전혀 알 수가 없다. 닥쳐봐야지만 알 수 있다.

그러나 어쩔 수 없다. 지금은 그가 입맛에 맞게 이것저것을 선택할 수 있는 상황이 아니다.

만약 공력과 오행지기를 합쳐서 한꺼번에 쏟아내는 이른바 응집력의 발출 직후에 잠깐이라도 기진맥진해서 쓰러지면 그것으로 끝이다.

슈우우—

그가 최초 표적으로 삼은 자와의 거리는 대략 십오 장 남짓이다. 전력으로 쏘아가는 도중에 그는 또 다른 한 가지 발상을 떠올렸다.

공력과 오행지기뿐만 아니라 자신이 알고 있는 모든 초식들까지도 하나로 압축하는, 즉 응집시키려는 것이다.

그런데 그게 마음먹은 대로 잘되지 않았다. 평상시에 해도 오랜 시간이 필요할 텐데 지금 같은 급박한 상황에는 더욱 무리다.

더구나 어설프게 응집시켜서 전개한 초식은 외려 그에게 피해를 줄지도 모른다.

그러기보다는 차라리 알고 있는 초식 중에서 가장 강력한 것 한 가지를 전력으로 전개하는 편이 낫다. 거기까지 생각했을 때 번뜩 한 가지 생각이 머리를 스쳤다.

'염마도법이다! 그것만으로 응집하자!'

그가 알고 있는 무공은 십자섬광검과 산화칠검, 무극칠절검이 전부다.

그 외에 단금맹우들의 여러 무공들을 알고 있으나 단유천과 옥령의 무공보다 훨씬 약하기 때문에 머릿속에 들어 있지만 사용한 적이 거의 없었다.

십자섬광검과 산화칠검, 무극칠절검의 장점들만 추려서 새로 창안한 것이 염마도법이다. 그러므로 염마도법의 장점, 즉 쾌속함과 강력한 위력만을 골라내어 하나로 응집하는 것은 가능할 터이다.

그에게 절체절명의 사명이 주어졌다. 십오 장이라는 짧은 거리를 쏘아가는 동안에 또다시 새로운 초식 응집도법을 창안해 내야 한다.

그것에 실패하면 암중인 중에 첫 번째 표적을 급습하는 것도 실패할 확률이 높다.

무극신련 총련주의 명령으로 무극백절 구십칠 명이 한꺼번에 적안혈귀를 잡으러 출동했다.

죽은 구십삼 위 홍탄과 구십사 위 도운강을 대체할 인물은 아직 선발되지 않은 상태이므로 현재 무극백절 총인원은 구십팔 명이다.

십이 위 천자필사는 옥령을 호위하고 있다. 그녀는 옥령과 함께 다른 방법으로 적안혈귀를 잡으려 하고 있으므로 무극백절 구십팔 명 중에서 제일위인 환우천제 화명군을 제외한 전원이 적안혈귀를 표적으로 삼고 있는 것이다.

평상시에 무극백절은 무창 총본련에 있거나 아니면 임무를 수행하러 무림에 나와 있거나 그도 아니면 자신의 집 혹은 경치 좋은 곳에서 자유롭게 휴식을 취하고 있다.

무극백절은 각자 행동한다. 무림에는 그들이 합공을 해야 할 정도로 강력한 상대가 없기 때문이다.

그런 그들 모두에게 한날한시에 적안혈귀를 잡으라는 지상명령이 떨어졌다. 그만큼 적안혈귀가 막중한 비중을 차지하고 있다는 뜻이다.

무극신련 총본련에 있거나 천하각지에 흩어져 있던 무극백절은 개별적으로 적안혈귀를 향해 모여들었다.

물론 적안혈귀의 행적에 대해서는 무극신련의 정보망을 최대한 이용하고 있다.

그러므로 현재 남경 성내에 들어와 있는 자들은 남경에서 가장 가까운 곳에 머물거나 행동하고 있던 자들이다.

오늘 낮에 무극백절 이십육 위인 풍산(風山)은 적안혈귀를 찾으려고 남경 성내를 돌아다니다가 칠십구 위 전상(全象)이 누군가를 미행하고 있는 것을 발견했다.

풍산은 그 즉시 전상이 미행하는 자가 적안혈귀라는 사실을 깨닫고 그도 미행을 시작했다.

이후 이곳까지 오는 동안 한 명씩 늘어나 세 명이 더 미행 대열에 합류했다.

하지만 서로 간에는 한마디 말도 나누지 않았다. 이럴 때는 어떻게 해야 한다는 것을 이미 잘 알고 있기 때문에 말 따위는 필요하지 않다.

지금 풍산과 전상 등 다섯 명은 합공을 펼치고 있는 것이 아니다.

각자가 자신의 방식대로 적안혈귀를 공격하는 것인데 자연스럽게 합공의 형태가 취해진 것일 뿐이다.

풍산은 자신을 향해 일직선으로 돌진해 오고 있는 적안혈귀를 발견하고 흐릿한 미소를 머금었다. 적안혈귀를 제압할 수 있는 행운이 자신에게 돌아왔기 때문이다.

무극신련 총본련 전체를 운영하고 유지하는 데 들어가는 금액보다 무극백절 백 명에게 들어가는 돈이 훨씬 많다는 사실은 알려지지 않은 비밀이다.

총련주이자 무극백절 제일위인 환우천제 화명군은 무극백

절을 신뢰하고 또 매우 후하다.

무극백절은 은자로 수만 냥에서 수백만 냥의 녹봉을 매월 받고 있다.

무공이 아무리 뛰어나더라도 무림에서 매월 그만한 수입을 올릴 수 있는 곳은 거의 없다. 더구나 무공연마 등 자신이 좋아하는 일을 마음대로 하면서 말이다. 또한 가끔 임무가 주어지고 그것을 완수할 때마다 은자 수십만에서 수백만 냥의 포상금을 받는다.

전례로 미루어봤을 때 적안혈귀를 잡으면 최소한 은자 오백만 냥 이상을 받게 될 것이다.

풍산은 아주 잠깐 동안 은자 오백만 냥을 받으면 어디에 쓸 것인지에 대해서 생각해 보았다.

그 생각은 적안혈귀가 삼 장까지 쇄도하고 있을 때까지도 계속 이어졌다.

적안혈귀가 기이한 형태의 도를 뽑아 머리 위로 치켜드는 것을 보면서 풍산은 그를 일 초식에 제압할 수 있을 것이라고 판단했다.

삼십여 년 동안 무림에서 활약한 오랜 경험에서 온 그의 견해로는, 적안혈귀는 '미완성의 강자'인 듯했다.

누군가 잘 다듬든지 아니면 이대로 놔두어도 어느 정도 시일이 흐르면 무림에서 일절(一絶)을 이루게 될 절정고수의 원석(原石) 같은 것.

그러나 아직은 아니다. 지금은 풍산 자신의 일 초식거리밖에 되지 않는 미숙한 존재다. 그렇지만 그런 생각은 촌각 만에 씻은 듯이 사라졌다.

쿠오옴—

이 장까지 쇄도하고 있는 적안혈귀가 벼락같이 기형도를 그어 내리자 느닷없이 괴이한 현상이 벌어졌기 때문이다.

기형도에서 발출된 한 줄기 오색의 소용돌이가 어른의 두 팔로 한 아름 정도 굵기로 맹렬하게 회전하면서 풍산에게 쏘아왔다.

대단한 쾌속함이다. 기형도를 내리긋는 순간 오색의 소용돌이, 즉 오색와류(五色渦流)는 이미 풍산의 반 장 앞까지 엄습하고 있었다.

풍산은 공력을 절반 정도 운용하여 오른손으로 잡고 있는 검에 주입하고 있는 상태다.

공력의 절반이면 적안혈귀를 능히 제압할 수 있을 것이라고 낙관했던 것이 실수라면 실수다. 몰아쳐 오고 있는 오색와류의 기세로 보건데, 최소한 공력의 팔성 이상을 발출해야만 승기를 잡을 수 있을 듯했다.

절정고수가 싸움에서 패하는 경우는 매우 드문데, 그때의 패인(敗因)은 대부분 상대를 과소평가했기 때문이다. 지금 풍산이 그런 상황에 처했다.

'놈을 먼저 제압해야 한다!'

다급해진 그는 공력을 조금 더 끌어올리려고 애쓰는 동시에 초식을 전개했다.

하지만 워낙 창졸간이라서 이성 정도의 공력만 추가되었을 뿐이다.

오색와류가 코앞까지 엄습했는데도 풍산은 피하지 않고 검을 떨쳤다.

슈우우— 츄리릿!

쇄도하는 오색와류 양옆으로 한꺼번에 여덟 개의 푸른색 기운이 부챗살처럼 펼쳐지면서 발출되었다. 한 줄기 검기를 여덟 개로 쪼개서 발출한 것이다. 그리고 그것은 확실히 오색와류보다 빨랐다.

오색와류보다 더 먼저 적안혈귀를 제압하기만 하면 그 순간 오색와류는 씻은 듯이 사라져 버릴 것이다. 그리고 풍산은 그럴 자신이 있다.

그러나 그는 한 가지 사실을 발견하지 못하고 있다. 쇄도하는 오색와류 좌우 일 장 이내의 모든 것들이 먼지로 화하고 있다는 사실을.

그리고 그 일 장 이내의 모든 경물들에서 추출된 오행지기가 오색와류로 빨려들고 있다는 사실을.

그러므로 오색와류는 최초에 태무랑에게서 발출된 이후 점점 더 강력해지고 있다.

그런데 그때 풍산의 눈앞에서 어이없는 일이 벌어졌다. 자신이 발출한 여덟 개의 검기가 적안혈귀의 두 자쯤 거리에 이르더니 마치 호수의 수면으로 떨어지는 눈송이처럼 스르르 사라져 버린 것이다.

오색와류가 일 장 주위 모든 경물들의 정화를 빨아들이고 있는 상황에서 검기라고 온전할 리가 없다.

오행은 삼라만상의 근본이며 그것을 유지, 생장시키는 원동력이다.

천지간에 존재하는 것들 중에서 오행으로 나고 자라며 이루어지지 않는 것이 없다.

피조물인 사람은 오행으로 이루어졌으며, 검기는 사람이 만들어낸다. 그러므로 검기도 오색와류의 지배하에 든다. 간단한 이치다.

자신의 필살기인 청광섬류(靑光閃流) 검기라면 이 상황에서 충분히 벗어날 뿐만 아니라 적안혈귀를 제압하고도 남음이 있을 것이라고 확신했던 풍산은 아연실색했다.

도대체 어째서 검기가 중도에서 흔적도 없이 사라졌는지 이유를 알 수가 없었다.

그러나 그것은 차후 문제다. 이미 반 장까지 쇄도하고 있는 오색와류를 피해낼 재간이 없다는 사실이 급선무다.

또한 두 번째 초식을 발출할 여유도 없다. 그는 방금 초식에 모든 것을 걸었었다.

그가 마지막으로 취할 수 있는 행동은 호신강기(護身剛氣)로 몸을 보호하는 것뿐이다.

꽈르릉!

오색와류가 풍산의 호신강기와 충돌하는 순간 천번지복의 굉음이 터졌다.

그 순간 풍산은 뒤로 화살처럼 일직선으로 튕겨져 날아갔다. 그와 함께 온몸의 기혈이 마구 뒤집히고 내장이 뒤틀리는 것을 느꼈다.

하지만 오랜 경험으로 미루어 가벼운 내상이라는 것을 알 수 있다.

다행히 호신강기가 그를 잘 보호해 주었다. 그는 튕겨져 날아가는 동안 재빨리 공력을 극한으로 끌어올리며 두 번째 공격을 할 준비를 갖추었다.

첫 번째 대결에서는 운 좋게 적안혈귀가 승기를 잡았으나 운은 거기까지다.

더 이상 방심도, 상대를 과소평가하는 우를 범하지도 않을 것이다.

또한 두 번째 초식은 전력을 쏟을 것이고, 그것으로 세 번째 초식은 전개하지 않아도 될 것이다.

 적안혈귀가 기형도를 치켜든 채 풍산의 이 장 반 전면에서 빠르게 쏘아오고 있는 것이 보였다.

 풍산은 삼 장쯤 튕겨 날아가다가 급작스럽게 정지하는 것과 동시에 곧장 적안혈귀를 향해 저돌적으로 부딪쳐 가면서 검을 들어 올렸다.

 그는 적안혈귀와의 거리가 일 장으로 좁혀질 때 그의 뒤쪽 좌우에서 쏘아오고 있는 두 명을 발견했다.

 무극백절 삼십사 위인 잠사무(쏙師巫)와 오십팔 위 통천(通天)이다.

 그러나 그들에겐 기회가 없을 것이다. 적안혈귀를 잡는 것은 풍산 자신일 것이기 때문이다.

 풍산은 방금 전에 자신이 발출한 검기가 중도에서 사라졌던 일이 신경 쓰였기 때문에 이번에는 검기가 아니라 진검(眞劍)으로 공격할 생각이다.

 검기는 사라질지언정 검이 사라질 것이라고는 눈곱만큼도 생각하지 않았다.

 그는 청광섬류를 전력으로 펼쳐 적안혈귀의 상체 주요 급소 세 군데를 공격해 갔다.

 쌔애애—

태무랑은 방금 전에 공력과 오행지기를 한꺼번에 쏟아서 오색와류를 발출했으나 다행히 그로 인해서 탈진하는 일은 벌어지지 않았다.

하지만 오색와류가 풍산에게 치명상을 입히지 못했다는 사실에 적잖이 실망했다.

그러므로 그는 이번에는 다른 초식을 전개하려고 한다. 방금 전처럼 공력과 오행지기를 한꺼번에 사용하기는 하되 밖으로 쏟아내지 않고 염마도 자체에 응집시킬 생각이다.

그렇지만 그는 오색와류 때문에 풍산이 발출한 여덟 줄기 검기들이 사라졌다는 사실을 알지 못했다. 그것을 알았다면 또 다른 방법을 생각해 냈을 것이다.

키우웅!

염마도가 창룡음을 토해내며 수직으로 허공을 쪼갰다. 염마도법 삼 초식이 응집된 이른바 염마절초(閻魔絶招)다.

염마도 전체를 오행지기의 오색이 일렁이며 감싼 환상적인 광경이다.

그러나 그보다 앞서 풍산의 검첨이 태무랑의 양쪽 어깨와 가슴 한복판 세 군데, 즉 마혈을 찔렀다.

파파팍!

비록 가볍게 두 치 깊이로 찔렀으나 평범한 마혈보다 한 군데 혈도를 더 찌른 수법이므로 제아무리 초절고수라고 해도 전신의 기력이 흩어지면서 나무토막처럼 그 자리에 쓰러지고 만다.

풍산의 검첨이 거의 동시에 태무랑의 세 군데를 찌르는 감촉이 손으로 전해지자 그것으로 끝났다고 생각했다.

키우우―

"……!"

그런데 염마도가 추호도 기세가 누그러지지 않은 상태로 풍산의 정수리를 향해 내리꽂히고 있지 않은가.

비록 세로로 내리긋고 있지만, 염마도에는 수직과 좌우 수평으로 긋는 세 가지 변화가 담겨 있었다.

또한 염마도법 삼 초식 각자의 장점, 즉 쾌속함과 위력, 다변이 담겨 있었다.

'이런……'

다급해진 풍산은 무림의 삼류들조차도 사용하기를 수치스러워하는 이른바 '게으른 나귀가 땅바닥에 구른다' 는 뇌려타곤을 전개하여 다급히 몸을 날렸다.

땅바닥을 구르는 것은 공격을 포기하는 것이고 수세에 몰리는 것을 뜻한다.

그러므로 공격이 계속되는 한 땅에서 일어나지 못하고 계속 굴러야만 한다.

풍산 같은 절정고수라고 해도 예외가 없다. 상대가 강하면 강할수록 위기는 더욱 가중된다.

큐우웅!

땅바닥을 구르고 있는 풍산 위로 염마도가 염마절초를 벼락처럼 흩뿌려댔다.

퍼퍼퍼픽!

풍산은 아슬아슬하게 피하면서 미친 듯이 굴러댔다. 여차하면 몸이나 목이 절단될 위기의 순간이다.

적안혈귀의 공격이 소나기처럼 계속되고, 풍산의 구르기도 멈추지 않았다.

구르면서도 풍산은 지금 상황이 너무도 수치스럽다는 생각이 언뜻 들었다.

자신은 이곳에 온 다섯 명 중에서 서열이 가장 높은 이십육 위인데, 삼십사 위인 잠사무와 오십팔 위 통천이 보고 있는 가운데 온몸으로 땅바닥을 구르고 있으니 수치스럽기보다는 죽을 것 같은 모욕감을 느꼈다.

만약 이러고 있는 사이에 잠사무와 통천이 도착해서 자신을 구해주기라도 한다면 더욱 치욕스러울 것이다. 그러므로 그전에 무슨 수를 써야만 한다.

그런데 어느 한순간 염마도의 공격이 주춤했다.

찰나 풍산은 금빛 잉어가 몸을 뒤집어 순간적으로 파도를 거슬러 오른다는 금리도천파(金鯉倒千波)를 전개했다.

금빛 잉어가 몸을 뒤틀듯이 상체와 허리를 꿈틀하는 순간 번뜩 허공으로 솟구쳐 오르며 태무랑에게 맹렬하게 검을 떨쳐 냈다.

극도로 배가 고프면 아무것이나 입에 넣는다. 마찬가지로 절박한 위기에 몰린 상황에서는 어떤 기회라도 이용할 수밖에 없다.

풍산이 그런 상황이다. 그것이 태무랑이 일부러 만들어준 함정이라는 사실을 그는 깨닫지 못했다. 수치심이 그의 머리를 흐려놓았기 때문이다.

그가 검을 떨치기는 했으나 그보다 먼저 염마도가 벼락을 만들어내며 무시무시하게 그어왔다.

키우웅!

팍!

"끄윽!"

무극백절 이십육 위의 죽음은 의외로 간단했다. 풍산이 제아무리 절정고수라고 해도 금강불괴지신이 아닌 이상 칼이 몸에서 튀지는 않는다.

염마도는 풍산의 목으로 베어 들어가서 반대편 옆구리로 빠져나왔다. 깨끗한 절단이다.

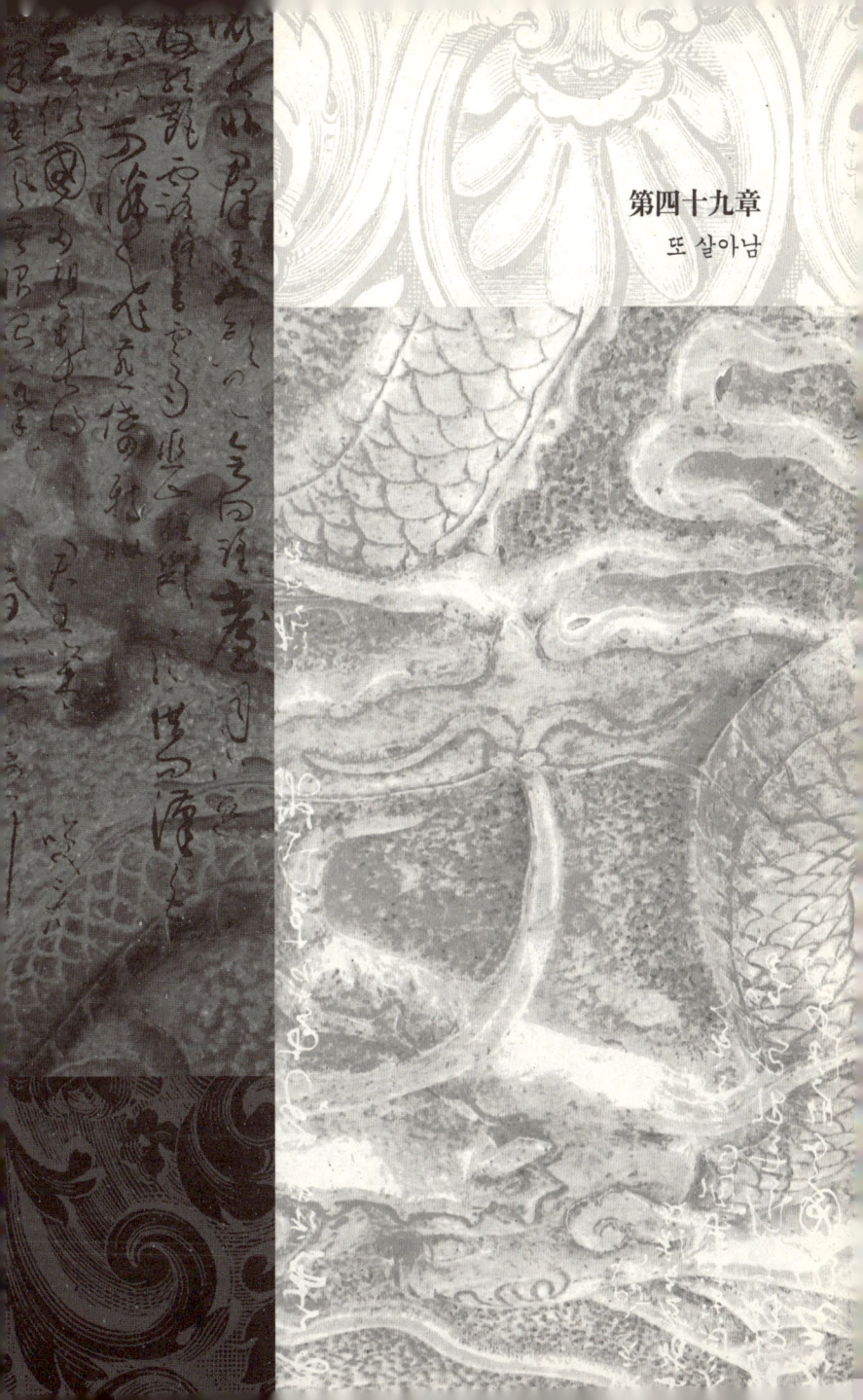

第四十九章
또 살아남

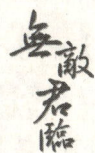

 태무랑은 쓰러지고 있는 풍산의 손에서 검을 낚아채고는 숲 속으로 전력을 다해서 쏘아갔다.
 그것은 도망치는 것이 아니다. 새로운 두 번째 싸움을 준비하는 것이다.
 방금 풍산과의 일전에서 그는 무극백절하고는 일대일의 싸움이라고 해도 불리하다는 사실을 절감했다.
 지금 이런 상황에서 자신의 허약함을 탓해봐야 아무런 소용이 없다.
 지금은 여하히 남은 무극백절 네 명을 모두 죽이고 살아남아야 한다는 최우선 과제가 있다.

태무랑과 풍산이 두 번째 격돌을 하고 있을 때 태무랑의 뒤쪽에서 빠르게 접근해 오던 두 명 잠사무와 통천은 자신들이 풍산 근처에 이르렀을 때 그의 몸이 상하 두 개로 절단되면서 바닥에 나뒹구는 광경을 발견했다.

잠사무와 통천은 일순 움찔했다. 자신들이 아무리 무극백절이라고 하지만 풍산은 자신들 다섯 명 중에서 가장 서열이 높은 이십육 위다.

그러므로 그의 참혹한 죽음을 허투루 볼 수 없는 것이다. 더구나 그는 몸이 절단된 터라 적안혈귀가 꼼수를 사용했다고는 볼 수 없는 상황이다.

그런데 잠사무와 통천이 풍산의 죽음을 보고 멈칫거리는 순간 태무랑이 울창한 숲 속으로 종적을 감춰 버렸다.

그러나 둘은 태무랑이 사라진 방향으로 쏜살같이 쏘아갔다. 그가 어디로 잠적하더라도 찾아낼 자신이 있었다.

무극백절 오십오 위 편척(片刪)은 다른 세 명하고는 다른 방향에서 적안혈귀를 찾고 있었다.

현재 다른 세 명은 적안혈귀의 행적을 아주 잠깐 놓쳐 버린 상황이다.

하지만 그를 완전히 놓친 것이라고는 추호도 생각하지 않았다. 언제든지 마음만 먹으면 즉시 찾아낼 수 있다고 믿기 때문이다.

편척은 두 발이 땅에 전혀 닿지 않고 풀잎 끝만 딛고 앞으로 쏘아가는 초상비(草上飛)의 놀라운 경공법으로 전진하며 전방과 좌우를 날카롭게 살피던 중에 배후에서 미미한 기척을 감지하고 재빨리 뒤돌아서며 공격할 태세를 갖추었다.

"……!"

순간 그는 눈을 약간 크게 뜨며 움찔 놀랐다.

그의 전면 오 장 거리에는 짙은 흑의경장을 입고 오른손에 검을 움켜쥔 한 사람이 무릎을 전혀 굽히지 않은 상승의 경공을 발휘하여 미끄러지듯이 다가오고 있었다.

그를 발견한 편척은 즉시 옷매무새를 가다듬고 오른손에 쥐고 있던 양날 기형도를 손안에 그러쥐며 공손히 포권을 취하려고 했다.

다가오고 있는 사람이 다름 아닌 단유천이기 때문이다. 대공자 단유천이 어째서 이곳에 나타났는지를 의심하기보다는 본능적으로 예를 취해야 한다고 판단했다.

그러나 삼 장까지 다가오고 있는 단유천은 슬쩍 왼손을 들어 아무 말도 하지 말라는 손짓을 취해 보였다.

지금은 적안혈귀를 상대하고 있는 중이기 때문에 말을 해서는 안 되는 것으로 이해한 편척은 포권을 하고 공손히 허리만 굽히며 아무 말도 하지 않았다.

편척은 단유천이 자신의 앞에 멈춰 서는 것을 느끼며 허리를 펴고 그를 쳐다보았다.

쉬익—

"……."

순간 한 자루 검이 편척의 왼쪽에서 목을 향해 번갯불처럼 빠르게 베어왔다.

놀란 얼굴로 힐끗 검을 쳐다보던 편척은 그 검이 이십육 위 풍산의 것이라는 사실을 알아보았다.

팍!

"끅!"

짧고 답답한 한마디 신음과 함께 편척의 목이 잘라져 수급이 둥실 허공으로 떠올랐다.

그의 수급은 눈을 한껏 부릅뜨고 있으며 시선이 아래쪽에 우뚝 서 있는 단유천에게 고정되어 있었다.

단유천의 입가에는 흐릿한 냉소가 머금어져 있었다.

남의단삼을 입고 있는 편척이 주위를 경계하면서 자신의 양날 기형도를 움켜쥔 채 미끄러지듯이 전진하고 있을 때, 그의 뒤 양쪽에서 잠사무와 통천이 추호의 기척도 없이 그림자처럼 다가왔다.

잠사무와 통천은 태무랑의 기척을 추격해서 여기까지 왔는데 태무랑은 간데없고 대신 편척을 발견하게 되자 보일 듯 말 듯 실망하는 표정을 지었다.

 편척, 아니, 편척으로 변신한 태무랑은 배후에서 접근하고 있는 잠사무와 통천을 아직 감지하지 못했다. 그 정도로 잠사무와 통천의 움직임은 완벽에 가까웠다.

 스으……

 잠사무와 통천이 등 뒤 이 장까지 접근했을 때에야 태무랑은 미약한 기척을 느꼈다.

 그것은 잠사무와 통천이 편척을 동료라고 여겼기 때문에 경계를 풀어서 기척이 난 것이지 그렇지 않았다면 태무랑은 여전히 그들의 접근을 감지하지 못했을 것이다.

 태무랑은 가볍게 움찔 놀랐으나 뒤돌아보지는 않았다. 같은 동료끼리는 돌아보거나 놀라지 않을 것이라는 생각이 들었기 때문이다.

 그 대신 오른손으로 잡고 있는 양날 기형도에 공력과 오행지기를 최대한 주입시켰다.

 배후에서 접근하고 있는 자는 두 명이다. 급습을 하더라도 두 명 다 죽이지는 못할 것이다.

 한 명만 죽여야 한다면 누구를 선택해야 할지 결정해야 한다. 또한 한 명을 죽이고 나서 어떻게 해야 할지도 생각해 둬야 한다.

스으…….

잠사무와 통천이 태무랑의 좌우를 반 장 거리로 스치며 지나갔다.

그들은 태무랑에게는 눈길조차 주지 않았다. 지금 그들의 목적은 적안혈귀를 찾아내고 제압하는 것뿐이다. 동료끼리도 경쟁이다. 적안혈귀를 잡는 자는 거액의 포상금을 타게 될 것이기 때문이다.

그들은 좌우로 갈라져서 쏘아갔다. 여태 둘이 함께 다녔는데 이제부터는 따로 행동하려는 것이다.

순간 태무랑은 왼쪽의 통천을 목표로 선택하고 빠르게 그의 뒤로 바짝 접근해 갔다.

그로서는 잠사무와 통천 중에 누가 고강한지, 그래서 누굴 급습해야 손쉬울지 모른다.

단지 순간적인 형세 판단으로 급습하기 쉬운 쪽을 선택하는 것뿐이다.

쉬아앙!

그 순간 양날 기형도가 염마절초를 전개하며 통천의 목을 베어갔다.

염마도하고는 또 다른 파공음이 터졌다. 또한 공기와의 마찰이 심해서 더 요란한 소리가 났다.

통천과 잠사무는 동시에 움찔했다. 뒤에는 자신들의 동료인 편척밖에 없는데 파공음이 터졌으니 이런 상황에서는 누구라도 놀랄 것이다.

그러나 그것은 잠깐, 둘은 약속이나 한 듯이 옆으로 두어 걸음 빠르게 피하면서 몸을 돌리며 맹렬하게 수중의 도검을 떨쳤다. 경황 중에 전개하는 반격인데도 놀랄 만큼 빠르고 위력적이다.

쐐애액!

이런 상황에서는 대부분 일단 피하고 보는 것이 상식인데 그들은 오히려 위기상황에서 반격을 가했다.

태무랑과 통천의 거리는 일 장 남짓, 통천과 잠사무의 거리는 삼 장쯤이다.

그 상황에서 태무랑은 통천을, 통천과 잠사무는 태무랑을 공격해 왔다.

공격은 태무랑이 먼저 시작했으나 둘의 반격이 워낙 신속하고 속도가 빨라서 거의 같은 순간에 공격하는 형국이 돼버렸다.

태무랑이 염마절초를 염마도로 전개했으면 이보다 더 빠르고 위력적일 것이다.

하지만 양날 기형도라고 해도 염마도의 팔성 정도 위력을 발휘했다.

또한 잠사무와 통천의 반격이 아무리 신속하고 위력적이라고 해도 배후까지 바짝 따라와 뒤에서 급습을 가한 것에는 미치지 못했다.

쾌속함과 막강한 위력, 다변이 섞인 염마절초는 통천의 상체 다섯 군데를 한꺼번에 휩쓸어갔다.

팍!

파파팍!

통천의 도가 태무랑의 뺨을 깊숙이 길게 벨 때 태무랑의 양날 기형도는 통천의 상체를 세로로 한 번 가로로 두 번을 그어대고 있었다. 세로가 실패할 경우를 대비한 수평 공격인데 둘 다 먹혔다.

쌔애액―

통천의 상체가 네 조각으로 잘라지고 있을 때 잠사무의 검이 태무랑의 오른쪽 측면에서 엄청난 속도로 쏘아왔다.

그러나 태무랑은 통천을 베고 나서 아직 자세를 바로잡지도 못한 상태다.

힐끗 고개만 돌려서 잠사무를 쳐다보았다. 검이 곧장 뒷목을 향해 베어오고 있는 것이 보였다.

양날 기형도는 앞 왼쪽을 향하고 있어서 뒤로 후려치는 것은 불가능한 상황이다.

하지만 이대로 당하면 목이 잘라지고 말 것이다. 그렇게 되면 태무랑으로서도 어쩔 도리가 없다. 잘라진 목을 다시 붙일 수는 없는 일이다.

'피해야 한다!'

전방으로 두 뼘만 이동하면 충분히 피할 수 있을 텐데 간절한 마음뿐이다.

'피하지 못하면 죽는다!'

너무도 간절한 심정이어서 그의 심장이 목구멍 밖으로 튀어나올 지경이다.

그러나 아무리 빠르게 움직인다고 해도 촌각을 백으로 쪼갠 짧은 순간에 검이 목을 벨 것이다. 그전에 이동한다는 것은 불가능한 일이다.

싸아…….

섬뜩한 칼날의 기운이 뒷목에서 느껴졌다. 태무랑은 자신의 목이 그렇게 잘라진 것이라고 느꼈다.

찰나지간 수만 가지 생각들이 뇌리를 스쳐 갔다. 목이 잘라지면 이런 느낌이구나. 이제는 복수고 뭐고 다 끝났다. 그리고는 원통함이 치밀어 올랐다.

그런데 갑자기 그는 몸이 앞으로 확 쏠리면서 상체가 쓰러질 듯 기우뚱한 것을 느꼈다. 그런 동작은 마치 앞으로 힘껏 달리다가 갑자기 정지했을 때 상체가 앞으로 쏠리는 듯한 느낌이었다.

그리고 그 순간 뒤를 쳐다보고 있던 그의 시선에 희한한 광경이 들어왔다.

잠사무가 방금 전보다 더욱 가깝게 쇄도하면서 재차 공격할 태세를 취하는 모습이다. 재차 공격을 한다는 것은 첫 공격이 실패했다는 뜻이다.

순간 태무랑의 머릿속에서 한꺼번에 여러 생각들이 불이 번쩍이듯이 교차했다.

자신이 아직 살아 있다는 것. 그러므로 잠사무의 첫 번째 공격이 실패했다는 것. 그러므로 지금 이 순간 공격을 가해야 한다는 사실이다.

쉬아악!

순간 그는 있는 힘껏 잠사무를 향해 염마절초를 펼치는 동시에 잠사무가 피할 여지가 있는 방향으로 왼손을 뻗어 일장을 발출했다.

쾌애액!

절박한 상황에서 사력을 다해 쏟아내는 공격이라 양날 기형도에서는 오색와류가 뿜어졌으며, 왼손에서는 수기, 즉 극음지기가 발출되었다.

두 번째 공격을 시도하려던 잠사무는 움찔 놀라며 공격을 포기하고 궁신탄영(弓身彈影), 즉 몸을 활처럼 휘었다가 펴는 탄력으로 순간적으로 오른쪽으로 이동하며 태무랑의 뒤로 쏘아가듯 물러났다.

너무도 절묘한 경공이라서 마치 순간적으로 공간을 이동한 듯했다.

태무량은 기선을 뺏기면 당한다고 판단하여 공격을 끊이지 않고 계속 휘몰아쳐 갔다. 몸을 빙글 반회전하며 전력으로 양손을 휘둘렀다.

콰르르!

양날 기형도에서는 오색와류가, 왼손에서는 이번엔 극양지기 불길이 뿜어졌다.

잠사무는 예상했던 것보다 태무량이 더 고강한데다 기상천외한 공격을 쏟아내자 방심하지 못하고 자신의 모든 실력을 최대한 발휘하기로 마음먹었다.

휘이이―

그는 이번에는 피하지 않고 오히려 태무량을 향해 정면으로 마주 부딪쳐 갔다.

그런데 정면에서 곧장 짓쳐 오던 잠사무의 모습이 그 자리에서 사라지는 것 같더니 태무량의 왼쪽에 나타나며 흡사 번개처럼 검을 뻗었다.

째째째애애애―

연검이 아닌데도 검이 구불구불 휘어지면서 허공을 때리며 여러 각도에서 기이한 초식을 펼쳐 내니까 채찍질을 하는 듯한 음향이 터져 나왔다. 검신에 심후한 공력이 실렸기 때문에 일어나는 현상이다.

잠사무의 공격은 찔러오는 검이라서 태무랑은 그냥 찔리기로 마음먹고 그대로 그의 옆구리를 향해 양날 기형도로 염마절초를 전개하면서 동시에 왼손 검지와 중지로는 두 줄기 지풍을 쏘아냈다.

피이— 피잉!

잠사무는 검을 거두지 않으면 태무랑의 상체 급소 다섯 군데를 찌를 수 있지만, 그럴 경우에 자신도 위태로워진다고 판단했다.

스팟!

태무랑의 한 자 앞까지 이른 검이 거두어진다고 여긴 순간 잠사무는 이번에도 번뜩 그곳에서 사라지더니 태무랑의 뒤에 나타나 공격했다.

그것은 그가 사파의 환영술이나 순간적인 공간이동을 한 것이 아니다.

공력을 최고조로 발휘하여 순식간에 다른 위치로 옮겨가는 초상승의 경공인 이형환위(以形換位)의 수법이다.

즉, 그는 태무랑의 오른쪽에서 공격하다가 지독하게 빠른 속도로 미끄러져서 태무랑의 뒤로 쏘아간 것인데 그 속도가 너무 빠른 탓에 번뜩이는 순간 공간을 이동한 것처럼 보이는 것이다.

경공이라고는 제대로 배워본 적이 없는 태무랑으로서는 최고의 경공을 발휘하고 있는 잠사무와의 싸움에서 고전을 면치 못하고 있었다.

싸움의 관건은 위력이나 다변 같은 것이 아니라 오로지 빠름이 승패를 좌우한다.

장풍과 장풍, 도검과 도검이 정면으로 맞부딪칠 경우에는 더 강력한 위력이 필요하다.

하지만 대부분 싸움의 양상은 그런 것보다는 상대보다 더 빠르게 유리한 공격 위치를 먼저 차지하고, 또 적의 공격을 재빨리 피해야만 이길 수 있다.

아무리 막강한 위력을 지니고 있어도 상대의 심장을 찌르거나 목을 자르고, 동맥을 베면 무조건 이긴다. 그 정도는 삼류무사도 할 수 있다. 그러므로 문제는 얼마나 빨리 움직이느냐는 것이다.

태무랑은 경공이나 보법을 모르기 때문에 제자리에서 빙글빙글 맴돌 수밖에 없는 상황이다.

쐐액!

잠사무의 공격이 펼쳐졌으나 태무랑은 속수무책 아무것도 할 수가 없다.

피하는 것은 늦었다. 그렇다고 지금 잠사무 쪽으로 몸을 돌려 반격하는 것은 공격해 오는 검에게 등 대신에 가슴을 내주는 꼴이다.

어떠한 중상을 입어도 자가 치료하는 능력이 태무랑에게 있다고 해도 어쨌든 상처를 입는 것은 좋지 않다. 치료가 될 때까지는 고통스럽고 또 상처 입은 부위에 따라서 기능을 제대로 발휘하지 못하기 때문이다.

그렇기 때문에 이대로 우두커니 서 있다가 당할 수는 없다. 무엇인가 해야만 한다.

그리고 그는 이런 상황에서도 반드시 무슨 방법이 있을 것이라고 생각했다.

자신이 경공을 못하는 대신 이것저것 여러 수법을 갖고 있다는 사실을 잘 알고 있다.

'있다!'

그리고 그는 무엇인가를 생각해 냈다.

팍!

잠사무의 검이 한순간 돌아서고 있는 태무랑의 오른쪽 어깨와 옆구리, 가슴을 거의 동시에 찔렀다.

아니, 잠사무의 검은 태무랑의 어깨만 찔렀다. 찌르는 도중에 검이 사라져 버렸기 때문이다.

잠사무의 검은 제일 먼저 태무랑의 어깨를 찌르고 그다음에 옆구리를 찌르려고 하는데 검첨이 스르르 먼지가 되어 흩어지더니 가슴을 찌르려고 할 때는 검신 전체가 아지랑이처럼 사라져 버렸다.

"……."

잠사무는 자신의 손에 검파만 쥐어져 있고 칼코등이 아래 검신이 모조리 사라진 것을 보고는 놀라기보다는 어이없다는 표정을 지었다.

검은 쇠(金), 즉 금기(金氣)에 속한다. 그러므로 태무랑이 순간적으로 오행을 일으켜 자신의 몸을 찔러오는 잠사무의 검의 정화를 흡수해 버린 것이다. 그런 사실을 잠사무로서는 알 리가 없다.

칵!

"끄윽!"

그 순간 양날 기형도가 잠사무의 왼쪽 허리로 깊숙이 파고 들었다.

팍!

그런데 그 순간 태무랑은 오른쪽 어깨 쇄골 부위가 뜨끔한 것을 느꼈다.

그와 동시에 뭔가 날카로운 것이 쇄골을 통해서 자신의 몸속으로 깊숙이 찔러 내리는 것을 느꼈다. 검에 찔린 것이라는 생각이 들었다.

태무랑에게는 심장을 찔려도 잠시 후면 깨끗이 치료되는

능력이 있다.

그렇다고 해도 찔린 순간에는 고통을 느끼고 또 치료되기 전까지는 그 부위의 기능을 상실하고 만다.

오른손잡이인 그는 오른쪽 어깨 쇄골을 깊숙이 찔렸다. 아마도 검일 것이다.

폭이 넓은 도에 찔렸다면 오른팔이 어깨에서부터 통째로 잘라져 나갔거나 그와 비슷한 상황이 되어 팔이 어깨에서 덜렁거렸을 것이다.

검은 쇄골을 뚫고 들어가서 간을 관통하고 골반까지 이른 상태다.

힘을 잃은 태무랑의 오른팔은 양날 기형도로 잠사무의 허리를 자르다가 중간에서 정지했다.

태무랑의 어깨를 찌른 자는 마지막 남은 무극백절 칠십구위 전상이었다.

그는 편척의 얼굴을 한 태무랑이 잠사무와 싸우고 있는 것을 발견하고 합공을 하려고 허공 높은 곳에서 하강하며 공격하던 중에 잠사무가 당했던 것이다.

그가 편척의 얼굴을 한 태무랑이 적이라고 판단한 이유는, 편척의 독문무공을 사용하지 않았기 때문이었다.

"으읏!"

큐훙!

그때 양날 기형도를 복부 한복판에 박은 잠사무가 일그러진 얼굴로 태무랑을 향해 오른손을 뻗었다. 젖 먹던 힘을 다해서 일장을 발출한 것이다.

뿌악!

"허윽!"

거센 장풍이 태무랑의 가슴 한복판에 적중되는 순간 그는 실 끊어진 연처럼 뒤로 튕겨져 날아갔다.

태무랑의 쇄골에 검을 쑤셔 박고 머리를 아래로 한 자세로 허공중에 거꾸로 서 있던 전상의 손에서 검이 부러지고 그는 검파만 쥐게 되었다.

콰드드득!

태무랑은 아름드리나무들을 연달아 부러뜨리면서 쏜살같이 날아갔다.

잠사무는 자신의 허리를 반쯤 자른 기형도를 움켜잡고 그 자리에 주저앉았으며, 전상은 바닥에 내려서자마자 곧장 태무랑에게 쏘아갔다.

죽어가는 잠사무를 돌보는 것보다는 적안혈귀를 제압하는 것이 급선무다. 얄팍한 동료애보다는 포상금의 비중이 더 큰 탓이다. 더구나 원래 무극백절 간에는 동료애 따위가 존재하지 않는다.

뒤로 날아가고 있는 태무랑은 전상이 쏘아오며 수중의 부러진 검의 검파를 버리는 것을 보았다.

방금 전 잠사무의 전력 일장은 워낙 강력해서 태무랑의 오장육부를 완전히 조각조각 끊어버렸다.

치료되기 전까지는 평소의 절반에도 미치지 못하는 능력으로 전상을 상대해야만 할 것이다.

숨을 곳도 없지만 숨고 싶지도 않았다. 연달아 두 차례 중상을 입자 의미를 알 수 없는 독기 같은 것이 울컥 치밀어 올랐다.

탓!

날아가는 속도가 느려지자 태무랑은 발끝으로 땅을 힘껏 밀면서 전상을 향해 마주 쏘아갔다.

아무런 대책도 없이 무조건 덮쳐 가는 것이 아니다. 현재 그가 믿을 것이라곤 오행지기뿐이다. 그것을 최대한 이용할 생각이다.

오 장 남짓 짧은 거리를 쏘아가는 동안 그의 머리는 오행지기를 어떻게 이용하여 전상을 죽일 것인지에 대해서 복잡하고도 빠르게 돌아갔다.

그때 문득 어떤 생각이 뇌리를 스쳤다. 아까 잠사무가 뒤에서 목을 베어왔을 때에는 실로 절체절명의 순간이었다. 도저히 피할 수도 반격도 할 수 없는 상황이었다.

그런데 잠사무의 검은 그의 목을 자르지 못했다. 목 뒤쪽을 스쳐 갔으며 그 기세가 목에 느껴져서 목이 잘린 줄만 알았던 것이다.

그 당시에 태무랑이 한 것이라고는 피해야 한다는 절박한 심정을 품고 있었다는 것뿐이다. 앞으로 단 두 뼘만 이동할 수 있다면 잠사무의 검을 피할 수 있다고 간절한 마음을 갖고 있었다.

하지만 마음만으로는 절대로 몸이 움직여지지 않는다. 마음 말고 다른 무엇인가가 작용을 했을 것이다.

'혹시 간절한 마음과 함께 나도 모르게 공력이 운용됐던 것은 아닐까?'

즉, 의기합일(意氣合一)이 어떤 기적 같은 일을 만들어낸 것이 아닌가 하는 것이다.

그런데 도대체 의기합일을 어떤 식으로 이루었는지가 난제다. 그 상황에 다시 처해보지 않고서는 도저히 그것을 재현시킬 수가 없다.

간절한 마음과 공력을 합일시키는 것. 아니다. 간절한 마음이란 '강한 의지'라고 할 수 있다. 그러므로 강한 의지와 공력을 합일시켜야 한다.

그런 복잡한 생각을 하고 있을 때 그는 어느새 전상과 일장 거리만을 남겨두게 되었다.

그즈음 그는 쇄골에 찔린 상처와 일장에 당한 내상이 빠르게 치료되고 있는 중이다.

　전상은 냉혹한 미소를 지으며 두 손의 손목 안쪽을 붙이고 강력한 장풍을 뿜어냈다.

　위이잉!

　태무랑은 마주 장풍으로 대항하기 위해서 왼손을 쭉 뻗다가 어떤 생각이 번뜩 떠올라 멈칫했다.

　'그렇다! 이것도 흡수해 버리면 될 것이다!'

　적이 장풍을 발출하면 피하거나 반발하려고 하니까 당한다는 생각이 들었다.

　도검조차도 먼지로 만들어 버리는 판국에 장풍, 즉 기(氣)를 요리하지 못한다는 것은 말이 안 된다.

　천지간 삼라만상이 오행지기로 이루어졌다면, 인간이 만들어내는 공력, 즉 '기' 라는 것도 근본은 오행지기일 터이다.

　하지만 태무랑의 생각이 조금이라도 틀렸다면 조금 전에 잠사무에게 일장을 당한 것보다 더한 충격을 받게 될 것이다. 그리고 그것은 돌이킬 수 없는 일을 야기시키는 단초가 될 수도 있다.

　태무랑은 손을 거두고 대신 가슴을 활짝 벌리면서 오행지기를 일으켰다.

　그의 그런 모습을 보고 전상이 가볍게 움찔했다.

　스퍼어—

그러나 장풍은 여지없이 태무랑의 가슴 한복판에 적중되었다. 순간 커다란 깃발이 거센 바람에 펄럭이는 듯한 소리가 길게 흘렀다.

"억……"

순간 전상은 깊은 물속으로 빠져드는 듯한 느낌에 움찔 놀라서 급히 쌍장을 거두려고 했다. 하지만 두 손바닥을 통해서 체내의 공력이 줄줄이 쏟아져 나가는 것이 멈춰지지 않았다.

그의 두 손바닥은 손목 안쪽이 밀착되고 태무랑을 향한 채 아교에 붙은 것처럼 요지부동이다.

"흐으으……"

잠깐 사이에 본신 공력의 삼 할 정도가 빠져나갔다. 이대로 있다가는 체내의 공력이 한 움큼도 남김없이 모조리 뽑혀 나갈 것만 같았다.

공력이 뽑혀 나가는 느낌은 오장육부가 두 손바닥을 통해서 쏟아져 나가는 듯했다.

아니, 온몸의 뼈와 살까지도 으스러지며 가루가 되어 빠져나가는 느낌이 들었다.

반면에 태무랑은 전상의 일 장 앞에 멈춘 채 장승처럼 우뚝 서서 움직이지 않았다. 그러는 사이에도 육안으로는 보이지 않는 전상의 공력이 줄줄이 태무랑의 가슴속으로 흡수되고 있었다.

또 살아남

전상은 태무랑의 입가에 잔인한 엷은 미소가 떠올라 있는 것을 눈을 부릅뜨고 쏘아보다가 한순간 사력을 다해서 두 손을 힘껏 뿌리쳤다.

파아—

순간 팽팽하게 당겨졌던 줄이 갑자기 끊어진 것처럼 그는 휘청거리면서 뒤로 몇 걸음 물러났다. 그러지 않으려고 했지만 저항할 수가 없었다.

츄욱!

그때 그것을 기다리고 있던 태무랑이 전상에게 빠르게 다가들며 자신의 오른쪽 쇄골에 꽂혀 있던 전상의 부러진 검을 근육으로 두 뼘쯤 밀어올린 후 그것을 맨손으로 잡아 뽑으면서 그대로 앞으로 그어갔다.

패애애—

비틀거리다가 겨우 멈춘 전상이 제일 먼저 취한 행동은 태무랑에게 공격을 가하는 것이었다.

그러나 그보다 빨리 태무랑의 검, 아니, 전상 자신의 검이 왼쪽에서 수평으로 목을 향해 그어오고 있었다.

힐끗 그것을 쳐다보는 전상의 얼굴에는 놀라움이나 두려움은 떠오르지 않았다. 그저 착잡함이 얼굴 가득 짙게 드리워져 있었다.

팍!

무림 최강자 백 명 중에 일인으로 군림하던 인물의 목숨이 끊어지는 순간은 허무할 정도로 간단했다.

툭!

전상의 수급이 우뚝 서 있는 태무랑 발 앞에 떨어져 몇 바퀴 구르다가 멈추었다.

"후우……."

태무랑의 입에서 자신도 모르게 긴 한숨이 흘러나왔다.

그는 방금 자신이 죽인 다섯 명이 무극백절일 것이라고 확신했다.

무극백절이 아니고는 그처럼 고강할 리가 없다. 또한 불문곡직 태무랑을 공격할 자들은 무극신련의 고수들뿐이다.

방금 끝난 싸움은 태무랑이 가장 악전고투한 싸움으로 기억될 것이다.

한순간 터럭만 한 실수라도 했다면 죽거나 제압되는 쪽은 그들이 아니라 태무랑이었을 것이다.

또한 운이 따라주지 않았다면 지금처럼 후련한 마음으로 긴 한숨을 내쉬지도 못할 것이다.

그는 고개를 가로저었다.

'운이 아니다.'

그는 예전부터 운 같은 것을 믿지 않았다. 세상에 운이란 존재하지 않는다고 생각했었다.

세상만사는 모두 다 뿌린 대로 거두는 법이다. 행한 대로 이루어지는 것이다. 그것이 진리며 세상의 법칙이라는 것이 그의 고정관념이었다.

과정이야 어쨌든 그가 조금이라도 강했고 또 임기응변을 잘했기 때문에 끝까지 살아남은 것이다. 그것은 순전히 실력 덕분이다.

하지만 장님이 외줄타기를 하는 것처럼 위태로운 상황의 연속이었다.

'지금보다 훨씬 더 강해져야만 한다.'

그는 지그시 어금니를 악물면서 내심 뭔가를 다짐하며 쥐고 있던 전상의 부러진 검을 버렸다.

손바닥이 베어져서 피가 흘렀으나 그가 보고 있는 사이에 아물어 버렸다.

이어서 그는 체내에 있는 전상의 공력을 오른손에 모았다. 적의 공력을 체내에 담아두고 있는 것이 매우 역겹게 느껴져서 내버리려는 것이다.

전상은 죽기 직전까지 본신 공력의 사 할이 넘는 양을 빼앗겼으나 정작 태무랑에게 흡수되었다가 오른손에 모아진 것은 오 푼(分) 남짓뿐이다.

남의 공력을 흡수했다고 해서 그것이 전부 내 것이 되는 것은 아니다.

사 할 공력이 오 푼이나 남았다면 이것은 많은 경우다. 보통은 남의 공력을 흡수하는 것 자체가 어려울뿐더러 그것을 자신의 공력으로 만드는 것은 거의 불가능한 일이다.

태무랑은 오른손에 모아진 전상의 오 푼 공력을 더러운 물건을 버리듯이 허공을 향해 힘껏 던졌다.

쉬잉!

순간 보이지 않는 투명한 한 덩이의 공력이 쏜살같이 날아가더니 두 아름은 됨직한 거목에 적중됐다.

퍼억!

짧은 음향과 함께 거목의 중간에 주먹 하나 크기의 구멍이 뻥 뚫렸다.

만약 거목에 구멍이 뚫리지 않았으면 던진 공력이 어디로 날아갔는지 알지 못했을 것이다.

쉬이이…….

그런데 갑자기 허공중에서 은은한 파공음이 들렸고, 점점 가깝게 다가왔다.

태무랑은 자신이 방금 던져 낸 공력이 되돌아오는 것이라고 판단했다.

급히 상체를 비틀자 무형의 공력 덩어리가 얼굴 앞면을 스치고 지나가 버렸다.

그리고는 잠시가 지나도록 아무런 기척도 나지 않았다. 어디론가 사라져 버린 것이다.

그는 그 자리에 우뚝 서서 방금 던져 낸 공력이 일으킨 현상에 대해서 곰곰이 생각에 잠겼다.

체내에 흡수된 전상의 공력이 더럽다고 여겨서 버린 것이 대단한 파괴력을 보여주었다.

또한 회전을 해서 되돌아오기도 했다. 그것은 아마 그가 공력을 던지면서 손가락을 구부렸든지 아니면 공력이 돌아오게끔 어떤 동작을 취했기 때문일 것이다.

이것은 충분히 생각을 해볼 만한 가치가 있다. 어쩌면 부족한 그에게 또 하나의 무력(武力)이 돼줄지도 모른다.

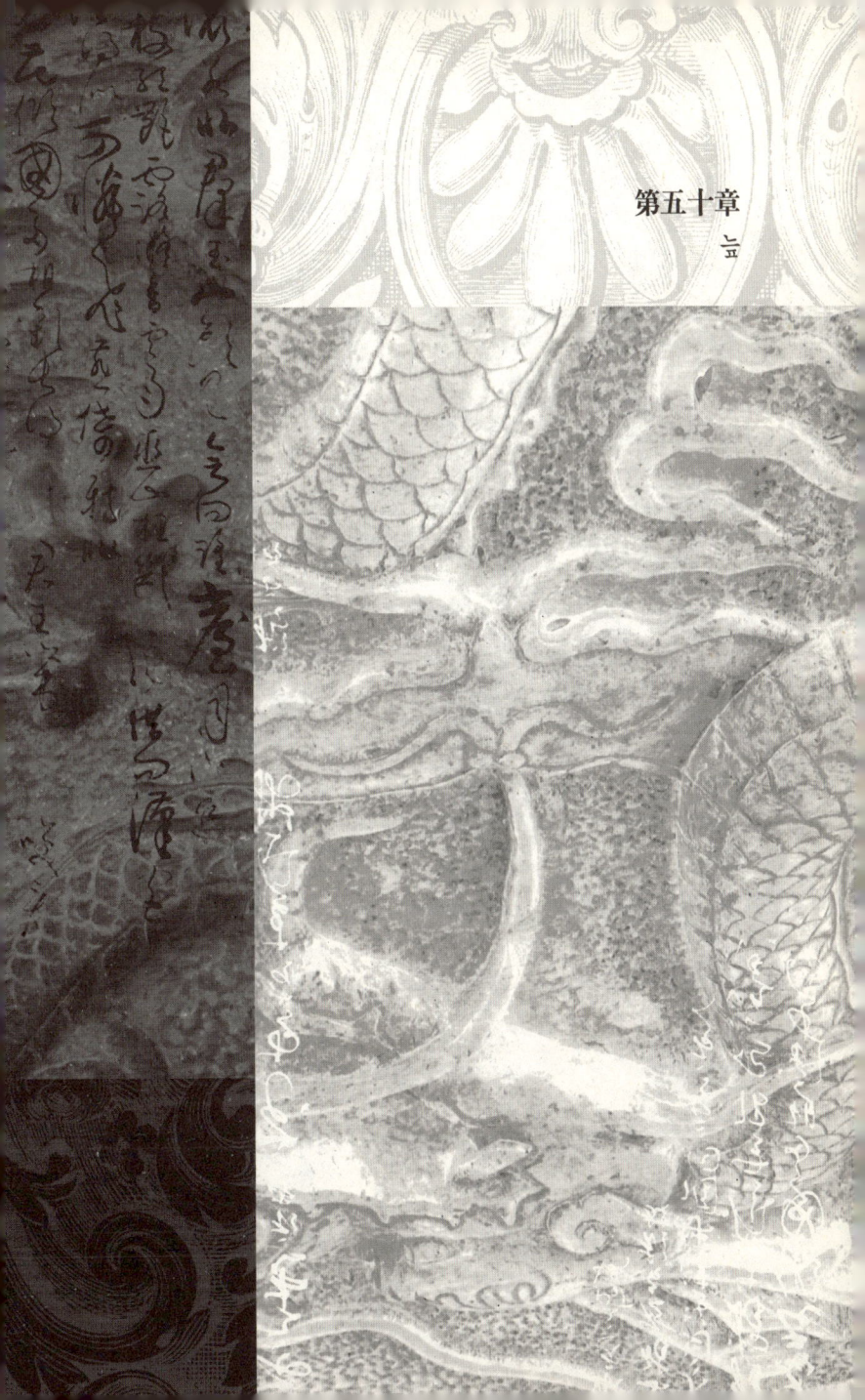

第五十章

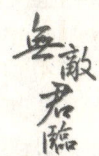

남경 성내에 굉장한 일이 벌어지고 있었다.

먹물처럼 검은 흑의경장을 입은 한 사람이 역시 먹물처럼 검은 흑마를 타고 남경 성내 대로를 천천히 활보하고 있는데, 말꼬리에 줄이 묶여 있고, 그 줄에는 일정한 간격으로 사람의 머리통, 즉 수급 다섯 개가 매달려 있었다.

줄은 수급의 입으로 들어가서 정수리로 나와 한차례 묶은 후에 다시 다음 수급으로 이어졌으며, 다섯 개의 수급이 모두 그런 식으로 일정한 간격을 유지한 채 묶인 상태다.

덜그럭. 투퉁. 데그럭.

다섯 개의 수급들은 땅바닥에 질질 끌리고 통통 튕기면서 어른이 약간 빠르게 걷는 속도로 남경 성내 대로를 구석구석까지 누볐다.

처음에는 멀쩡한 모습이었던 수급들은 남경 성내의 행진이 거의 끝나갈 무렵에는 참담한 몰골로 변했다.

눈알이 터져서 빠지고 코와 입, 뺨이 찢어져 떨어져 나가더니 마지막에는 머리카락도 거의 다 빠져서 붉은 핏기가 역력한 백골만 남았다.

이 기괴한 행진을 보려고 수많은 사람들이 몰려들어 긴 행렬을 이루었다.

처음에 이 행진이 시작되었을 때 멀쩡한 모습의 수급을 본 몇몇 무림인들의 입에서 수급의 주인 이름이 흘러나왔다.

그러더니 행진이 거의 끝나갈 무렵에는 남경 성내에서 코흘리개 아이마저도 다섯 수급의 이름을 다 알게 될 정도가 되었다.

그들은 무림 최강자 조직인 무극신련 총본련 무극백절의 이십육 위 풍산, 삼십사 위 잠사무, 오십오 위 편척, 오십팔 위 통천, 칠십구 위 전상이라는 것이다.

다섯 개의 수급을 끌고 있는 흑마 위에 늠름하게 앉아 있는 사람은 물론 태무랑이다. 그리고 흑마는 구준마다.

그는 자기 방식의 복수를 하고 있는 중이다. 아니, 보여주고 있는 것이다. 무극신련 총본련에게, 그리고 단유천과 옥령에게 말이다.

한 치의 흐트러짐도 없이 꼿꼿한 자세로 마상에 앉아 있는 태무랑의 얼굴은 평소보다 더 무표정했다.

하지만 그의 입가에 실낱처럼 떠오른 미소는 너무 희미해서 사람들의 눈에는 보이지 않았다.

그런데 성내에서 작은 싸움만 벌어져도 우르르 달려오는 관군이 한 명도 보이지 않았다.

그런 데에는 이유가 있다. 그 소문을 들은 개방과 철화천궁 남경지부에서 재빨리 남경 관헌에 손을 썼기 때문이다.

그것만으로도 충분한데 더 큰 입김이 작용을 했다. 남경성주조차도 그 앞에서는 고개 들지 못하는 일대 거물 무령왕이 태무랑을 건드리지 말라고 남경성주에게 말을 전했던 것이다.

다각다각.

보무당당히 전진하는 구준마 위에 앉은 태무랑의 눈이 작은 희열로 번들거렸다.

'후후후. 보고 있느냐? 옥령 개년아.'

그는 어디선가 옥령이 이 광경을 보고 있을 것이라고 확신하고 있었다.

*   *   *

 벌써 한 시진째 경뢰궁주의 얼굴에서 놀라움이 지워지지 않고 있다.

 첫 번째 놀라움은 태무랑이 혼자서 무극백절 다섯 명을 모두 죽였다는 사실을 직접 눈으로 확인했을 때다.

 그리고 두 번째는 그가 무극백절 다섯 명의 수급을 말꼬리에 줄줄이 매단 채 성내 대로를 행진하고 있다는 보고를 받았을 때다.

 경뢰궁주는 남경 성내에 무극백절 중 열 명이 들어왔다는 보고를 진작에 받았었다.

 그리고 오늘 태무랑이 개방 남경분타에 들렀다가 성의 동쪽 밖으로 향했으며 그 뒤를 무극백절 다섯 명이 미행하고 있다는 보고를 접했었다.

 해서 그녀는 즉시 남경지부의 정예고수 백 명을 자신이 직접 이끌고 태무랑이 있는 곳으로 달려갔었다. 싸움이 벌어지면 그를 도울 생각이었다.

 그녀의 머릿속에는 태무랑에 대한 염려로 가득했다. 그가 단신으로 무극백절 다섯 명을 이긴다는 것은 어림도 없는 일이기 때문이다.

 그녀는 자신이 어째서 태무랑을 염려하는지, 그리고 자신이 태무랑을 도우려고 하는 행동이 철화빙선에게는 어떤 모습으로 비춰질지에 대해서는 눈곱만큼도 염두에 두지 않았다. 오로지 태무랑에 대한 염려만 앞설 뿐이었다.

하지만 그녀가 도착했을 때 싸움은 이미 끝나 있었다. 그곳에는 목이 없는 시체 다섯 구가 여기저기에 참혹한 모습으로 널브러져 있을 뿐이었다.

경뢰궁주는 그 시체들이 무극백절 다섯 명이라는 사실을 확인하고는 크게 놀라면서도 한편으로는 안도의 한숨을 토해냈었다.

이후 철화천궁 남경지부로 돌아온 그녀에게 또 다른 태무랑의 소식이 전해졌다.

바로 두 번째로 그녀를 놀라게 만든 소위 '다섯 수급의 남경 성내 행진'이다.

"아아… 정말 그 사람은……."

그녀는 한참 동안이나 연못을 바라보다가 어이없다는 듯 고개를 살래살래 가로저으며 한숨을 토해냈다. 그런 한숨을 내쉬는 것이 벌써 몇 번째인지도 모른다.

연못가에 있는 정자로 차를 갖고 온 청미가 향기로운 차가 담긴 찻잔을 경뢰궁주에게 공손히 내밀며 볼록한 가슴을 내밀었다.

"사부님, 무극백절 다섯 명을 혼자서 모두 죽이다니 무랑가 정말 대단하죠?"

청미는 제 일이나 되는 양 가슴을 내밀고 뽐냈다.

"그러게 말이다. 호홋!"

결국 경뢰궁주는 헛웃음을 터뜨리고 말았다.

"그런데 신풍개는 어쩌죠?"

눈이 유난히 까맣고 깊은, 그리고 속눈썹이 무척 긴 청미가 경뢰궁주를 말끄러미 바라보았다.

"글쎄다……."

그 대목에서 경뢰궁주는 말을 아꼈다.

개방의 정보망이 천하 최고라지만 사실은 철화천궁이야말로 최고이며 최대의 정보망을 지니고 있다.

그러므로 옥령과 천자필사가 남경에 들어섰다는 사실을 개방이 알고 있는데 경뢰궁주가 모를 리 없다.

뿐만 아니라 그녀는 천자필사가 신풍개를 납치했으며 어디에 가뒀다는 것까지도 알고 있다.

물론 그곳에 옥령과 천자필사, 그리고 옥령의 개인 호위대인 천옥대 백 명까지 집결해 있다는 사실도 알고 있다. 그녀들의 일거수일투족은 경뢰궁주의 손바닥 안에 있다고 해도 과언이 아니다.

경뢰궁주는 신풍개가 옥령이 남경에 들어왔다는 사실을 태무랑에게 알리러 가다가 그녀에게 납치당했을 것이라고 추측했다.

 하지만 신풍개의 안위 같은 것은 경뢰궁주가 알 바 아니다. 그가 죽든 살든 상관이 없다. 그녀에게 중요한 사람은 태무랑뿐이다. 또한 철화빙선의 명령 때문에라도 태무랑은 중요한 존재다.

 경뢰궁주는 태무랑이 신풍개의 납치 사실을 알게 되었고, 그래서 옥령의 행적을 알아내달라고 그녀에게 달려오는 도중에 미행하고 있던 무극백절 다섯 명과 싸우게 됐을 것이라고 추측했다.

 경뢰궁주는 옥령이 남경에 들어왔다는 사실을 신풍개보다 더 빨리 태무랑에게 알릴 수 있었다. 하지만 그렇게 하지 않았다.

 아니, 못했다. 태무랑을 이용해서 옥령을 잡아들이라는 철화빙선의 명령 때문이다.

 일단 옥령에 대해서 태무랑에게 알리면, 그는 어떤 식으로든 옥령에게 접근할 것이다.

 그리고는 걷잡을 수 없는, 그리고 예측할 수 없는 일들이 벌어질 터이다.

 그렇게 되면 경뢰궁주는 철화빙선의 명령에 따라야만 한다. 어떤 일이 있어도 철화빙선의 명령을 거역할 수는 없다.

 옥령이라는 거물을 제압하려면 태무랑은 십중팔구 희생되

고 말 것이다.

"지… 지부주!"

그때 연못 건너편에서 총당주가 사색이 되어 거의 구르듯이 이쪽으로 달려오며 소리쳤다.

얼마나 급했는지 그는 경뢰궁주가 있는 곳까지 오기도 전에 다급히 외쳤다.

"태, 태궁주께서 왕림하셨습니다!"

철화천궁의 태궁주, 즉 철화빙선이 느닷없이 남경지부에 왔다는 것이다.

철화빙선은 여간해서는 항주의 철화궁을 떠나지 않는다. 그녀가 이곳에 왔다는 것은 그만큼 이번 일이 중대하다는 뜻이 아니겠는가.

경뢰궁주는 운명의 거대한 수레바퀴가 불과 몇 장 앞에서 자신을 향해 육중하게 굴러오는 것을 느꼈다.

* * *

태무랑의 엽기행각은 또 다른 소득을 이끌어냈다.

옥령의 행적을 찾아낸 것이다.

그는 무극백절 다섯 명의 수급을 구준마 꼬리에 달고 남경성내 대로를 행진하기 전에 개방 남경분타주 뇌성개에게 부탁했었다.

 모든 개방제자들을 성내에 풀어서 옥령이나 천자필사가 수급의 행진을 지켜보는 것을 찾아내 달라고 말이다. 그리고 그것이 이루어졌다.

 무극백절 중에 다섯 명이나 되는 자들의 수급이 해골이 될 때까지 남경 성내 땅바닥에 끌려 다니는 광경을 옥령이 보지 않을 리가 없다.

 과연 그녀는 그 광경을 보면서 어떤 생각을 했을까.

 또한 그녀는 다섯 개의 수급들을 끌고 있는 구준마 마상에 늠름하게 앉아 있는 태무랑을 보며 또 어떤 심정이었을까.

 옥령은 남경 성내에서 부호나 고관대작들만 사는 남쪽 통제문(通濟門) 일대 어느 장원에 거처를 잡고 있었다.

 뇌성개의 말에 의하면 그 장원은 무극신련 남경지부, 아니, 남경지부였던 벽뢰도문(碧雷刀門)의 소유였었다.

 벽뢰도문은 철화천궁이 무극신련에 선전포고를 한 직후 무극신련 항주지부와 함께 제일 먼저 멸문을 당했었다.

 뇌성개는 옥령이 있는 장원 자인원(慈仁院) 주위에서 모든 개방제자들을 철수시켰다. 아울러서 자인원 근처에는 얼씬도 하지 말라고 엄명을 내렸다.

 늦은 오후.

태무랑의 거처인 금오장(金烏莊)에는 한 사람도 보이지 않았다. 태무랑의 부탁을 받은 뇌성개가 급히 개방제자를 보내서 그곳에 있는 사람 모두를 다른 안전한 곳으로 대피시켰기 때문이다.

태무랑은 전혀 다른 사람의 얼굴로 변신한 후 금오장으로 들어가는 골목 옆 주루 이층에 자리를 잡고 앉아서 창을 통해서 금오장을 지켜보았다.

그가 지켜보기 시작한 지 반 시진쯤 지났을 때 누군가 한 사람이 금오장이 있는 골목으로 들어섰다.

하지만 옥령은 아니고 삼십 대 중반의 남자로 어깨에 검을 메고 있었다.

골목 안으로 들어선 그가 첫 번째에 위치한 금오장 전문 앞에 멈추더니 주위를 두리번거리는 것을 보고 태무랑은 즉시 창 옆으로 상체를 숨겼다.

태무랑이 잠시 후에 한쪽 눈을 살짝 내밀고 살펴보니까 사내가 보이지 않았다.

그러나 곧 전문 안쪽 마당에서 사내가 금오장 내를 날카롭게 살피며 기웃거리는 모습을 발견했다.

태무랑은 그자가 옥령이 보낸 척후(斥候)일 것이라고 판단했다.

과연 옥령은 용의주도해서 태무랑의 거처를 알아내고도

단번에 모습을 드러내지 않았다.

옥령의 척후가 금오장에 나타난 것으로 미루어 신풍개가 실토한 것이 분명했다.

그렇다고 그를 탓할 일이 아니다. 오히려 다행한 일이다. 만약 끝까지 실토하지 않고 버티다가는 잔인한 성격의 옥령이 필경 그를 죽일 테니까 말이다.

일다경쯤 지났을 때 사내가 금오장 담을 가볍게 넘어서 골목으로 나서더니 아무 일 없었다는 듯 유유히 골목 밖으로 사라졌다.

사내는 옥령에게 금오장에 아무도 없더라고 보고할 것이고, 그녀는 다른 궁리를 할 것이다.

태무랑은 그 후로 반 시진가량 더 주루 이층 창가에 앉아 있었으나 금오장에는 더 이상 아무도 오지 않았다.

만약 옥령이 직접 왔다면 태무랑은 그녀를 성 밖 한적한 장소로 유인하여 어떻게든 해볼 생각이었다.

그녀가 꼭 올 것이라고 기대는 하지 않았기 때문에 실망도 그리 크지 않았다.

하지만 뼈를 갈아서 마셔도 시원하지 않을 원수 년을 지척에 두고 있어서인지 마음이 편하지 않았다.

해가 뉘엿뉘엿 지고 있을 무렵.

여전히 다른 얼굴로 변신한 태무랑은 철화천궁 남경지부 전문 앞에 나타났다.

경뢰궁주에게 누이동생 태화연에 대해서 알아보라고 부탁한 지가 언제인데 여태 아무런 소식이 없기 때문에 직접 그녀를 찾아온 것이다.

누이동생 때문에 마음이 분산된 상태라서 무슨 일을 해도 좀처럼 집중이 되지 않았다. 누이동생을 찾는 일과 복수를 하는 일이 뒤섞여서 이것도 저것도 제대로 손에 잡히지 않는 것이다.

하지만 우선순위를 둔다면 무조건 누이동생이 먼저다. 그녀의 일을 매듭지어야지만 모든 것을 잊고 복수에 전념할 수가 있을 것이다.

쿵쿵!

굳게 닫힌 철화천궁 남경지부의 전문을 두드린 직후 태무랑은 본래의 얼굴을 되찾았고, 잠시 후에 한 명의 홍의경장을 입은 여고수가 나왔다.

"무슨 일입니까?"

"경뢰궁주를 보러 왔소."

"돌아가십시오."

여고수는 태무랑이 누구며 무슨 일이냐고 묻지도 않고 전문을 닫으려고 했다.

지난번에 장강 철화거선이 단유천이 이끄는 무극신련 고수들에게 공격받고 있을 때 태무랑이 그녀를 도왔었기 때문에 경뢰궁주 수하들은 대부분 그를 알고 있다.

그런데 이 여고수는 그를 모르는 듯했다. 안다면 이렇게 나올 리가 없다.

슥—

태무랑은 손을 뻗어 가볍게 문을 밀어 닫지 못하게 했다.

"그녀에게 태무랑이 왔다고 전해주시오."

"전할 수 없습니다. 돌아가서 나중에 오십시오."

여고수는 더욱 완강하게 문을 밀어서 닫으려 했으나 꿈쩍도 하지 않자 두 손으로 더욱 힘을 주어 밀었다. 하지만 요지부동이기는 마찬가지다.

태무랑은 남경지부 안에 무슨 일이 있을 것으로 직감했다. 그렇지 않고서야 경뢰궁주를 찾아온 사람을 문전박대할 리가 없다.

그렇다고 해서 물러갈 태무랑이 아니다. 또한 마음이 급하기 때문에 반드시 경뢰궁주를 만나야만 한다.

원래는 경뢰궁주가 언제든지 태무랑을 만나기를 원했었고, 한 번 만나면 헤어지지 않으려고 연신 붙잡았었는데, 이제는 입장이 바뀌었다. 급한 사람이 우물을 파야 한다고 어쩔 수 없는 일이다.

여고수는 태무랑을 모르지만 서로 문짝을 밀고 있는 사이에 그가 자신보다 훨씬 고수라는 사실을 알게 되었다.

하지만 절대로 물러날 수도 그를 들여보내서도 안 되는 상황이다. 안에서는 경뢰궁주와 태궁주가 밀담을 나누고 있기 때문이다.

확!

"앗!"

그때 태무랑이 손에 조금 더 힘을 주면서 밀고 들어가자 문이 안으로 확 밀리면서 여고수가 뒤로 엉덩방아를 찧으며 벌렁 자빠졌다.

태무랑이 개의치 않고 안으로 성큼성큼 걸어 들어가는데 전문 안쪽 근처에 있던 남녀 호문고수(護門高手) 네 명이 일제히 검을 뽑으며 그에게 덤벼들었다.

차차창!

"멈춰라!"

날카로운 외침과 함께 네 자루 검이 태무랑을 향해 전면과 좌우에서 쏟아졌고, 엉덩방아를 찧었던 여고수도 뒤늦게 합류하여 등 뒤에서 검을 휘둘렀다.

그들을 다치게 하고 싶지 않은 태무랑은 상체를 이리저리 빠르게 움직이며 두 손을 휘둘러 그들의 가슴을 손끝으로 가볍게 툭툭 쳐냈다.

"윽……!"

"허억!"

단지 그것뿐이거늘 다섯 명은 답답한 신음을 흘리면서 뒤로 비틀거리며 물러나 털썩털썩 주저앉아서 가슴을 움켜쥔 채 얼굴이 하얗게 질려서 일어나지 못했다.

태무랑이 다시 안쪽으로 걸음을 옮기려는데 이번에는 더 많은 남녀고수들이 쏟아져 왔다.

귀찮은 생각에 태무랑이 미간을 슬쩍 좁히는데 안쪽 전각 사이로 한 소녀가 달려오며 낭랑하게 외쳤다.

"멈춰라!"

태무랑이 쳐다보니 청미였다. 평소에는 치근거리는 것이 귀찮았으나 지금은 그녀가 반가운 생각마저 들었다.

청미의 외침에 남녀고수 이십여 명이 일제히 썰물처럼 뒤로 물러났다.

청미는 태무랑 앞에 멈춰서 공손히 고개를 숙였다.

"어서 오세요. 소녀가 모시겠어요."

그녀는 태무랑을 '무랑가'라고 부르지도 않고 여느 때처럼 품에 뛰어들며 교태를 부리지도 않았으며, 너무 정중해서 다른 사람으로 오해를 할 정도다.

그녀의 태도를 보고 태무랑은 이곳에 무슨 일이 있는 것 같다는 조금 전의 추측을 확인했다.

경뢰궁주가 태무랑을 맞이했다. 그런데 평소처럼 부드러운 미소를 짓고 있는 모습이 어딘지 조금 어색했다.

태무랑은 자신이 상관할 바가 아니라서 이곳에 온 본론부터 꺼내놓았다.

"누이동생에 대해서 알아보았느냐?"

빚쟁이가 찾아와서 다짜고짜 돈 내놓으라고 빚 독촉을 하는 듯한 말투다.

사실 방금 전까지만 해도 경뢰궁주는 태궁주 앞에 부복한 채 대화를 나누고 있었다.

그런데 태무랑이 왔다는 사실을 알고 태궁주가 경뢰궁주에게 그를 만나보라고 명령한 것이다.

경뢰궁주는 자신의 애타는 속도 모르고 잡아먹을 듯이 딱딱거리는 태무랑이 야속해서 곱게 흘겨보고는 나직한 한숨을 내쉬었다.

"호오……. 아직 알아보고 있는……."

그러나 그녀는 말을 하다가 멈추었다. 바로 그때 태궁주 철화빙선이 전음을 보내왔기 때문이다.

전음을 듣고 난 경뢰궁주의 얼굴이 갑자기 밝아지더니 노래하듯이 말했다.

"닷새 이내로 그녀를 당신에게 데려다주겠어요."

순간 태무랑은 움찔했다. 누이동생의 소식이나 알자고 찾아온 그의 귀를 의심하게 할 만한 충격적인 말이다.

"정… 말이냐?"

그동안 누이동생 때문에 애를 태웠던 것에 비하면 일이 너무도 간단하게 해결되는 것 같아서 그렇게 묻지 않을 수가 없었다.

경뢰궁주는 자신의 일인 양 환하게 미소 지었다.

"정말이에요."

그녀는 철화빙선이 허언을 할 사람이 아니라고 확신하기 때문에 힘껏 고개를 끄덕였다.

"믿어지지 않는구나……."

태무랑은 멍한 얼굴로 경뢰궁주를 바라보았다. 누이동생의 행방을 뒤쫓아서 대륙을 가로질러 여기까지 천신만고 끝에 왔는데 그녀를 너무 쉽게 찾는 것 같아서 도무지 실감이 나지 않았다.

경뢰궁주는 방글방글 웃었다.

"믿어요. 닷새 안에는 반드시 당신 앞에 누이동생을 데려다줄 테니까요."

태무랑은 일렁이는 눈빛으로 경뢰궁주를 쳐다보다가 자리에서 일어나 우뚝 서더니 정중히 고개를 숙였다.

"고맙다."

이 과묵하고 무표정한 사내의 정중한 인사를 받자 경뢰궁주는 화들짝 놀라면서 심장을 꽉 움켜쥐었다가 놓은 것처럼 가슴이 먹먹해졌다.

"고맙긴요……."

말끝을 흐리면서 그녀는 마음이 착잡해졌다. 이제 누이동생 일이 해결됐으니까 태무랑이 옥령에게 전념할 것이라는 생각이 든 것이다.

그렇게 되면 그는 철화천궁이 옥령을 잡아들이는 데 희생양으로 쓰일 것이다.

그가 희생되지 않고도 옥령을 잡아들일 수 있으면 더할 나위 없이 좋을 것이다.

하지만 일이란 특히 중요한 일일 경우에는 더욱더 원하는 방향으로는 풀리지 않는 법이다.

경뢰궁주는 태궁주 철화빙선이 원망스러웠다. 철화천궁이 있는 항주와 남경은 사백여 리 남짓한 거리다. 즉, 남경은 철화천궁의 앞마당이나 다름이 없다.

그러므로 철화빙선이 마음만 먹는다면 비싼 대가를 치르더라도 옥령을 잡아들일 수 있을 텐데 어째서 구태여 태무랑을 희생시키려는 것인지 이해가 되지 않았다.

혹시 철화빙선이 태무랑을 적으로 여기는 것은 아닐까? 하는 생각이 들었으나 그것은 아닌 듯하다. 태무랑은 무극신련을 적으로 삼고 있기 때문에 철화천궁에 득이 되면 됐지 해가 될 사람은 아니기 때문이다.

그렇다고 해서 경뢰궁주가 철화빙선에게 왜 태무랑을 희생시켜야만 하느냐고 따져 물을 수는 없다.

철화빙선의 명령에는 토를 달아서는 안 된다. 명령이 떨어지면 무조건 실행해야만 한다.

이견을 제시하는 것조차도 불가능한데 따져 묻는 것은 제 무덤을 파는 지름길이다.

태무랑은 경뢰궁주 맞은편에 다시 앉았으나 뜨거운 차가 식을 때까지 손도 대지 않은 채 팔짱을 끼고 골똘히 생각에 잠겨 있었다.

아마도 옥령을 어떻게 할 것인지에 대해서 생각하고 있는 듯했다.

그때 경뢰궁주가 가볍게 움찔 몸을 떨었다. 철화빙선이 전음으로 어떤 명령을 내렸기 때문이다.

하지만 태무랑은 약간 고개를 숙이고 있느라 다행히 경뢰궁주를 살피지 못했다.

"천옥선녀가 남경에 들어온 것은 알고 있나요?"

그녀는 그 사실을 태무랑에게 전하지 않은 것에 대해서 미안한 마음을 품으며 조심스럽게 물었다.

태무랑은 그녀를 쳐다보며 가볍게 고개를 끄덕였다. 그도 왜 그 사실을 자신에게 알리지 않았느냐고 그녀를 다그치지 않았다.

"어떻게 할 생각인가요?"

그렇게 묻는 경뢰궁주는 마음이 착잡했다. 태무랑에게 그렇게 물으라고 철화빙선이 지시했기 때문이다. 철화빙선은 옆방에서 추호의 기척도 내지 않은 채 태무랑과 경뢰궁주의 대화를 빼놓지 않고 듣는 중이다.

"죽여야지."

태무랑은 무표정하게 당연한 듯 중얼거렸다. 그는 태화연에 대한 걱정을 덜었기 때문에 지금 머릿속에는 오로지 옥령을 어떻게 죽일 것인지에 대한 궁리로 꽉 차 있다.

경뢰궁주는 미간을 좁히며 다시 물었다.

"어떤 계획인가요?"

태무랑은 힐끗 날카롭게 경뢰궁주를 쳐다보았다. 그녀는 빙그레 부드러운 미소를 지으며 그를 바라보고 있었다. 그녀가 내심을 감추고 그런 미소를 짓느라 얼마나 필사적인지 태무랑은 알지 못했다.

경뢰궁주의 동공을 파열시킬 듯한 태무랑의 강한 눈빛이 조금 누그러졌다.

"무극백절이 남경으로 몰려드는 것 같아서 시간을 끌수록 위험해질 것이다."

문득 경뢰궁주의 동공이 가볍게 흔들렸다.

"걱정하지 말아요. 현재 무극백절은 남경에 두 명밖에 들어와 있지 않아요."

"두 명이라고? 그게 정말이냐?"

"네. 모두 일곱 명이었는데 당신이 다섯 명을 죽였잖아요."

거짓말을 하는 그녀는 태무랑을 마주 쳐다볼 수가 없어서 눈을 내리깔았다.

조금 전 보고에 의하면 현재 남경에 들어와 있는 무극백절은 모두 열여섯 명이다.

그런데도 경뢰궁주는 두 명밖에 없다고 거짓말을 했다. 그역시 철화빙선의 지시다. 태무랑이 안심하고 빨리 행동하기를 바라기 때문이다.

"무극백절의 목적은 날 죽이거나 잡으려는 것인 듯하다. 옥령하고는 무관한 것 같다."

"내 생각도 같아요."

"그러므로 나는 무극백절의 이목을 속이고 옥령이 있는 자인원에 잠입할 생각이다."

"어떻게······."

경뢰궁주의 얼굴에 염려가 가득 떠올랐다. 그것은 철화빙선의 명령하고는 관계가 없는 순수한 감정의 표현이다.

"방법이 있다."

"무슨 방법인가요?"

그러나 태무랑은 대답하지 않고 벌떡 일어났다.

"부탁할 것은 없나요?"

경뢰궁주도 초조한 표정으로 따라 일어섰다. 그 말 역시 철화빙선하고는 관계가 없다.

태무랑은 그녀를 묵묵히 응시하다가 몸을 돌리며 한마디 툭 던졌다.

"없다."

第五十一章

철화빙선(鐵花氷仙)

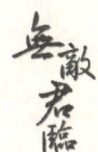

 알록달록한 색동옷을 입은 한 여자가 창을 반쯤 열고 그곳을 통해서 밖을 내다보고 있다.
 흰색과 노란색, 붉은 색이 섞인 비단 상의에 바닥까지 끌리는 무지개색의 긴 치마를 입은 모습이다.
 이십 세 정도의 나이고, 머리카락을 둥글게 말아서 비녀를 꽂았는데 인간세상의 사람이 아닌 듯한 분위기를 지니고 있었다.
 세상에 빙기옥골(氷肌玉骨)이 있다면 바로 그녀를 가리키는 것인 듯했다.

점 하나 티 하나 없는 얼굴은 새하얗다 못해서 투명하기까지 해서 푸르스름한 실핏줄이 내비쳤다.

천하제일의 장인이 평생토록 온 정성을 쏟아 백옥을 다듬어도 그녀와 똑같은 모습은 만들어내지 못할 것이다.

그리고 그녀는 존재함으로써 주위의 모든 것들을 초라하게 만드는 능력을 지니고 있었다.

쳐다보는 것만으로도 죄를 범하는 것 같은 기분이 들게 만들고, 그녀 앞에서는 더없이 경건한 마음으로 옷깃을 여미고 죄를 고백해야만 할 것 같았다.

그녀가 바로 천하제일의 철녀(鐵女)이자 대부호인 철화빙선이었다.

하지만 불과 이십 세인 그녀가 지금의 철화궁과 철화천궁을 이룩한 것은 아니다.

철화빙선은 한 개인의 별호가 아니다. 철화궁과 철화천궁의 최고 우두머리를 지칭하는 별호다.

철화궁과 철화천궁을 최초로 이룩한 사람은 제일대 철화빙선으로 그녀의 조모(祖母), 즉 할머니다.

조모가 나이가 들어 은퇴한 후에 딸에게 철화빙선을 물려주었으니 그녀가 제이대 철화빙선이고, 지금 이곳에 있는 철화빙선은 제삼대다.

제일대 철화빙선인 조모는 아직 생존해 있으며 칠십이 세고, 이대 철화빙선인 모친 역시 살아 있으며 사십칠 세다.

현재 조모는 철화궁의 장로, 즉 철화장로고, 모친은 철화천궁의 장로, 즉 천궁장로로서 손녀이며 딸인 삼대 철화빙선을 보필하고 있다.

제삼대 철화빙선의 시선이 끝나는 곳에는 태무랑이 뒷모습을 보인 채 걸어나가고 있었다.

태무랑을 주시하는 그녀의 얼굴과 눈에는 아무런 표정도 떠올라 있지 않다. 단지 추수처럼 깊고 서늘한 눈빛으로 바라보고 있을 뿐이다.

태무랑이 시야에서 사라진 후에 철화빙선 뒤쪽의 문이 열리고 경뢰궁주가 조심스럽게 들어섰다.

경뢰궁주는 철화빙선의 뒤 다섯 걸음쯤에 멈춰서 공손히 허리를 굽혔다.

"그의 계획을 알아내지 못해서 송구합니다."

철화빙선은 여전히 창밖을 내다보면서 조용한 목소리로 입을 열었다.

"그의 계획 따윈 상관없다. 어차피 내 계획대로 움직이는 소모품일 뿐이니까."

산들바람 소리 같고 깊은 산중에 흐르는 계류의 해맑은 소리 같기도 한 그윽한 목소리다.

'소모품'이라는 말에 경뢰궁주는 움찔하며 철화빙선의 뒷

모습을 조심스럽게 바라보았다.

태무랑을 희생시켜서 옥령을 잡는다는 것은 다른 말로 그가 '소모품'이라는 뜻이다. 그런데도 경뢰궁주는 그 말을 들을 때마다 가슴이 아렸다.

"그가 혼자서 무극백절 다섯 명을 죽였다는 사실은 뜻밖이야. 과소평가했었어."

그 말은 철화빙선이 이제는 태무랑을 제대로 평가하겠다는 뜻이다. 그런데 그 말이 어째서 경뢰궁주에게는 불길하게 들리는 것일까.

"어쩌면 그는 우리의 도움 없이도 천옥선녀를 죽일 수 있을지도 모르겠어. 그럼 우리가 할 일은 그가 천옥선녀를 죽이기 직전에 훼방을 놓는 것뿐이지."

"무슨 말씀이신지……."

"그가 천옥선녀에게 접근하면 무극백절에게 그의 행방을 알려줘라."

"……."

경뢰궁주의 안색이 창백해졌다.

철화빙선은 천천히 돌아섰다.

"우리의 목적은 어떻게 해서든지 무극신련을 무력하게 만드는 거야. 그러기 위해서는 천옥선녀를 납치하는 것은 물론이고 무극백절을 한 명이라도 더 죽여야 해."

이런 식의 교활한 계교를 말할 때의 사람의 표정은 야릇해지거나 사악해지게 마련인데, 철화빙선의 표정은 조금도 변함없이 성스럽고 고아했다.

마치 자신이 말하고 있는 것이 교활하며 인면수심이라는 사실을 전혀 모르고 있는 듯했다. 또한 그런 표정을 한 번도 지어본 적이 없는 사람 같았다.

"그리고 무적신룡이 죽더라도 그가 죽었다는 사실을 철저하게 은폐시켜라. 그래야지만 무극백절이 그를 죽이려고 꾸역꾸역 남경으로 몰려들 테니까. 그럼 그자들은 우리가 하나씩 죽이면 돼."

철화빙선을 바라보고 있는 경뢰궁주는 자신도 모르게 부르르 몸서리를 쳤다. 소름이 끼친 것이다.

더 공포스러운 것은, 철화빙선이 너무도 태연하게 그런 말을 한다는 사실이다.

경뢰궁주는 제이대 철화빙선을 육 년 동안 모셨다. 그리고 삼대 철화빙선은 일 년째다.

그런데 삼대 철화빙선이 이대 철화빙선보다 모시기가 어려웠다. 그리고 훨씬 더 두려웠다.

철화천궁 남경지부를 나선 태무랑은 고구려 사람 연풍의 모습으로 변신을 하고 어깨에 멘 염마도는 헝겊으로 잘 감싼 후에 성내 거리를 가로질러 개방 남경분타인 관제묘로 향했다.

그런데 뜻밖의 일이 그를 기다리고 있었다. 신풍개가 풀려나서 그곳에 돌아와 있었던 것이다.

관제묘 안으로 들어서 본래의 모습을 되찾은 태무랑을 발견한 신풍개는 자리에 퍼질러 앉아 있다가 퉁기듯 벌떡 일어나 그에게 다가왔다.

그는 원래 꾀죄죄한 모습인데 지금은 거기에 초췌한 모습이 더해져서 매우 불쌍하게 보였다.

더구나 얼굴을 잔뜩 찡그리면서 눈물을 글썽이는 모습은 슬퍼 보이기보다는 우스꽝스러웠다.

하지만 태무랑은 그가 그토록 슬퍼하는 모습은 처음 보았다. 아니, 항상 밝은 모습인 그가 슬퍼하는 것 자체를 처음 보는 것이다.

신풍개는 말없이 태무랑의 손을 잡더니 굵은 눈물을 뚝뚝 흘렸다.

태무랑은 묵묵히 그의 어깨를 두드려 주었다. 그러자 신풍개는 스르르 그의 품으로 쓰러지더니 상체를 흔들면서 울음을 터뜨렸다. 하지만 울음소리는 내지 않았다.

개방 남경분타주 뇌성개는 태무랑과 신풍개를 관제묘 지

하 깊숙한 곳에 위치한 석실로 안내했다.

관제묘 밖에 혹시 신풍개를 미행한 자들이 있을지 모르기 때문에 완벽한 방음이 되는 지하석실로 내려간 것이다.

석문이 닫히자마자 신풍개는 울음을 터뜨렸다.

"태 형……! 미안하네… 크흑!"

그는 눈물과 콧물을 범벅으로 흘리면서 두 손을 앞으로 모으고 연신 태무랑에게 고개를 조아렸다.

"크허엉! 나는 끝까지 버텼지만… 천자필사 그년이 내 심지를 제압했네. 그래서 나는 내가 무슨 말을 했는지도 모른다네……. 하지만 필경 자네에게 해가 되는 것들을 털어놓았을 거야. 용서해 주게…… 잘못했네……."

심지를 제압하는 것, 즉 뇌에 어떤 신묘한 충격을 주어 백치상태로 만든 다음에 심문을 하면 어느 누구라도 또 어떤 비밀이라도 털어놓지 않을 수가 없다. 그러므로 신풍개로서는 불가항력이었다.

슥―

태무랑은 신풍개 어깨에 손을 얹었다.

"괜찮다. 풍개. 아무도 다치지 않았다."

만약 누군가 다치거나 죽었다고 해도 태무랑은 신풍개를 탓하지 못했을 것이다.

아니, 오히려 신풍개가 살아서 돌아왔다는 사실이 무척이나 다행스러웠다.

사실 옥령으로서는 원하는 것을 얻어낸 후에는 신풍개를 죽이는 것이 가장 깔끔한 뒤처리였다.

하지만 천자필사가 대로에서 신풍개를 납치했기 때문에 누군가 그 광경을 봤을 수도 있다.

개방에서 뭐라고 항의를 하면 잠시 물어볼 것이 있어서 데려갔다가 돌려보냈다고 말하면 된다.

하지만 죽일 경우에는 할 말이 빈곤해진다. 신풍개를 죽여서 개방을 적으로 만드는 일은 어리석은 일이다. 그것은 벼룩 한 마리를 잡으려고 초가삼간을 다 태우는 것이나 다름없다.

그러나 만약 신풍개를 납치하는 광경을 아무도 보지 못했다고 확신했다면, 옥령은 추호도 망설이지 않고 그를 죽였을 것이다.

"으으… 이 개년들……."

평소에 욕이라고는 모르는 신풍개는 눈물과 콧물이 뒤범벅된 얼굴에 분노를 가득 떠올리며 주먹을 휘둘렀다.

"태 형, 무슨 일이 있어도 그 두 개년을 꼭 죽여주게. 그리고 그 자리에서 내가 그년들에게 침을, 아니, 오줌을 시원하게 갈길 수 있도록 해주게. 그래야지만 분이 풀릴 거야!"

태부랑이 고개를 끄덕이자 그는 때 묻은 소매로 눈물과 콧물을 문질러 닦았다.

"뭐든 말해보게. 내가 할 일이 뭔가?"

*   *   *

무령왕가 깊숙한 곳에서 무령왕 주광(朱匡)의 심기가 불편한 듯한 목소리가 흘러나왔다.

"비한, 어째서 아직까지 태무랑이라는 놈을 데려오지 않는 것이냐?"

다섯 칸 계단 위에 놓인 화려한 태사의에 앉은 무령왕은 단하에 부복해 있는 한 청년을 찌푸린 얼굴로 굽어보았다.

청의단삼에 두 자루 넉 자 길이의 봉을 어깨에 메고 있는 단정한 모습의 비한은 감히 고개를 들지 못했다.

"용서하십시오, 전하. 소인이 우둔하여 심려를 끼쳤습니다."

"듣기 싫다. 그놈을 왜 못 데려오는 것인지 이유나 말해보아라."

"그게……."

비한은 잠시 머릿속으로 해야 할 말을 정리하려고 애썼으나 여의치가 않았다.

자신이 지난 며칠 동안 태무랑을 미행하면서 목격한 희한한 일들을 어떻게 간추려야 할는지 무공과 충성심, 그리고 과묵함밖에 모르는 그로서는 난감했다.

무령왕은 태무랑의 일거수일투족을 지켜보라고 비한에게 명령을 했었고, 하루 동안 보고를 받은 후에는 그를 데려오라는 명령을 내렸었다.

그런 데에는 딸 수월화, 아니, 주령이 자신의 방에 꼭꼭 틀어박혀서 일절 나오지 않아 무령왕의 속을 태우고 있다는 사실이 큰 작용을 했다.

그랬는데도 비한이 태무랑을 데려오지 못하자 무령왕은 그를 직접 불러서 꾸짖고 있는 것이다.

"태무랑이라는 자가 워낙 신출귀몰해서 도무지 만날 수가 없었습니다."

비한이 공손히 아뢰자 무령왕은 미간을 좁혔다.

"신출귀몰해?"

"그렇습니다."

"비한 네가 찾지 못할 정도라는 말이냐?"

"그렇습니다."

무령왕이 아는 한 비한은 백이십만 황군 중에서, 아니, 황궁의 동창(東廠)과 서창(西廠), 황궁호위대를 통틀어서 가장 고강한 최고수다.

그런 그가 태무랑을 찾지 못한다는 말이 잘 이해가 되지 않았다.

물론 남경은 무령왕의 영토다. 당금 대명황제가 무령왕에게 하사한 땅이고 남경을 중심으로 인근 삼백 리 일대의 모든 것들은 그의 지배하에 있다.

그러므로 그 영토 안에서의 무령왕은 무소불위의 권력을 지니고 있다.

비한이 어제 하루 동안 태무랑을 미행하고 감시하여 결과를 무령왕에게 보고한 것은 비한 혼자 한 일이 아니다.

남경 성내에 깔아둔 수백 명의 사복을 입은 군사들, 즉 비한의 수하들이 태무랑을 발견하고 또 놓치기를 반복하면서 목격한 내용들을 취합해서 무령왕에게 보고한 것이다.

그러나 비한을 비롯하여 수백 명의 수하들이 일각 이상 태무랑을 미행한 적은 단 한 번뿐이었다.

비한이 직접 미행하다가 태무랑이 혼자서 무극백절 다섯 명과 싸우는 광경을 먼발치에서 지켜봤을 때를 제외하고는, 번번이 그를 놓쳤었다.

그 이유는 태무랑이 수시로 얼굴 모습을 바꾸었기 때문이지만 비한으로서는 그 사실을 알지 못한다.

또한 태무랑이 무극백절 다섯 명하고 싸우는 것을 봤으나 워낙 먼 거리였고 또 울창한 숲이라서 어떻게 싸웠는지는 자세히 보지 못했다. 다만 태무랑이 모두를 죽였다는 사실만 나중에 알게 되었다.

"끙."

무령왕은 낮은 신음을 흘리더니 품에서 무엇인가를 꺼내 비한에게 던져 주었다.

휙!

"알았다. 이것을 사용해라."

비한은 두 손을 내밀어 공손히 그 물건을 받아 품속에 갈무리했다.

*   *   *

태무랑은 오늘밤 자정을 결행 시각으로 정했다.

그는 다른 얼굴로 변신하여 자인원 주위를 십여 차례 이상 돌면서 살폈다.

또 먼 곳의 높은 건물에 올라가 안력을 돋우어 살펴본 덕분에 장원 안팎의 상황을 웬만큼 파악하게 되었다.

현재 그의 마음은 그 어느 때보다도 평온했다. 마치 어린 나이에 군사가 되어 서북 국경의 주둔지 근처에서 경계보초를 서고 있을 때의 편안함 같았다.

그 당시의 그는 더 이상 굶주리지 않았고, 자신이 열심히 군 생활을 하는 덕분에 가족들도 고생을 하지 않고 배불리 먹고 따뜻하게 지낼 수 있었기 때문에 몸도 마음도 더없이 편안했었다.

원래 욕심이 없으면 만사가 편한 법이다. 그는 단지 가족의 안위만을 원했고 그것이 이루어졌기 때문에 심신이 더없이 편안했던 것이다.

현재 그는 옥령이 있는 자인원에서 직선거리로 이백여 장쯤 떨어져 있는 대로변의 어느 주루 이층 창가 자리에 앉아 있었다.

자정이 되려면 반 시진 정도 남았다. 성내의 보통 주루들은 대부분 해시(밤10시) 이전에 문을 닫지만, 남경은 워낙 크고 번화한 곳이라서 새벽까지 영업을 하는 주루를 찾는 일은 어렵지 않다.

그가 할 수 있는 모든 준비는 끝났다. 준비라고 해봐야 거창하지도 또한 많지도 않았다.

구주옥패는 신풍개에게 맡겨두었다. 태무랑은 만약 자신이 죽으면 그것을 태화연에게 전해주고 그녀가 고구려 사람들과 함께 살 수 있도록 주선해 주라고 부탁했다.

구주전장은 자신들이 발행한 구주전패만 갖고 온다고 해서 무조건 돈을 내주지 않는다.

최초 구주전패를 발행할 당시에 각자의 신분과 용모를 파악해 두었기 때문에 본인이 아닐 경우에는 예치 금액이 동결되는 것이다.

하지만 구주전패를 지니고 있는 본인이 사전에 구주전장에 찾아와서 양해를 구하면 구주전패를 타인에게 양도할 수가 있다.

태무랑은 구주전장 남경지부에 직접 찾아가서 이미 사정을 말해두었기 때문에 만에 하나 그에게 무슨 일이 있을 경우에는 구주옥패의 효력, 즉 은자 칠천육백육십만 냥에 대한 권리는 고스란히 태화연에게 승계될 것이다.

그리고 또 만에 하나 경뢰궁주가 닷새 안에 태화연을 보내준다는 약속을 어겼을 경우에 대한 일도 신풍개에게 일임해 두었다.

하지만 그런 상황이 생겼을 때 신풍개가 할 수 있는 일은 그리 많지 않다.

태화연이 있는 곳을 알아내고 무슨 수를 써서라도 그녀를 구해내 달라고 태무랑이 부탁한 정도일 뿐이다.

그 밖에 옥령을 잡기 위해서 두세 가지 일을 더 안배해 두었다. 그것은 모두 신풍개가 해야 할 일이다.

태무랑이 앉은 탁자에는 한 가지 요리와 술 한 병이 놓여 있었다.

그는 반 시진 동안 앉아 있으면서 요리 몇 점과 술 반병을 마셨다.

그동안 신풍개와 고구려 사람들, 경뢰궁주 등과 줄곧 술을 마셔왔던 그는 술이 예전에 생각했던 것처럼 그리 나쁘지 않다고 생각하게 되었다.

즐거울 때나 슬플 때, 외로울 때, 그리고 지금처럼 긴장될 때에는 한 잔의 술처럼 좋은 명약이 따로 없다.

저벅저벅…….

그때 가벼운 발소리를 울리면서 누군가 계단을 올라오는 소리가 들렸다.

이층에는 태무랑 말고 탁자 두 곳에 손님이 더 있었다. 한 곳은 장사치들인데 내일 아침 배에 실을 물건들에 대해서 대화하고 있었다.

그리고 다른 한 곳은 기루에서 실컷 놀다가 나온 이류무사 나부랭이들인데 기녀들에 대해서 킬킬거리며 품평을 늘어놓고 있었다.

발걸음 소리가 멎고 이층에 올라온 사람은 이십칠팔 세가량의 청의단삼을 입은 청년이며 어깨에는 한 쌍의 검은색 봉을 메고 있었다.

무림인들은 대부분 도검을 휴대하는데 한 쌍의 봉을 지니고 있다는 점이 특이했다.

청의단삼 청년은 후리후리한 키에 약간 마른 듯한 체구이며 영웅건으로 이마를 단정하게 묶었다.

갸름한 얼굴 윤곽에 핏기 없는 흰 살결, 붉은 입술을 지녔으며 여장을 해도 미인 소리를 들을 정도의 수려한 용모를 지니고 있었다.

비한. 바로 그다.

그는 두리번거리지도 않고 혼자 앉아서 술잔을 기울이고 있는 태무랑을 향해 곧장 걸어갔다.

태무랑은 비한을 똑바로 주시하며 천천히 술잔의 술을 입 안으로 흘려 넣었다.

슥—

비한은 묵묵히 태무랑의 맞은편 자리에 앉았다. 태무랑이 자신을 기다리면서 술을 마시고 있었던 것처럼 자연스러운 행동이다.

비한이 태무랑을 찾아낸 것은 이곳 주루 주인 덕분이다. 남경 성내의 모든 가게 주인들은 두 장의 전신을 지니고 있는데, 하나는 철화천궁에서 준 것이고 또 하나는 무령왕가에서 보낸 것이다.

그런 식으로 남경 성내 수만 명의 가게 주인들은 철화천궁과 무령왕가의 정보자 역할을 하고 있었다.

쪼르르.

태무랑은 비한의 존재를 무시한 채 빈 잔에 천천히 여유있는 동작으로 술을 따랐다.

척!

그때 비한이 아무 말 없이 품속에 손을 넣었다가 꺼내더니 태무랑 앞에 하나의 물건을 내려놓았다.

그것은 전체가 금으로 이루어진 손바닥 반만 한 크기의 둥근 패(牌)였다.

한복판에 금룡(金龍) 한 마리가 입에는 여의주를, 양손에는 검과 봉을 움켜쥐고 승천하는 모습이 도드라지게 양각(陽角)되었다.

그리고 패의 세로 정중앙에는 총사대령(總司大令)이라는 글씨가, 전체적인 바탕에는 황제를 뜻하는 '황(皇)'이라는 한 글자가 새겨져 있었다.

여차하면 비한을 죽이려고 생각했던 태무랑은 그 패를 보는 순간 움찔 안색이 변했다.

그는 자신의 앞에 놓인 빛나는 패를 예전에는 한 번도 본 적이 없었다. 하지만 그것을 보는 순간 무엇인지 즉시 알아차렸다. 패의 중앙 세로로 새겨진 '총사대령'이라는 글자 때문이다.

이 땅에서 군사 노릇을 몇 달이라도 해봤거나 하급 관리라도 하면서 녹을 먹어본 사람이라면 그 말이 무슨 뜻인지 잘 알고 있을 터이다.

그것은 대명제국의 군권을 한 손에 움켜쥐고 있는 총사대장군 무령왕의 신패(信牌)이기 때문이다.

신패를 본 사람은 그 자리에 부복하여 명을 받들어야 하지만 태무랑은 그렇게 하지 않았다.

비한의 전음이 놀라고 있는 태무랑의 귀로 흘러들었다.

[무령왕께서 귀하를 데려오라는 엄명이오.]

그러자 태무랑의 얼굴이 복잡해졌다. 그는 삼 년 넘게 군생활을 했었기 때문에 총사대장군 무령왕에 대해서 자의 반 타의 반으로 어느 정도의 복종심을 지니고 있다.

무령왕을 한 번도 본 적이 없지만, 그것은 오랜 세월 동안 군사로서 대명제국에 충성했었던 것에 대한 조건반사 같은 것이다.

평소였으면 그는 두말 않고 비한을 따라갔을 것이다. 하지만 지금은 곤란하다.

이제 일각 남짓만 지나면 옥령을 죽이러 자인원으로 잠입해야 하기 때문이다.

미룰 수는 없다. 꼭 오늘이어야 한다. 모든 준비는 하루쯤 연기해도 되지만 미룰 수 없는 것이 있다.

태무랑 자신의 각오가 바로 그것이다. 일이 잘못되면 죽을 수도 있기 때문에 각오라는 것은 사뭇 중요하다. 달리 말하면, 오늘은 죽기에 적당한 날인 것이다.

[령아에게 무슨 일이 있소?]

태무랑은 수월화의 신변에 무슨 일이 있는 것이 아닌가 직감했다.

 비한의 표정은 변함없는데 눈빛이 보일 듯 말 듯 흐릿하게 흔들렸다. 태무랑이 수월공주 주령의 이름을 거침없이 불렀기 때문이다.

 그러나 설혹 수월화에게 무슨 일이 있다고 해도 비한으로서는 아무 말도 할 수가 없다.

 [무령왕 전하의 부르심이오.]

 태무랑은 복잡한 표정으로 술잔을 만지작거리며 신패를 묵묵히 주시했다.

 그리고 비한은 참을성있게 기다리면서 날카롭게 태무랑을 조목조목 살펴보았다.

 혼자서 무극백절 다섯 명을 죽인 자에 대한 무인으로서의 호기심 때문이다.

 [안 되겠소.]

 그렇게 말한 태무랑은 술잔을 들어 입속에 술을 쏟듯이 단번에 부어넣었다.

 지금까지 고요하기만 하던 비한의 눈에서 강렬한 빛이 일렁일 때 태무랑은 다시 잔에 술을 따르며 조용한 어조로 전음을 보냈다.

 [기필코 죽여야만 하는 불공대천지수가 지척에 있소.]

 비한은 뜻밖이라는 듯한 희미한 표정을 지었다. 그는 태무랑에 대해서 조사했으나 대부분 그의 행적에 대한 것이지 일에 얽힌 것은 아니었다.

[오늘 밤 그자를 죽일 것이오. 그 후에 무령왕 전하를 찾아뵙겠소.]

비한은 태무랑 같은 기풍의 사람을 한 번도 만난 적이 없으나 그런 사람의 성품에 대해서는 잘 알고 있다. 입 밖에 한 번 내뱉으면 절대로 번복하지 않는다.

또한 비한은 알고 있다. 무인에게 불공대천지수라는 것이 어떤 의미인지를. 그것은 살아 있는 목적이고, 그것 때문에 지금까지 살아왔다는 뜻이다.

지금 비한이 취할 수 있는 방법은 두 가지다. 하나는 태무랑을 무력으로 제압해서 끌고 가는 것이다. 그럴 경우 격렬한 충돌이 불가피해진다.

그리고 또 하나는.

[나도 귀하와 함께 행동하겠소.]

태무랑이 무사하도록 호위한 후에 데려가는 것이다.

*   *   *

철화빙선에게 보고가 날아들었다.

"태궁주, 무적신룡이 자인원에 잠입했습니다."

철화천궁 남경지부 총당주는 의자에 앉아 있는 철화빙선의 발끝에서 삼 장쯤 떨어진 바닥에 납작하게 엎드려 고개를 조아린 채 아뢰었다.

"그런데… 무적신룡에게 일행이 생겼습니다. 두 명이 함께 잠입했습니다."

그것은 철화빙선으로서도 예측하지 못했던 일이다.

"누구냐?"

"모르겠습니다."

"모른다?"

총당주는 부르르 몸을 떨고는 그보다 더 떨리는 목소리로 보고했다.

"그… 자가 무적신룡에게 총사대령 신패를 보였습니다. 그리고는 잠시 후에 함께 자인원에 잠입했습니다."

철화빙선의 아미가 살짝 찌푸려졌다.

"무령왕의 수하라는 말이냐?"

"그… 런 것 같습니다."

철화빙선은 한동안 침묵을 지키며 깊은 생각에 잠겼다. 그리고는 도저히 모르겠다는 듯 옆에 시립해 있는 경뢰궁주를 쳐다보았다.

"너는 무령왕의 의도를 알겠느냐?"

경뢰궁주는 태무랑에 대해서 알고 있는 모든 것을 철화빙선에게 상세히 보고를 했었다.

그러므로 경뢰궁주가 생각할 수 있는 것은 철화빙선도 당연히 할 수 있어야만 한다.

물론 경뢰궁주는 무령왕의 의도를 짐작할 수 있다. 아마도 수월화 때문일 것이다.

수월화가 태무랑 곁을 떠나서 무령왕가로 가기 전까지는, 그가 가는 곳이라면 수월화도 어디든지 그림자처럼 따라다녔었고 대부분의 일들을 손수 챙겼었다. 그리고 태무랑도 그것을 당연하게 여기는 듯했었다.

경뢰궁주는 태무랑과 수월화가 연인일 것이라고는 생각하지 않았다.

그런 기미를 발견하지 못했기 때문이다. 다만 수월화가 태무랑에게 어떤 감정을 품고 있는 것은 감지했었다. 하지만 그 감정이 여자로서 남자에게 느끼는 연모인지 아니면 태무랑에게 구명지은의 은공을 갚아야 한다는 마음인지는 경뢰궁주도 모른다.

그런데 자인원에 잠입하는 태무랑이 무령왕이 보낸 고수와 동행을 했다면, 그 이유는 수월화일 가능성이 크다. 그것 외에는 생각할 것이 없다. 태무랑과 무령왕은 개인적인 친분이 없기 때문이다.

어쩌면 무령왕가로 돌아간 수월화의 말이나 행동에서 그

녀가 태무랑하고 모종의 관계가 있다고 판단한 무령왕이 그를 돕기 위해서 고수를 보냈을 수도 있다.

그러나 경뢰궁주는 자신이 생각하는 바를 철화빙선에게 말하지 않았다.

이유는 모른다. 그저 이런 정도는 말하고 싶지 않다는 막연한 생각이 들었기 때문일 것이다.

경뢰궁주가 아는 한 철화빙선은 이성을 사귀어본 적이 한 번도 없으며 남녀관계에 대해서는 전혀 문외한이다.

어렸을 때부터 철화빙선이 되기 위한 수업에만 매진했기 때문에 다른 것에는 일절 한눈을 팔 겨를이 없었다.

그녀는 형제자매도, 부친도, 할아버지도 없다. 완고한 모친과 조모만 있을 뿐이다. 그래서 가족 간의 끈끈한 정 같은 것도 모른다.

"무령왕을 상대하는 것은 곤란하다."

경뢰궁주에게서 대답을 기다리던 철화빙선이 조용히 중얼거렸다.

경뢰궁주는 아무 말도 하지 않고 가만히 있었다. 태무랑의 일에 무령왕이 가담했다면 태무랑에게는 큰 힘이다.

아무리 철화빙선이라고 해도 무령왕이 돕고 있는 태무랑을 죽이려고 하는 것은 위험한 일이다.

무령왕을 적으로 삼는다는 것은 대명제국 전체를 적으로

삼는 것이나 진배없다.

어쩌면 계획 전체를 전면적으로 수정하거나 포기해야 할 상황에 직면했다.

경뢰궁주가 살짝 쳐다보니 철화빙선은 한 폭의 미인도를 그려놓은 듯 꼿꼿한 자세로 앉아 약간 눈을 내리깐 채 미동조차 하지 않았다.

철화빙선의 표정만으로는 그녀가 무슨 생각을 하고 있는지 도저히 짐작조차 할 수가 없다.

그런데 그녀를 바라보던 경뢰궁주는 지금 상황하고는 상관없이 은연중에 가슴이 떨리는 것을 느꼈다.

같은 여자가 봐도 철화빙선이 너무도 아름답기 때문이다. 고결함과 성결함, 우아함의 극치인 그녀를 보노라면 평소 자신의 미모에 긍지를 갖고 있던 경뢰궁주조차도 한 마리 벌레처럼 초라해져 버린다. 외모만으로도 철화빙선은 여신(女神) 같은 존재다.

"경뢰, 무극백절에게 무적신룡의 행방을 알리려는 것을 취소해라."

"네? 네! 알겠습니다!"

넋을 잃고 철화빙선을 바라보던 경뢰궁주는 깜짝 놀라 기쁜 마음에 필요 이상의 큰 목소리로 대답했다.

속으로 주판알을 튕겨본 철화빙선은 결국 무령왕을 거슬

러서는 안 되겠다고 결정을 내린 것이다.

경뢰궁주는 속으로 안도의 한숨을 토해냈다. 태무랑 혼자서는 옥령과 천자필사, 그리고 옥령의 호위대인 천옥대 백 명까지 상대하기도 벅찬 일이다.

그런데 거기에 무극백절 열여섯 명까지 가세하면 아무리 태무랑이라고 해도 어쩔 도리가 없다.

그가 무극백절 다섯 명을 죽였다고 하지만 이것은 상황이 전혀 다르다.

그런데 무극백절 열여섯 명이 가담하지 않게 되고 또 무령왕이 보낸 고수가 태무랑을 돕는다면 그가 옥령을 죽이지는 못하더라도 그 자신이 죽을 위험은 그만큼 줄어든다.

그러나 태무랑이 옥령을 죽이는 일에 철화빙선이 큰 걸림돌로 작용하는 일은 여전히 남아 있다.

경뢰궁주는 철화빙선의 최측근인 봉화십선(奉花十仙)이 이미 자인원에 가 있는 것으로 알고 있다.

무극신련 총본련에 무극백절이 있다면, 철화천궁에는 봉화십선이 있다.

둘 사이에 다른 것이 있다면 무극백절은 백 명이고 봉화십선은 열 명뿐이라는 것. 그리고 봉화십선은 모두 여자로 이루어졌으며, 언제나 철화빙선 주위에 머무른다는 점이다.

철화빙선의 호위대인 철화태상위에서 은퇴한 이십오 세

이상의 여자들 중에서 역대 최강자만 엄선하여 제일대, 제이대 철화빙선이 심혈을 기울여 가르친 여자들이 바로 봉화십선이다.

그러나 경뢰궁주는 봉화십선을 한 번도 본 적이 없다.

슥—

철화빙선이 일어서자 경뢰궁주는 가볍게 흠칫했다.

"내가 가보겠다."

말과 함께 철화빙선은 문으로 걸어갔다.

경뢰궁주는 크게 놀라 그녀의 뒷모습을 바라보고 있다가 한마디 꾸중을 들었다.

"뭘 하느냐? 어서 앞장서라."

경뢰궁주는 화들짝 놀라 다급히 철화빙선 앞으로 달려갔다.

철화빙선은 화를 내지 않았다. 원래 그녀는 절대 화를 내는 법이 없다.

마치 화낼 줄 모르는 사람 같았다. 다만 마음에 들지 않으면 엄한 벌을 내릴 뿐이다.

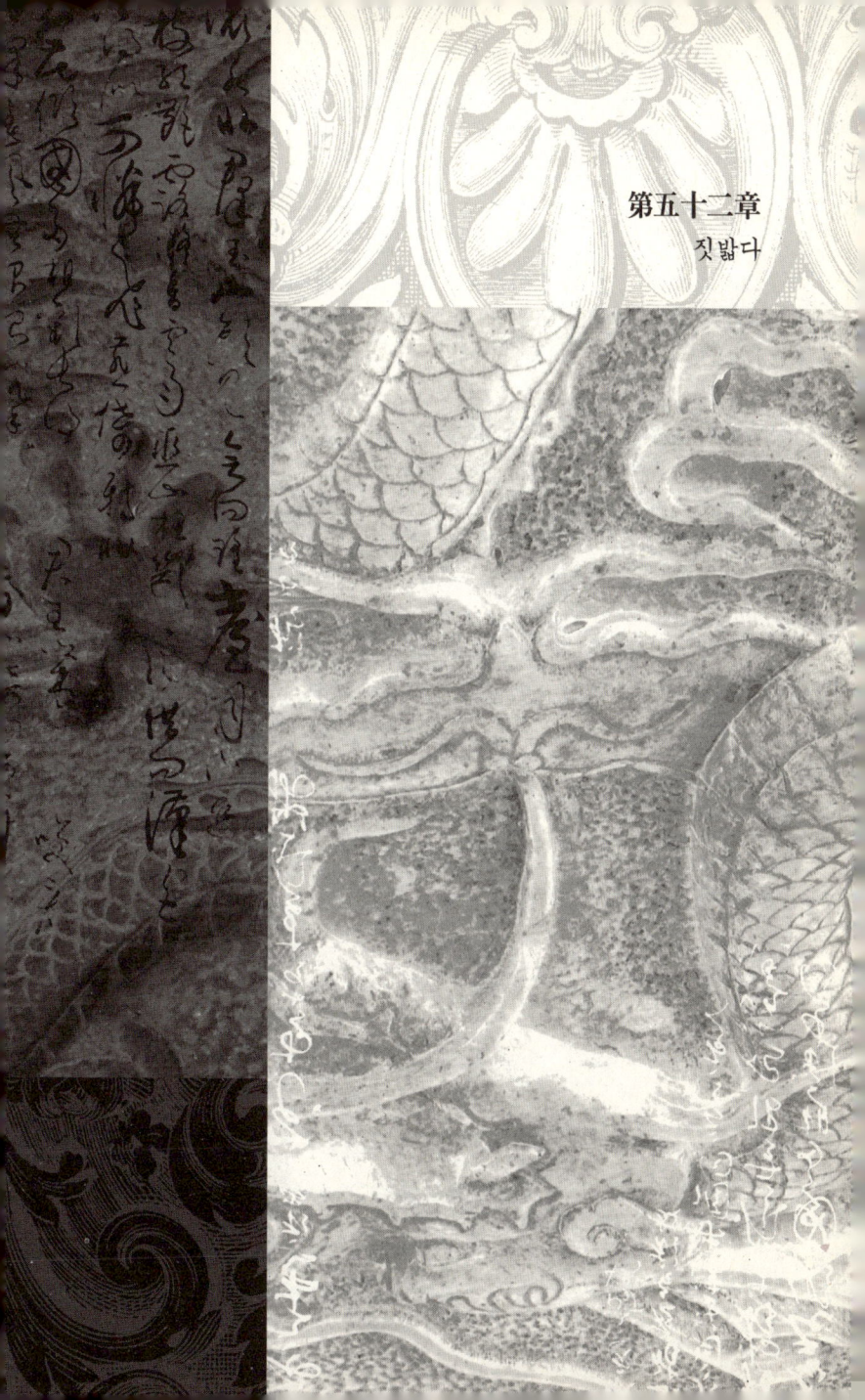

第五十二章

짓밟다

　자정이 넘은 시각의 남경 성내 대로는 인적이 드물었으나 그래도 행인이 전혀 없지는 않았다.

　워낙 큰 성이고 늦게까지 영업을 하는 기루 등 유흥가가 여러 군데 있는데다 장사치들까지 많아서 간간이 사람들의 모습이 보였다.

　양쪽 대로변의 이미 철시한 점포 앞이나 굴뚝 옆에는 거지들이 웅크린 채 새우잠을 자고 있었다.

　원래 남경처럼 큰 성에는 거지들이 많지만 오늘 밤에는 유달리 더 많은 거지들이 대로변에서 자고 있었다.

평소에 거리에서 자지 않던 거지들이 대거 거리로 쏟아져 나왔기 때문이다.

그들은 개방제자들이다. 신풍개의 명령으로 남경 성내의 동향을 살피기 위해서 이백오십여 명이 모조리 거리로 나와서 대로변에서 쪽잠을 자는 체하고 있는 것이다. 그들은 웅크리고 있으면서 눈은 날카롭게 주위를 살피고 있었다.

개방제자들은 옥령이 있는 자인원을 중심으로 반경 오백여 장 이내에 집중적으로 몰려 있었다. 하지만 아무도 그들을 의심하지 않았다.

그때 대로로 두 명의 여자가 지나가고 있었다. 경뢰궁주가 앞서고 그 뒤를 철화빙선이 일 장 간격으로 따르고 있는 모습이다.

두 여자는 걷는 듯하지만 실제로는 한 걸음에 삼사 장씩 미끄러지듯이 빠르게 나아가고 있다.

경뢰궁주는 전력을 다하고 있으나 철화빙선은 추호도 힘들이지 않고 마치 산책 나온 듯이 걸음을 내디뎠다. 그것만으로도 두 여자의 무공 차이를 알 수 있다.

두 여자가 가고 있는 방향은 옥령의 자인원 쪽이다.

그녀들이 거리 끝으로 구부러져 사라진 직후 대로변에서 자는 체하고 있던 두 명의 개방제자가 벌떡 일어나 후미진 곳으로 가더니 즉시 화섭자로 불을 밝히고 지필묵을 꺼내 빠르게 뭔가를 썼다.

이어서 검은 천으로 덮여 있는 새장에서 전서구 한 마리를 꺼내 발목의 대롱에 서찰을 넣고 하늘로 띄웠다.

푸드득—

전서구는 날갯짓을 힘차게 하며 밤하늘로 날아올라 한쪽 방향으로 날아갔다.

* * *

자인원은 꽤 큰 장원인데 비해서 전각은 열 개 남짓으로 그리 많지 않았다.

그리고 전각과 전각 사이는 정원과 인공호수, 인공 숲 등으로 조성되어 있었다.

말하자면 잘 가꾸어진 숲 속에 드문드문 전각들이 위치해 있는 광경이다.

옥령은 어제처럼 오늘도 하루 종일 자인원 자신의 거처에서 꼼짝도 하지 않고 수하들이 적안혈귀를 발견했다는 소식을 전해오기를 기다렸었다.

그녀는 적안혈귀를 찾으러 남경 성내로 직접 나가고 싶지만 천자필사는 이곳이 적진 한복판이며, 또 적안혈귀가 혼자서 무극백절 다섯 명을 죽인 사실을 들어 위험하다면서 강력하게 만류했다.

그러나 옥령은 적안혈귀가 한 일을 절대로 믿지 않았다. 아니, 믿을 수가 없었다.

그녀는 적안혈귀를 누구보다도 자신이 가장 잘 알고 있다고 생각한다.

그녀가 알고 있는 적안혈귀, 아니, 태무랑은 한 마리 벌레 같은 놈이었다.

짓밟으면 밟히고 때리면 피를 흘리면서 한마디 반항도 못하고 순순히 얻어터지는 노예 같은, 아니, 그보다 훨씬 못한 놈이다.

그놈은 아마 죽인다고 칼을 들이대도 목을 내밀면서 순순히 죽을 것이다.

옥령은 자신 앞에서 태무랑이 벌벌 떨면서 살려달라고 애원하는 모습을 늘 상상해 왔었다.

그런 놈이 무극백절을 다섯 명이나 죽였을 리가 없다. 그 일에는 반드시 무슨 곡절이 있다. 누군가 태무랑을 도운 것이 분명할 것이다.

하지만 옥령은 천자필사의 말에 따랐다. 태무랑이 무서워서가 아니라 이곳이 철화천궁의 세력권 한복판이라서 자칫 실수라도 하는 날에는 태무랑의 얼굴을 보기도 전에 자신이 먼저 당할 수 있다고 생각하기 때문이다.

천자필사는 옥령이 거처로 사용하고 있는 자인원 한가운데 위치한 전각 앞의 정원으로 나왔다.

오늘 하루 종일 옥령 옆에 그림자처럼 붙어 있었더니 몸이 찌뿌듯하고 답답했다.

약간 기지개를 켜듯하면서 밤하늘을 한 번 올려다보고 나서 습관처럼 주위를 둘러보았다.

밤하늘에는 반달이 미인의 흰 뺨처럼 새초롬하게 떠 있고, 정원에서는 향긋한 소슬바람이 불었으며 주위에는 아무도 보이지 않았다.

장원 안 곳곳에는 천옥대 백 명이 은신해 있다. 단지 여간해서는 눈에 띄지 않을 뿐이다.

천자필사의 눈에 잘 보이지 않는다면 다른 침입자, 즉 적안혈귀는 더욱 그들을 발견하지 못할 것이다. 그녀는 적안혈귀가 자신보다 훨씬 하수라고 단정하고 있다.

"후……."

그녀는 가만히 심호흡을 하다가 생각보다 큰 소리가 나자 움찔하며 전각 안을 돌아보았다. 옥령이 잠자리에 드는 것을 보고 나왔는데 방금 심호흡하는 소리에 그녀가 깰까 봐 신경이 쓰였다.

그녀는 뒷짐을 지고 발걸음 소리를 내지 않으면서 천천히 정원을 걸었다.

 하루 종일 있어도 옥령이 무엇을 물어봐야 겨우 한두 마디 짧게 대답하는 정도의 과묵한 성격이지만, 그녀도 사람인지라 어찌 생각이 없겠는가.

 지금 옥령이 처해 있는 상황은 섶을 지고 불속으로 뛰어든 것이나 다름없다.

 남경은 철화천궁의 세력권 한복판이다. 옥령이 이곳에 온 사실을 신풍개가 알고 있을 정도라면 당연히 철화천궁도 알고 있을 것이다.

 그런데도 옥령은 적안혈귀를 잡겠다는 욕심 하나 때문에 아무것도 보이지 않고 머릿속이 탁해진 것 같았다.

 천자필사가 위험하니까 우선 이곳을 떠나자고 아무리 통사정을 해도 그녀는 눈 하나 까딱하지 않는다. 적안혈귀를 제압해서 끌고 가기 전에는 한 발자국도 움직이지 않겠다는 것이다.

 천자필사는 옥령이 남경에 들어오는 것 자체를 반대했었다. 이곳이 적지 한복판이라는 한 가지 이유 때문이다.

 그런데도 옥령의 고집을 꺾지 못하자 천자필사는 한 발 양보하여, '그렇다면 전력을 더 보강한 후에 남경으로 들어가자'라고 제안했으나 그마저도 묵살당했었다.

 옥령은 남경에 도착하기만 하면 그 즉시 적안혈귀를 찾아내서 제압할 것이라고 자신만만했었다. 그것이 틀어지니까 지금 옥령은 더욱 심기가 불편해 있었다.

천자필사는 옥령이 무엇 때문에 적안혈귀에게 원한을 품고 있는지 자세한 내막은 모른다.

단지 적안혈귀가 무극신련을 적대하여 많은 일을 저질렀기 때문에 총련주 이하 단유천과 옥령, 무극백절이 그를 쫓고 있다는 대체적인 사실만 알고 있을 뿐이다.

하지만 단지 그것만으로는 옥령이 적안혈귀에게 그토록 치가 떨릴 정도의 원한을 품지는 않았을 것이다.

천자필사가 모르는 그 무엇인가가 둘 사이에 있는 것이 분명했다.

그렇지만 거기에 대해서 꼭 알아야겠다는 생각은 들지 않았다. 그것은 임무 외의 일이기 때문이다.

천자필사는 남경에 꽤 많은 무극백절이 들어와 있다는 사실을 모르고 있다.

그녀는 무극백절 십이 위지만 지금은 옥령을 호위하는 것이 임무라서 그것 외에는 일체 신경을 쓰지 않고 있다.

또한 무극백절들은 독립적으로 행동하기 때문에 친절하게 천자필사에게 자신들의 상황이나 적안혈귀에 대해서 알려주지 않는다.

그들은 남경에 옥령이 있든 천자필사가 있든 조금도 신경

쓰지 않고 자신들의 목적만 좇을 뿐이다.

옥령과 천자필사가 운이 따라주어 이곳에서 적안혈귀를 잡으면 다행한 일이다.

하지만 그러지 못하더라도 위험한 순간이라는 판단이 서면 천자필사는 즉각 옥령을 데리고 이곳을 떠날 생각이다.

근묵자흑(近墨者黑). 먹물을 갖고 놀면 손이나 몸에 먹물이 묻지 않을 수가 없다. 이곳 남경은 먹물 통이다. 그 속에 있다가는 언젠가는 화를 당하고 말 것이라는 게 천자필사의 확신이다.

그녀는 잠시 걸음을 멈추고 조금 전에 자신이 나온 전각 입구를 돌아보았다.

장원 곳곳에 천옥대가 매복하고 있는 것을 둘러보려면 일각 남짓 걸릴 것이다.

지금쯤 옥령은 깊이 잠들었을 테니 방에 들어가면 외려 잠을 깨우게 될 터라서 천자필사는 다시 걸음을 옮겼다.

그녀는 현재로선 적안혈귀가 이곳에 잠입하는 일은 일어나지 않을 것이라 생각하고 있다. 그는 이곳에 옥령이 있다는 사실을 모르고 있는 것이 분명하다.

신풍개를 놔줄 때 혼혈을 제압했다가 남경 성 밖으로 끌고 가서 놔줬기 때문에 그는 자신이 어디에 갇혀 있었는지 전혀 모른다.

그러므로 적안혈귀는 옥령이 밖으로 나오기만을 눈에 불을 켠 채 기다리고 있을 것이다.

천자필사는 최후의 수단을 생각하고 있다. 이곳 위치를 개방제자들에게 슬쩍 흘려내서 적안혈귀를 이곳으로 유인하는 것이다.

위험한 방법이긴 하지만 옥령이 적안혈귀를 잡기 전에는 절대로 돌아가지 않겠다고 끝까지 고집을 부리면 그 방법을 사용할 수밖에 없다.

만약 옥령이 적안혈귀에게 품고 있는 원한만큼 적안혈귀도 비슷한 원한을 품고 있다면, 그래서 이곳 위치를 알게 된다면 필경 이곳으로 부나비처럼 달려들지도 모른다.

그러면 천자필사는 이곳을 용담호혈로 만들어두었다가 먹이가 걸려들기만 기다리면 되는 것이다.

천자필사는 적안혈귀가 자신에게 걸리기만 하면 반드시 잡을 수 있다고 확신하고 있다.

상대를 과대평가하는 것도 문제지만, 과소평가하는 것은 더 큰 문제다.

슥······.

소리없이 방문이 열리고 하나의 검은 인영이 실내로 유령처럼 들어섰다.

옥령은 불을 끄고 침상에 누웠으나 잠이 오지 않아 눈을 말똥말똥 뜨고 있다가 기척을 느끼고 고개만 돌려 문을 쳐다보았다.

조금 전에 밖에 나갔던 천자필사가 돌아온 것이라고 생각했기 때문에 별다른 의미 없이 쳐다본 것이다.

그런데 들어선 사람의 얼굴을 확인한 옥령은 화들짝 놀라서 이불을 젖히고 벌떡 일어났다.

"사형!"

잠옷 차림으로 침상에서 뛰어내린 그녀는 문 안쪽에 우뚝 서 있는 사람에게 달려가며 반갑게 외쳤다.

이어서 그 사람 단유천 품에 뛰어들듯 안기며 두 팔로 그의 허리를 꼭 끌어안았다.

그것은 그녀가 평소에 거의 하지 않는 행동이지만, 추호도 예상하지 않았던 단유천의 출현에 너무 기뻐서 자연스럽게 안기게 되었다.

"갑자기 웬일이에요? 너무 기뻐요……!"

그녀는 너무 기뻐서 눈물이 왈칵 솟구칠 정도였다.

이렇게 오랫동안 무극신련 총본련을 떠나 있어본 적이 없었던 그녀는 방금 전까지만 해도 너무 외로워서 미칠 지경이었다.

철이 들기도 전부터 그녀는 어딜 가더라도 단유천하고는

바늘과 실처럼 붙어 다녔었다.

그런데 단유천이 먼저 총단주의 지위로 철화천궁과 싸우러 떠났고, 자신은 태무랑을 잡으러 떠난 이후 정말 오랫동안 그를 만나지 못했었다.

그래서 요즘은 자나 깨나 두 사람에 대한 생각만 머리에 꽉 차 있었다.

두 사람은 물론 단유천과 태무랑이다. 그리고 두 명에게 느끼는 감정은 극과 극이다.

단유천은 보고 싶어서 미칠 지경이고, 태무랑은 죽이고 싶어서 미칠 지경이다.

더구나 일은 제대로 풀리지 않고 적진 깊숙이 들어와 있는 상황이므로 불안감이 극도로 고조된 상태였다.

단유천과 옥령은 사형제지간으로 십여 년 전부터 친남매 이상 친하게 지내왔었다.

그리고 두 사람은 언젠가는 혼인을 할 것이라는 말을 사부로부터 자주 듣곤 했었다.

굳이 사부의 말이 아니더라도 두 사람은 때가 되면 자신들이 당연히 혼인할 것이라고 생각했었다.

다른 사람하고의 혼인이나 교제 같은 것은 꿈속에서조차 상상해 본 적이 없었다. 천하의 남녀는 오로지 자신들 둘만 있다는 생각뿐이었다.

짓밟다 127

그리고 실제로 두 사람은 서로를 깊이 사랑하고 있을 뿐만 아니라 죽을 때까지라도 절대 변함없을 것이라고 굳게 믿고 있었다.

지금 옥령이 안겨 있는 사람은 물론 단유천의 얼굴로 변신을 한 태무랑이다.

그는 자신의 허리를 두 팔로 꼭 끌어안고 있는 옥령의 등을 부드럽게 안았다가 혈도를 제압하기 위해서 손가락을 세워 그녀의 뒤통수 쪽으로 가져갔다.

천하에서 짝을 찾아보기 어려울 정도의 미녀인 옥령의 몸은 뼈가 없는 듯 나긋나긋했다.

그러면서도 몸의 굴곡은 뚜렷했다. 그녀가 언제나 헐렁한 옷을 입고 있어서 몸매가 겉으로 드러나지 않았으나 가녀리고 늘씬한 몸에 비해서 가슴은 매우 크고 풍만하게 발달했으며 탄력이 있었다.

그리고 잘록한 허리와 탱탱한 둔부를 지니고 있었다. 하지만 그녀 자신은 그런 자신의 몸매를 드러내기 싫어하기 때문에 늘 헐렁한 옷을 입는 것을 좋아했었다.

그녀가 두 팔로 태무랑의 허리를 꼭 끌어안고 있기 때문에 두 사람의 하체가 자연스럽게 밀착되었다.

그때 그녀가 갑자기 종부돋움을 하면서 키를 한껏 높이며 태무랑의 허리를 안았던 두 팔을 풀어 그의 목을 안더니 입술을 부딪쳐 왔다.

그녀는 눈을 감고 있는데 눈물이 하얀 뺨을 타고 흘러내렸으며, 촉촉하게 젖은 길고 우아한 속눈썹이 바르르 가늘게 떨렸고, 붉고 매혹적인 입술을 도톰하게 내미는 모습이 청초하면서도 뇌쇄적이었다.

하지만 태무랑은 그런 모습을 보고 구역질이 날 것 같아서 와락 인상을 썼다.

옥령 같은 년하고 입맞춤을 할 바에는 차라리 돼지하고 하는 것이 낫다고 생각할 정도다.

하지만 그럴 필요가 없다. 옥령의 혈도만 제압해 버리면 간단한 일이다.

그녀의 입술이 막 자신의 입술에 닿는 순간 태무랑의 손가락이 그녀의 뒤통수에 닿았다.

"……!"

그러나 그는 옥령의 혈도를 제압하지 못했다. 전각 안으로 누군가 들어오는 기척을 감지했기 때문이다.

그의 짐작이 틀리지 않다면 들어오고 있는 사람은 천자필사가 분명하다.

조금 전에 옥령이 '사형!' 이라고 외치는 소리를 듣고 놀라서 달려왔을 것이다.

옥령이 '사형' 이라고 외칠 사람은 단유천뿐이다. 천자필사는 어째서 갑자기 단유천이 이곳에 나타난 것인지 의심할 것이 분명하다.

또한 그녀는 곧장 이 방으로 올 것이다. 문을 열어서 확인하거나 그렇지 않으면 방문 밖에서 동태를 살필 것이다.

그런 상황에서 태무랑이 옥령을 제압할 수는 없다. 그녀가 아무 말도 행동도 하지 않으면 천자필사가 필경 의심을 할 테니까.

태무랑의 목적은 옥령을 죽이는 것이다. 하지만 될 수 있으면 쉽게 죽이고 싶지 않다. 아니, 절대로 그럴 수 없다.

그녀를 간단하게 죽여 버리는 것은 자비를 베푸는 것이기 때문이다.

그가 지옥에서 길고긴 반년 동안 얼마나 지독한 고통을 당했으며 가족에 대한 안타까움으로 속을 태웠는지, 그러는 동안에 어머니와 남동생이 주린 배를 움켜 안고 몸부림치다가 죽어간 뼈아픈 사연을 그녀의 머리와 가슴속에 꾹꾹 밟아서 집어넣은 다음에 죽여야 그나마 속이 조금이나마 풀릴 터이다.

그녀는 한 올의 자비조차 받을 자격이 없다. 그래서 그녀를 제압해서 데리고 이곳을 빠져나갈 계획이다. 그 후에는 그녀에게 벌레의 삶이 어떤 것인지, 그 벌레가 분노하면 어떻게 되는지를 뼈저리게 맛보여 줄 것이다.

죽이는 것은 그다음이다. 태무랑이 당한 고통을 백 분의 일이라도 맛보여 줘야만 마음 편히 죽일 수 있다.

태무랑은 그대로 가만히 우뚝 서 있으면서 방문 밖의 기척을 살폈다.

그러는 사이에 옥령은 자신의 입술을 태무랑의 입술에 깊게 밀착시키면서 비비며 매끄럽고 따뜻한 혀로 그의 굳게 다문 입술을 벌리려고 하였다.

그때 태무랑은 천자필사가 방문 밖에 당도한 것을 감지했다.

그는 천자필사의 의심을 사지 않으려면 어쩔 수 없이 옥령에게 입을 벌려줄 수밖에 없다고 생각했다.

이 방에서는 단유천과 옥령이 오랜만에 만나서 자연스럽게 회포를 풀고 있는 상황이 연출되고 있어야 하기 때문이다.

그가 입을 약간 벌리자 옥령이 그의 혀를 조심스럽게 잡아당겼다.

그러더니 갑자기 배고픈 아이가 엄마 젖을 빨듯이 격렬하게 혀를 빨아댔다.

그 순간 태무랑은 정수리가 찌릿한 것을 느꼈다. 그것은 그의 의지나 복수심하고는 전혀 상관이 없는 몸의 정직한 반응이었다.

그리고 그는 동시에 천자필사가 방문 밖에서 호흡을 멈춘 채 꼼짝도 하지 않고 있는 것을 느꼈다.

그녀가 방문 밖에 있는 한 그는 옥령을 해치는 어떤 행동도 취할 수가 없다.

그녀가 무서운 것이 아니라 그녀로 인하여 귀찮은 일이 벌어질 것이기 때문이다.

아무래도 천자필사는 단유천이 갑자기 이곳에 나타난 것을 의심하고 있는 것 같았다. 그렇다면 쉽사리 물러나지 않을 것이다.

쳐다보기만 해도 구역질나는 년은 혀를 빨아대며 온몸을 밀착시켜 비벼대고 있다.

그뿐인가. 또 한 년은 방문 밖에서 몰래 엿듣고 있으니 태무랑으로서는 속이 뒤틀리는 기분이다.

'네년이 물러가지 않고 얼마나 견디나 보자.'

급기야 태무랑은 불끈 오기가 생겼다. 일단 천자필사를 물러나게 하는 것이 급선무다.

하지만 웬만해서는 물러나지 않을 것이다. 그러므로 극단적인 방법을 써야만 한다.

혀를 빨리고 있는 것만으로도 미쳐 버릴 것 같은 상태지만 지금 상황으로는 어쩔 수가 없다.

그는 한 팔로 옥령의 허리를 바짝 끌어안고 이번에는 자신이 옥령의 혀를 빨기 시작했다.

그녀는 깜짝 놀라서 눈을 뜨고는 태무랑의 눈을 빤히 바라보더니 그가 힘차게 혀를 빨자 몽롱한 눈빛이 되면서 스르르 눈을 감으며 몸을 가늘게 떨었다.

태무랑은 다른 손을 옥령의 상의 밑으로 집어넣어 한 마리 영활한 뱀처럼 위로 미끄러져 올라 풍만한 젖가슴을 가만히 움켜잡았다.

순간 옥령은 한 마리 물고기처럼 파드득 떨더니 곧 몸이 굳어졌다.

그러나 그의 커다란 손이 젖가슴을 주무르며 손가락으로 유두를 건드리자 바르르 격렬하게 몸을 떨면서 몸에서 힘이 빠져나갔다.

옥령은 점차 흥분하여 쌔근쌔근 뜨거운 콧김을 뿜어냈다. 남자든 여자든 건강한 젊은 육체는 솔직한 것이다.

그녀는 자신의 허리를 바짝 끌어안은 태무랑의 굵은 팔에 온몸을 내맡긴 채 뼈가 없는 듯 찰싹 안겨왔다.

그때 젖가슴을 주무르던 태무랑의 손이 아래로 내려가 거침없이 치마를 걷어 올리고는 속곳 속으로 헤집고 들어갔다.

옥령의 몸이 움찔 굳었으나 그것도 개의치 않았다. 그는 그녀의 소중한 부위를 마음껏 유린했다. 그는 이것이 또 다른 의미의 작은 복수라고 생각했다.

옥령의 속곳 안은 이미 흠뻑 젖어 있었다. 여자 경험이 없는 태무랑은 손으로, 그리고 손가락으로 그곳을 거칠게, 그러나 집요하게 공략했다.

그리고는 그녀의 혀를 놓아주자 바들바들 온몸을 떨던 그녀가 숨넘어가는 교성을 터뜨렸다.

"하윽! 하아아……."

그 순간 태무랑은 방문 밖의 천자필사가 '흑!' 하고 놀라며 참았던 숨을 토하는 것을 감지했다.

태무랑은 자신의 계책이 맞아떨어졌다고 확신했다. 제아무리 천자필사라고 해도 단유천과 옥령이 은밀한 행위를 하는데도 끝까지 지켜보고 있지는 않을 것이다. 그러므로 이제는 결정적인 행동이 필요할 때다.

태무랑은 옥령의 사타구니에서 손을 빼지 않고 오히려 더 손을 깊숙이 찔러 넣어 덥석 가랑이 안으로 궁둥이를 움켜잡고는 그녀를 번쩍 안아 침상으로 갔다.

그가 옥령을 침상에 눕히면서 자신의 체중을 싣자 그녀는 놀라면서도 달뜬 신음을 계속 흘렸다.

"아아… 사형……."

평소였으면 그녀는 어쩌면 혼인할 때까지는 순결을 지키겠다고 고집을 부렸을지도 모른다.

하지만 지금은 상황이 다르다. 외로움과 불안함이 고조된 상태며, 또한 태무랑의 집요한 애무로 극도의 흥분을 느끼고 있다.

 사람의 몸은 정신이 지배한다. 분노가 극에 달하면 이성을 잃고 평소에는 생각할 수도 없는 행동을 아무렇지도 않게 저지른다.

 그런 것처럼 성적흥분이 머릿속을 가득 채우면 오직 한 가지만을 위해서 온몸을 불태운다. 더구나 상대가 사랑하는 사람일 경우에는 더욱 그렇다.

 태무랑은 옥령의 옷을 벗겼다. 아니, 더욱 극적인 효과를 내기 위해서 옷을 마구 찢었다.

 찌이익! 찍!

 옷 찢어지는 소리를 천자필사도 들을 터이다. 그러면 두 사람이 무엇을 하는지 짐작할 테고, 이쯤에서 조용히 물러날 수도 있다.

 그런데도 저 우라질 년은 방문 밖에 딱 붙어서 꼼짝도 하지 않고 있다.

 도대체 저년의 머릿속에는 무슨 생각이 들어 있는지 모를 일이다.

 아니, 이 정도 격렬한 소리라면 천자필사뿐만 아니라 정원에 은신해 있는 천옥대 중에 수십 명도 듣고 있을 것이다. 그러므로 이제는 멈출 수가 없게 돼버렸다.

 옷이 다 벗겨진 옥령은 은어처럼 희고 매끄러우며 탄력적인 눈부신 나신을 고스란히 드러냈다.

 티 한 점 없이 완벽한 몸매다. 그 몸뚱이가 격렬한 흥분으로 충만한 채 단유천을, 아니, 남자를 기다리고 있었다.

 옷이 다 벗겨지자 그녀는 긴장으로 몸을 단단하게 경직시킨 채 태무랑을 말끄러미 바라보았다.

 그녀의 얼굴은 붉게 상기되었고 입에서는 가쁜 숨소리가 흘러나왔다.

 이윽고 그녀는 몸의 힘을 빼고는 떨리는 손으로 태무랑의 옷을 벗기기 시작했다.

 그는 움찔하며 옥령의 손을 잡았다. 그러자 그녀가 흥분으로 물든 눈으로 의아한 표정을 지으며 한 뼘 위에 있는 그의 얼굴을 바라보았다.

 태무랑은 아주 짧은 순간 갈등했다. 하지만 이제 와서는 그녀의 행동을 제지할 수는 없게 돼버렸다.

 그렇게 되면 밖에 있는 천자필사가 아니라 그녀가 의심을 하게 될 터이다.

 여태까지의 자연스러운 남녀 간의 행동에 찬물을 끼얹는 꼴이니까 말이다.

 한 가지 다행한 일은 평소 옥령은 옷을 입은 상태에서 단유천에게 가볍게 안겨본 적은 있으나 그의 알몸을 본 적이 없기 때문에 그의 알몸을 보거나 안겼을 때의 느낌 같은 것이 어떤

지 모르고 있다는 사실이다. 그러므로 태무랑을 철석같이 단유천이라고 믿고 있었다.

마침내 두 사람은 실오라기 하나 걸치지 않은 전라의 몸이 되었다.

옥령은 연신 가쁜 교성을 흘리면서 자신의 몸 위에 엎드려 있는 태무랑을 두 팔로 꼭 안고 있었다.

태무랑이나 옥령 둘 다 정사는 한 번도 해본 적이 없지만, 그것은 누가 가르쳐 준다고 하는 일이 아니다. 남녀의 정사에 꼭 필요한 것은 본능뿐이다.

"아아… 사형… 사랑해요……."

흥분이 극에 달한 옥령은 작게 몸부림치면서 안타깝게 신음을 흘렸다.

태무랑이 자신의 몸에 엎드려 있을 뿐 아무 행동도 취하지 않고 있기 때문이다. 그 상태에서 또 흐름이 멈췄다.

그러나 태무랑의 온 신경은 방문 밖에 있는 천자필사에게 집중된 상태다.

이 정도면 물러날 만도 한데 천자필사는 요지부동 꼼짝도 하지 않고 있었다.

태무랑은 옥령이 평소에 단유천하고 지속적으로 육체관계를 하고 있었을 것이며, 그래서 정사에 대해서 잘 알고 있으리라고 여겼다.

그때 그는 한 가지 사실을 깨달았다. 자신의 음경이 단단해져 있다는 사실이다. 지금까지는 다른 것에 신경을 쓰느라 전혀 모르고 있었다.

주인, 즉 정신이 딴 데 정신이 팔려 있는 사이에 몸뚱이는 미끈하고 팽팽한 여체에 너무도 정직하게 반응을 하고 있었던 것이다.

'이런……'

그 순간 온몸의 피가 머리로 몰렸다. 옥령이 아니라 자기 자신에게 구역질이 느껴졌다.

찢어 죽여도 시원치 않을 년의 몸뚱이에 욕정을 느끼고 있는 자신의 육신이 그토록 저주스러울 수가 없었다. 마치 남의 육신 같았다.

그런데 그때 심장이 두근거리기 시작하더니 곧이어 머리가 멍해졌다.

조금 전에 그의 머리로 온몸의 피가 쏠렸던 것은 구역질 때문이 아니었다. 몸이 느낀 욕정이 한 발자국 늦게 정신으로 쏟아진 것이었다.

그는 팔팔한 이십 세 청년이다. 격렬하게 뜨거워진 몸뚱이를 거스르기에는 너무도 젊은 나이다.

그때 그는 또 한 가지를 깨달았다. 옥령이 다리를 벌리고 있으며, 자신의 단단해진 음경이 받아들일 준비가 되어 있는 그녀의 소중한 부위에 닿아 있다는, 아니, 문질러지고 있다는 사실을.

모든 준비는 완벽하게 끝나 있었다. 그리고 죽일 년도 그년을 죽여야 할 놈도 발정 난 암캐와 수캐가 되어 극도의 흥분으로 서로를 간절하게 원하고 있다.

그 순간 태무랑은 극도로 고조된 흥분과 자신에 대한 저주 때문에 이성을 잃은 탓에 방문 밖에서 엿듣고 있는 천자필사를 잠시 망각하고 말았다.

그리고 옥령이 철천지원수라는 사실도 잊었다. 지금 그의 머릿속에 팽배해 있는 생각은 오로지 활화산처럼 뜨거워진 몸이 폭발하기 전에 어떻게든 행동을 취해야겠다는 생각, 아니, 본능뿐이었다.

"흐으으……."

그리고 그때부터 그는 인간이 아닌 한 마리 상처 입은 야수로 돌변하여 난폭하게 옥령, 아니, 암캐를 짓밟았다.

"아악!"

옥령이 찢어지는 듯한 비명을 질렀던 것 같다. 그 소리가 멀리에서 아스라이 들렸다.

그리고 그녀가 두 팔로 힘껏 그의 등을 끌어안으며 손톱으로 그의 등을 후벼 팠던 것 같았다.

하지만 그는 개의치 않고 미친 듯이 몸을 움직였다. 온몸이 옥령의 사타구니 속으로 빨려 들어갈 것만 같았다. 그리고 그녀는 그를 빨아들이겠다는 듯 사타구니를 활짝 벌리고 그를 힘껏 잡아당기면서 그 속으로 그를 힘껏 구겨 넣는 일에 열중했다.

태무랑은 격렬함 중에 설핏 정신이 들자 지금 이 행위가 옥령을 짓밟고 천 갈개 만 갈래로 찢어 죽이는 것이라고 스스로를 기만했다.

도검으로 찌르고 베어서 난도질하는 것이 아니라 음경을 그녀의 옥문 속에 찔러 넣어 마구 헤집어서 그녀를 만신창이로 만드는 복수다. 자기변명이지만 지금 그것만이 유일한 위안거리가 돼주었다.

옥령이 온몸으로 그를 안고 연신 가쁜 숨을 토해내며 바들바들 떨었다.

"아아… 사랑해요… 죽도록 사랑해요……."

그런 절규 같은 신음소리가 태무랑의 귀에 아스라이 들렸으나 그는 오로지 본능에만 충실했다.

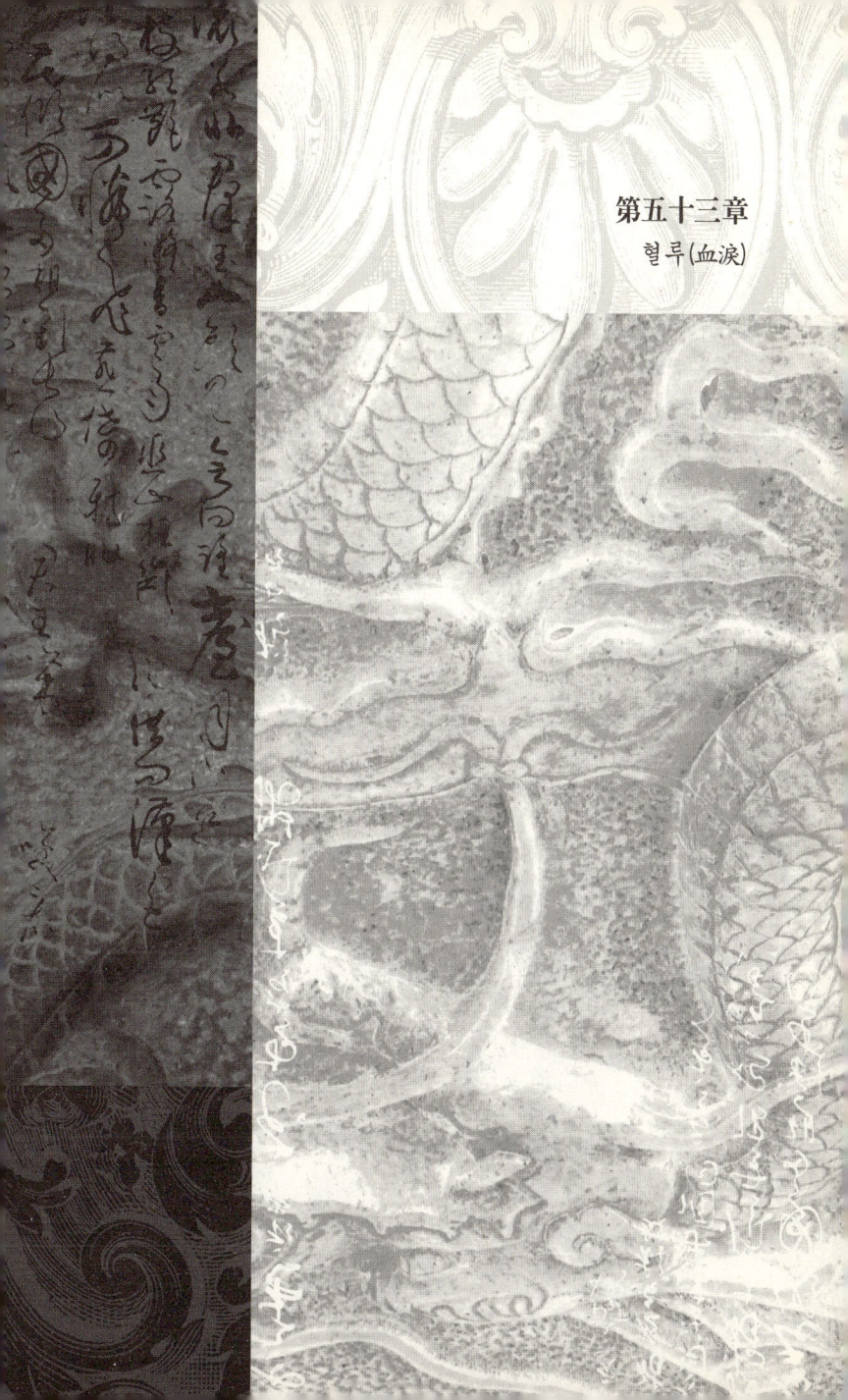

第五十三章

혈루(血淚)

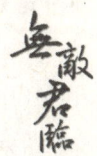

 태풍이 지나갔다. 그러나 그 태풍은 물체만 휩쓴 것이 아니라 정신도 황폐하게 만들어 버렸다.
 '도대체 내가 무슨 짓을……'
 태무랑은 온몸을 늘어뜨린 채 망연자실해졌다. 자신이 누구며 어째서 이런 곳에 누워 있는 것인지도 잊어버리고 있었다. 자신이 저지른 짓 때문에 찾아든 자기상실이다.
 어떻게 된 일인지 그가 누워 있고 옥령이 그의 몸 위에 엎드려 있는 자세가 돼버렸다. 언제 그렇게 됐는지 기억이 전혀 나지 않았다. 그리고 아직도 두 사람은 결합되어 있는 상태다.

두 사람의 몸은 땀에 흠뻑 젖었으며, 옥령은 기진맥진해서 그의 어깨에 뺨을 댄 채 참새처럼 할딱할딱 가쁜 숨만 몰아쉬고 있었다.

태무랑은 방문 밖에 천자필사가 있는지 없는지도 모르고 있다. 언제부턴가 그녀의 존재를 까맣게 잊고 오직 본능에만 몰두했기 때문이다.

'미친놈……'

복수를 하러 와서는 미친 수캐 노릇을 했다는 것 때문에 자기 자신이 죽이고 싶도록 가증스러웠다.

"음……"

그때 옥령이 야릇한 신음을 흘리면서 궁둥이를 가만히 살짝살짝 움직였다.

그러자 여태껏 아무런 존재감도 느껴지지 않았던 음경이 아직 그녀의 질 속에 있다는 것과 여전히 단단한 상태라는 것이 비로소 느껴졌다.

옥령은 또 한 번의 정사를 원하고 있는 듯했다. 순결을 바친 그녀는 이번에는 사랑을 확인하고 싶은 것이다.

하지만 태무랑은 빠르게 제정신을 차리고 현실로 돌아오고 있었다.

그는 두 손으로 옥령의 양 어깨를 잡고 천천히 상체를 들어 올렸다.

그러자 그녀는 한 번 더 정사를 하고 싶다는 자신의 마음을 태무랑이 알아줬다고 오해를 하고 조금 더 분명하게 몸을 움직이기 시작했다.

상체를 세운 그녀의 뽀얗고 풍만한 젖가슴이 출렁거렸다.

슥―

태무랑은 눈살을 찌푸리며 두 손으로 그녀의 젖가슴을 움켜잡았다.

"아……."

옥령이 쾌락에 들뜬 교성을 터뜨리면서 허리를 마구 흔들어댔다.

콱!

"아악!"

그러나 다음 순간 그녀는 동작을 뚝 멈추며 자지러질 듯한 비명을 터뜨렸다.

태무랑이 그녀의 젖가슴을 터뜨릴 듯이 힘껏 움켜잡았기 때문이다.

"아… 아파요……."

성욕이 씻은 듯이 사라지고 그 대신 젖가슴이 떨어져 나갈 듯이 아픈 옥령은 태무랑을 굽어보며 그러지 말라는 듯 간절한 표정을 지었다.

그때 그녀는 태무랑의 얼굴이 보기 싫게 일그러지는 것을 발견했다. 그러더니 그의 두 눈이 잔인하게 빛났다.

"사형……."

파파팍!

순간 태무랑의 두 손이 옥령의 상체 혈도들을 순식간에 제압해 버렸다.

원래 마혈과 아혈을 동시에 제압하려면 세 군데만 누르면 되는데 그는 아홉 군데나 점했다.

옥령은 몸이 굳어지고 말도 하지 못하는 상태가 되어 눈을 커다랗게 뜨고 그를 굽어보았다.

태무랑은 늦었지만 이제라도 어떻게든 상황을 제대로 바로잡아 보려고 마음먹었다.

그의 마음과 머리는 아주 빠르게 차디차게 식고 있었다. 육체가 저지른 과오를 용서하거나 외면하기 위해서 그는 더욱 차가운 정신이 필요했다.

그는 천천히 몸을 움직여서 그녀와 자세를 바꿨다. 눈을 동그랗게 뜨고 있는 그녀와 시선이 마주쳤지만 무시했다.

아까는 절실하게 필요했던 이런 냉정한 마음이 어째서 일어나주지 않았는지 착잡하기 이를 데 없었으나 그런 마음마저도 무시해 버렸다.

그의 시선이 힐끗 자신의 음경으로 향했다. 아니, 음경은 옥령 속에 있기 때문에 보이지 않았다.

대신 음탕한 연놈의 생식기가 결합되어 있으며, 죄악과 치욕의 찌꺼기들이 연놈의 거웃과 사타구니에 질퍽하게 번져 있는 것이 보였다.

그런데도 원수 년의 그곳은 번들거리며 태무랑을 삼킨 채 계속 죄를 지으라고 요구하고 있었다.

허리를 뒤로 하자 잘라 버리고 싶은 놈이 원수 년의 쾌락의 액체를 잔뜩 묻힌 채 모습을 드러냈다.

쳐다보기도 싫어서 힐끗 시선을 옮기자 옥령의 그것이 눈에 가득 들어왔다.

와락 미간이 좁혀졌다. 그 옛날처럼 세차게 한 대 걷어차 주고 싶은 것을 겨우 참았다.

그녀의 그곳을 쏘아보는 동안 그의 잔뜩 찌푸려졌던 얼굴이 조금씩 펴지더니 잔인한 미소가 떠올랐다. 변명거리가 떠오른 것이다.

'후후. 짓밟아준 것이다. 맹세하지 않았었던가. 그때……'

예전 지옥에서 그가 옥령의 사타구니를 힘껏 걷어차서 그녀의 처녀막을 터뜨렸을 때, 그는 맹세했었다. 언젠가는 그녀를 강간해 버리겠다고. 그래서 그 맹세를 이제야 실행한 것이라고 또다시 자신을 위안했다.

옥령은 태무랑 위에 걸터앉았던 자세 그대로 다리를 벌린 채 누워 있는데, 그가 자신의 은밀한 부위를 쏘아보며 기묘한 미소를 짓고 있는 것을 보고 수치심에 앞서 불길함이 샘솟았다.

사형이 왜 갑자기 돌변해서 이러는 것인지 도무지 알 수가 없기 때문이다.

태무랑은 침상 바닥으로 내려서 천천히 옷을 입으며 그제야 방문 밖에 천자필사가 있는지 청력을 돋우었다.

그런데 어이없게도 아직도 그녀가 방문 밖에 있었다. 이제는 태무랑을 단유천이라 확신하고 안심했는지 약하게 호흡을 하며 편안한 상태로 있는 것이 감지되었다.

그때 태무랑은 깨달았다. 천자필사는 옥령을 호위하기 때문에 무슨 일이 있어도 그녀 곁을 떠나지 않을 것이라는 사실을 말이다.

그것도 모르고 그는 그녀를 물러가게 하려고 원치 않는 짓을, 아니, 생지랄을 벌였던 것이다.

'이년……!'

태무랑은 닫혀 있는 문을 쏘아보며 지그시 어금니를 악물었다. 이번에는 천자필사 차례다.

바깥 어딘가에는 함께 이곳에 잠입한 무령왕의 이름 모를 수하 한 명이 은신해 있을 것이다.

지금까지도 발각되지 않은 것을 보면 제법 한가락하는 고수인 것 같았다.

모르긴 해도 태무랑과 옥령이 벌인 정사에 대해서 그도 알고 있을 터이다.

그토록 난리를 피웠는데 귀가 뚫렸다면 듣지 못했을 리가 없다. 그래도 상관없다. 그게 무슨 대수인가.

태무랑은 옥령을 그대로 놔두고 추호도 기척 없이 문으로 미끄러져 가며 공력을 극한으로 끌어올렸다.

천자필사의 호흡으로 미루어 지금은 안심하고 있는 것 같으니까 문을 열고 나가 기회를 봐서 일장이든 일도든 제압해 버리고 말 생각이다.

천자필사는 방 안을 들여다보다가 껍질을 벗겨놓은 닭 같은 자세를 취하고 있는 옥령을 보고는 필경 놀랄 것이다. 급습을 가할 기회는 바로 그때다.

척!

태무랑은 왼손으로 천천히 문을 열면서 한 걸음 성큼 밖으로 나섰다.

문 바로 옆 바닥에 가부좌로 앉아 있던 천자필사가 움찔 놀라며 급히 일어섰다.

"대공······."

옥령의 모습을 보여줄 필요도 없다. 놀라서 일어서는 천자필사는 이미 온몸이 허점투성이였다. 더구나 거리는 채 반 장도 되지 않았다.

상대를 단유천이라고 굳게 믿고 있기 때문에 경계를 하지 않은 것이다.

슈우—

그녀를 향해 돌아서면서 태무랑이 번개같이 오른손을 뻗어내자 흐릿한 백색 기운이 번뜩이며 발출되었다.

퍽!

"큭!"

백색 기운, 즉 극음지기는 두 자쯤 쏘아나가 천자필사의 가슴 한복판에 둔탁한 음향을 내며 적중됐다.

그제야 천자필사는 놀라는 표정을 지으면서 뒤로 두어 걸음 비틀거리며 물러서더니 재빨리 어깨의 검을 뽑았다.

스으…….

그러나 검은 반도 뽑히지 않고 멈췄다.

쩌쩌어…….

극음지기에 적중된 천자필사가 가슴 한복판에서부터 빠르게 몸이 얼어붙고 있었다.

그녀의 가늘면서도 깊고 슬픈 눈이 부릅떠졌다. 커다랗게 뜬 눈은 매우 컸고 맑았으며 아름다웠다.

그녀의 눈이 가늘었던 이유는 언제나 눈을 반개(半開)하고 있었기 때문이다.

그녀는 오른손으로 잡은 어깨의 검을 약간 뽑고 눈을 커다랗게 뜬 상태로 온몸이 얼음으로 변해 버렸다.

 태무랑은 바깥의 동정을 살폈다. 아무런 소리도 들리지 않았고 누가 이쪽으로 접근하는 기척도 없었다.

 그는 얼음덩이가 된 천자필사를 들고 방 안으로 들어와 침상 옆에 세워놓았다.

 움직이지 못하는 옥령이지만 눈동자는 굴릴 수 있어서 천자필사를 보더니 경악하여 눈을 한껏 크게 떴다.

 그녀로선 태무랑, 아니, 단유천이 어째서 천자필사를 제압한 것인지 이유를 알지 못했다.

 더구나 허옇게 서리가 낀 채 얼어버린 천자필사의 모습 때문에 놀라움이 더했다.

 천자필사는 온몸이 얼었을 뿐이지 죽지 않았다. 또한 정신도 말짱했다.

 그녀는 그녀대로 옥령의 꼴을 보고 대경실색했다. 그녀는 단유천과 옥령이 반 시진에 걸쳐서 격렬한 정사를 벌인 것까지는 알고 있었으나, 옥령이 껍질 벗겨진 닭 모양을 하고 있는 것은 추호도 상상조차 못했었다.

 더구나 천자필사는 침상 아래쪽에 서 있기 때문에 옥령의 활짝 벌어진 가랑이 안쪽을 훤히 볼 수 있는 각도다.

 옥령도 천자필사도 이런 해괴한 상황에 처하는 것은 난생 처음이라서 몹시 당황하고 또 수치심을 견디지 못했다. 하지만 둘 다 꼼짝도 하지 못하는 처지라서 어쩔 수 없이 보고 또 보여줄 수밖에 없다.

태무랑은 침상 가에 우뚝 서서 잠시 옥령을 굽어보았다.

그리고는 무슨 생각에선지 옥령을, 즉 활짝 벌어진 다리 쪽을 자신 쪽으로 돌려놓았다.

그리고는 오행지기를 풀어서 본래의 얼굴로 돌아갔다. 옥령이 자신의 얼굴을 보면 어떤 반응을 보일지 잔인한 복수심이 발동을 한 것이다.

스으으……

단유천의 얼굴이 일그러지면서 다른 얼굴로 변하는가 싶더니 곧 태무랑의 얼굴로 변했다.

그는 눈도 깜빡이지 않고 무표정하게 옥령의 얼굴을 뚫어지게 주시했다.

옥령은 눈을 커다랗게 뜨고 놀랐다. 하지만 그녀는 눈앞의 사람이 단유천이 아니라는 사실에 놀란 것이다.

그녀가 기억하고 있는 태무랑은 남루한 옷에 더럽기 짝이 없는 용모였기에 지금의 말쑥하고 준수한 용모가 태무랑일 것이라고는 추호도 생각하지 못했다.

그녀는 눈앞의 사내가 단유천이 아니라는 사실은 분명하다고 생각했다.

단유천이라면 자신과 천자필사를 제압할 까닭이 없고 또

생전 처음 보는 낯선 사내의 얼굴로 변할 리는 더더욱 없기 때문이다.

태무랑이라는 사실을 모르는 상황에서도 옥령의 경악은 엄청난 것이다.

자신이 사형이 아닌 생판 모르는 낯선 남자하고 정사를, 그것도 미친 듯이 격렬하게 했다는 생각을 하자 어이가 없고 분통이 터졌으며 너무도 기가 막혔다.

태무랑은 그녀의 표정을 보고는 그녀가 자신을 알아본 것이라고 생각했다.

그래서 무표정한 얼굴에 자못 득의한 승리자의 미소가 흐릿하게 떠올랐다.

역시 그녀를 단번에 죽이지 않기를 잘했다는 생각이 들었다. 하지만 아직도 그녀와 정사를 벌인 것에 대해서는 마뜩찮은 기분이다.

이럴 줄 알았으면 차라리 그녀를 제압한 다음에 자신의 본래 모습으로 돌아가서 강간을 했으면 더 통쾌했을 것이라는 생각이 들었다.

그랬으면 처절한 표정으로 눈물을 흘리는 옥령을 볼 수 있었을 것이고, 통쾌함이 훨씬 더했을 터이다.

태무랑은 냉혹한 미소를 머금고 그녀에게 전음을 보냈다.

[후후. 옥령, 지금 기분이 어떠냐?]

태무랑 앞에서 여전히 다리를 벌리고 치부를 훤히 드러낸 모습인 옥령은 그가 자신의 이름을 거침없이 부르자 눈빛이 크게 흔들렸다. 대체 누구기에 나를 안다는 말인가? 라는 표정이다.

태무랑의 입술 끝이 비틀어지면서 더 잔인한 미소를 지었다.

[후후후… 네년이 설마 이 지경이 되리라고는 상상조차 못했겠지.]

말을 하고 나서 그는 오행지기를 일으켜서 천자필사의 몸에 주입된 극음지기를 흡수했다.

수우우…….

천자필사에게 손도 대지 않았는데 그녀에게서 희뿌연 백색 운무가 피어나더니 태무랑에게 흡수되었다.

그와 동시에 재빨리 세 줄기 지풍을 날려 그녀의 마혈과 아혈을 제압해 버렸다. 이어서 쓰러지려는 그녀를 잡아서 바닥에 앉혀놓았다.

그리고는 다시 옥령 앞에 섰다. 그녀는 모호한 눈빛으로 태무랑을 바라보며 눈을 깜빡거렸다.

그것은 뭔가를 골똘히 생각하는 듯한 표정이라서 태무랑은 그녀가 아직 자신을 알아보지 못한 것이 아닌가 하는 의구심이 생겼다.

[옥령, 설마 나를 모른다는 말이냐?]

그래도 옥령은 모호한 표정이다. 태무랑을 알아보지 못한 것이 분명했다.

태무랑은 뺨을 씰룩거렸다.

[네년과 단유천이 벌레처럼 짓밟았던 흑풍창기병을 설마 벌써 잊었다는 말이냐?]

순간 옥령은 대경실색하여 두 눈이 찢어질 듯이 커졌고 입도 크게 벌렸다.

'흑풍창기병… 적안혈귀……'

하지만 그녀는 분노하지 않았다.

분노할 수가 없었다. 조금 전까지 자신과 격렬한 정사를 나누었던, 자신의 처녀지신을 기꺼이 바쳤던 사내가 단유천도 낯선 사내도 아니고 다름 아닌 흑풍창기병 태무랑이라는 사실 때문에 처음에는 망연자실했고 그다음에는 죽을 것 같은 수치심이 엄습했다.

더구나 천 갈래 만 갈래로 찢어 죽여도 성이 차지 않을 놈과 정사를 하면서 사랑한다고 신음과 교성을 섞어 수없이 고백을 해댔었다.

또한 쾌락에 몸을 떨었고, 이대로 죽어도 좋을 정도로 행복하다는 생각이 들었었다.

그뿐인가. 지금 그녀의 꼬락서니를 보라. 태무랑하고 정사를 한 것으로도 모자라서 한 차례 더 사랑을 나누자고 요구하

혈루(血淚) 155

다가 제압당하는 바람에 무릎을 굽히고 다리를 활짝 벌린 채 옥문을 환하게 드러내 놓은 수치스럽기 짝이 없는 자세이지 않은가.

옥령은 세상에서 가장 견디기 힘들고 절대로 다시는 경험하고 싶지 않은 것이 '치욕'이라는 사실을 지금 절감하고 있는 중이다.

"끄어어… 허윽……."

갑자기 그녀가 입을 더 크게 벌리면서 혀가 안으로 말려 들어가는 신음소리가 흘러나오더니 두 눈에서 동공이 사라지고 흰자위만 허옇게 드러났다.

지독한 수치심과 지독한 원통함 때문에 체내의 기혈이 뒤틀리며 기도가 막혀서 숨을 쉴 수가 없고 혈도들이 저절로 폐쇄되고 있는 것이다.

척!

태무랑은 바닥에 앉혀놓은 천자필사의 뒷덜미를 잡아 가볍게 들어 올려 침상 위에 옥령이 잘 보이는 위치에 앉혀주며 키득거렸다.

[후후후. 잘 봐라. 이게 네년이 섬기는 옥령의 죽어가는 모습이다.]

천자필사는 침상 옆 바닥에 앉아 있었기 때문에 태무랑과 옥령 사이에 무슨 일이 벌어지고 있는지 전혀 알지 못하는 상황이었다.

다만 태무랑이 옥령에게 뭔가 전음을 보내고 있는 것 같다는 짐작만 하고 있었다.

그런데 대체 태무랑이 뭐라고 했기에 옥령이 이 지경이 됐다는 말인가.

천자필사는 옥령이 주화입마와 비슷한 상황에 처했다는 것을 한눈에 알아보았다.

제압된 몸이 아니라면 당장 옥령을 도와줄 수 있지만 그러지 못하는 상황에서는 그저 쳐다보면서 안타깝게 애만 태울 뿐이다.

"끄으으……."

옥령은 온몸을 바들바들 떨면서 이제는 입에서 꾸역꾸역 피까지 흘리고 있었다.

옥령은 정신을 차렸다.

눈을 뜨니 천장이 보였다. 그리고 몇 차례 눈을 깜빡이는 동안에 지금이 어떤 상황이고 자신이 어떤 처지였다는 것을 깨닫게 되었다.

'악몽을 꾼 것일까?'

아주 조심스레 그렇게 희망해 보았다. 아니, 차라리 한바탕 악몽이라도 꾼 것이었으면 더 이상 바랄 것이 없겠다고 간절하게 생각해 보았다.

 그런데 상체를 일으키려니까 몸이 꼼짝도 하지 않았다. 그러자 악몽이 아닌 현실일지도 모른다는 생각에 실망, 아니, 절망이 엄습했다.

 사르르 눈동자를 굴려서 좌우를 살피다가 움찔 놀랐다. 오른쪽에 천자필사가 자신과 똑같은 자세로 나란히 누워 있는 것을 발견한 것이다.

 천자필사도 똑바로 누운 자세인데 눈을 뜨고 천장을 보고 있다가 옥령에게서 어떤 느낌을 받았는지 눈동자를 굴려 그녀를 쳐다보았다.

 두 여자는 침상에 나란히 눕혀져 있었다. 둘 다 눈동자만을 끝까지 굴려서 옆에 누워 있는 서로를 어렴풋이 볼 수 있을 뿐 입도 벙긋 못하는 신세다.

 태무랑이 옥령에게 작은 자비를 베풀었다면, 그녀에게 옷을 입혀주고 팔다리를 내려 편안한 자세로 만들어주었다는 정도일 것이다.

 '흑……'

 울음소리도 내지 못하고 옥령이 눈물을 흘렸다.

 두 눈 눈초리를 타고 뺨으로 흘러내리는 눈물은 새빨간 피눈물 혈루(血淚)였다.

철화빙선은 자인원에서 백여 장쯤 떨어진 어느 장원의 삼층 전각 지붕에 표홀히 서 있었다. 그리고 그녀 뒤에는 경뢰궁주가 서 있었다.

 철화빙선이 바라보고 있는 곳은 자인원이다. 더 정확하게 말하자면 자인원 안 옥령의 거처다.

 그녀는 얼마 전에 천리감성(千里感聲)이라는 수법을 이용하여 자인원 안에서 어떤 남녀가 정사를 벌이는 것을 감지해 냈었다.

 천리감성이란 수십 리 밖에 있는 특정한 물체나 사람에게서 나는 소리를 감청(感聽)하는 상승수법이다.

 이후 그녀는 자신이 직접 자인원에 잠입하여 옥령의 거처 창을 통해서 한 쌍의 남녀가 격렬하게 정사를 벌이고 있는 광경을 목격했다.

 천옥대 백 명이 자인원 곳곳을 지키고 있지만 철화빙선 같은 절정고수를 발견하지는 못했다.

 그녀는 자신이 정사를 해본 경험도 없었으며, 타인이 정사를 벌이는 것을 본 적도 없었다.

 하지만 그런 광경을 처음 보게 되자 얼굴이 확 달아올랐으며 온몸에 수많은 벌레들이 기어다니는 듯한 괴이한 느낌을 받았다.

 마른침을 삼키면서 한동안 정사를 주시하던 그녀는 퍼뜩

정신을 차리고 방 안의 남녀가 몹시 추잡하다는 생각을 했다.
그런데 정사를 벌이는 남녀는 철화빙선으로서는 둘 다 처음 보는 얼굴이었다.
그래서 어떻게 해야 할지 망설이던 그녀는 그대로 물러나와 그때부터 이곳에 서서 지켜보고 있는 것이다.
경뢰궁주는 철화빙선이 무엇 때문에 자인원 안에 잠입했다가 나왔는지, 그리고 무엇을 보고 왔는지 모른다.
더구나 태무랑과 옥령이 정사를 벌이고 있다는 사실은 까맣게 모르고 있다. 그런 일이 벌어지고 있을 것이라고는 상상조차 못했다.
철화빙선은 태무랑이 자인원에 잠입했다는 보고를 받았었는데 어찌 된 일인지 자인원 안에서는 일체 싸움이 벌어지지 않고 있다.
그렇다고 해서 태무랑이 벌써 옥령을 납치해서 사라졌다는 생각은 들지 않았다.
옥령이나 천자필사, 그리고 천옥대가 그렇게 호락호락한 상대가 아니기 때문이다.
더구나 태무랑이 자인원에 잠입했다는 보고를 받은 지 한 시진이 다 돼가고 있는데도 자인원 안에서는 싸움은 물론이고 어떠한 징후도 보이지 않고 있다. 다만 정체를 알 수 없는 남녀가 정사를 벌이고 있을 뿐이다.

태무랑이 아무런 소득도 없이 쉽사리 물러났을 리가 없다.

철화빙선은 태무랑을 한 번도 만난 적이 없으며, 단지 여러 가지 보고들만 취합해서 들었지만 그것만으로도 그가 어떤 종류의 인간인지 대충은 알 수가 있다.

그는 이런 상황에서 절대로 그냥 물러날 사람이 아니다. 그것은 거의 확신에 가까웠다.

더구나 철화빙선의 최측근 호위대 봉화십선이 자인원 주위를 감시하고 있는데 그녀들은 태무랑이 자인원을 떠났다는 보고를 하지 않았다.

그렇다면 태무랑은 아직 자인원 안에 있으며, 저 안에서 뭔가를 꾸미고 있는 것이 분명하다. 그것을 철화빙선이 모르고 있을 뿐이다.

그녀가 할머니와 어머니로부터 배운 바에 의하면, 지금 같은 상황은 매우 좋지 않은 일이 일어날 조짐이다.

그리고 이런 상황에서의 타개책으로는 뒤통수를 맞지 않으려면 먼저 선수를 쳐야 한다고 배웠다.

[경뢰.]

무언가 곰곰이 생각하고 있던 철화빙선이 전음으로 경뢰궁주를 불렀다.

경뢰궁주는 즉시 그녀 옆으로 와서 공손히 고개를 숙였다.

[남경에 들어온 무극백절 열여섯 명의 행적은 파악하고 있

느냐?]

순간 경뢰궁주는 가슴이 덜컥 내려앉았다. 왜 갑자기 무극백절을 들먹이는 것인가 하는 생각이 들었다.

[경뢰!]

경뢰궁주의 대답이 없자 철화빙선은 목소리를 조금 높였다.

[아… 열여섯 명 모두 파악하고 있습니다.]

[그들 모두 이곳으로 불러들여라.]

[네?]

[그들에게 이곳에 무적신룡이 있다고 알려라.]

무극백절 열여섯 명에게 자인원과 태무랑, 천자필사 등을 던져 주고 철화빙선 자신은 옥령을 빼가겠다는 차도살인지계(借刀殺人之計)다.

또다시 대답을 하지 않고 경직된 표정으로 서 있는 경뢰궁주를 철화빙선이 꾸짖었다.

[정신을 어디에 팔고 있는 것이냐?]

[아…….]

[너는 설마 무적신룡을 염려하는 것이냐?]

예리한 물음이 경뢰궁주의 정곡을 찔렀으나 그녀는 본능적으로 표정을 감춰야 한다고 생각했다.

[그럴 리가 있겠습니까? 존명을 받듭니다.]

이어서 그녀는 훌쩍 신형을 날려 철화빙선의 곁을 떠났다.

인시(새벽4시) 무렵.

무령왕가 뒷담을 넘는 하나의 검은 그림자가 있다.

무령왕가 곳곳은 무장한 군사들이 삼엄하게 지키고 있으나 검은 그림자는 무인지경처럼 왕가 내를 이리저리 누비고 다녔다.

그는 거대한 왕가 내부의 지리가 익숙하지 않은 듯 한 번 지나간 곳을 또 지나가기를 여러 차례 반복한 끝에 어느 전각 이층 창 안으로 숨어 들어갔다.

삭……

검은 그림자는 창 안으로 들어서며 재빨리 실내를 살펴보다가 안도의 표정을 지었다.

그의 시선이 멈춘 곳은 비단 휘장이 바닥까지 길게 늘어진 침상이었다.

그리고 침상에 한 사람이 자고 있는 모습이 휘장을 통해서 내비쳤다.

사륵.

검은 그림자는 일부러 기척을 약간 내면서 휘장을 들추고 침상 쪽으로 다가갔다.

침상에서 반듯한 자세로 자고 있던 수월화는 번쩍 눈을 뜨는 것과 동시에 상체를 일으키며 가장 먼저 눈에 띈 검은 그림자를 향해 맹렬하게 주먹을 휘둘러 갔다.

[멈춰요!]

검은 그림자가 급히 두 걸음 뒤로 물러나며 전음을 보냈다.

수월화는 검은 그림자가 누군지 확인하고는 적이 놀라는 표정을 지었다.

"경뢰궁주……."

검은 그림자는 경뢰궁주였다. 철화빙선의 명령, 즉 무극백절들에게 자인원에 태무랑이 있다는 사실을 알리라는 명령을 실행하고는 곧장 수월화에게 달려온 것이다.

원래 오늘 낮까지 남경에 들어온 무극백절은 열여섯 명이었으나 조금 전에 경뢰궁주가 확인한 바로는 이십삼 명이다. 그사이에 일곱 명이 더 들어온 것이다.

철화빙선의 명령을 거역할 수 없는 경뢰궁주는 명령에 따르기는 했으나 태무랑에 대한 걱정 때문에 수월화에게 도움을 청하려는 것이다.

[그에게 무슨 일이 생겼나요?]

냉정을 찾은 수월화는 몹시 긴장한 표정으로 물었다. 이런 새벽에 경뢰궁주가 자신을 찾아올 일이 태무랑에 대한 것밖에 없다고 생각한 것이다.

경뢰궁주는 수월화와 나란히 침상에 걸터앉아 그동안 일어났던 일들을 정리해서 간략하게 설명해 주었다.

설명을 듣는 동안 수월화의 표정이 수시로 변했다. 그녀가 태무랑을 떠난 이후 그에게 갑자기 너무 많은 일들이 일어났다는 사실에 놀라워했다.

태무랑이 혼자서 무극백절 다섯 명을 죽이고, 옥령이 남경에 들어왔으며, 신풍개가 납치됐다가 풀려났고, 포구에 있던 고구려 사람들이 대피했으며, 현재 태무랑이 옥령을 죽이러 자인원에 들어갔다는 사실, 그리고 철화빙선이 개입하여 그를 이용하려 한다는 것 등을 들은 수월화는 놀라서 한동안 아무 말도 하지 못했다.

[제가 어떻게 태 공자를 도울 수 있나요?]

잠시 후 수월화가 초조한 표정으로 묻자 경뢰궁주는 무령왕의 수하 한 명이 태무랑하고 함께 자인원에 잠입했다는 사실을 말해주었다.

수월화는 적이 놀라는 표정을 지었다.

[아버님께서……]

[공주께서 무령왕 전하를 움직이시면 가능할 것 같군요.]

수월화는 깊고 그윽한 눈을 깜빡이면서 잠시 생각에 잠겼다.

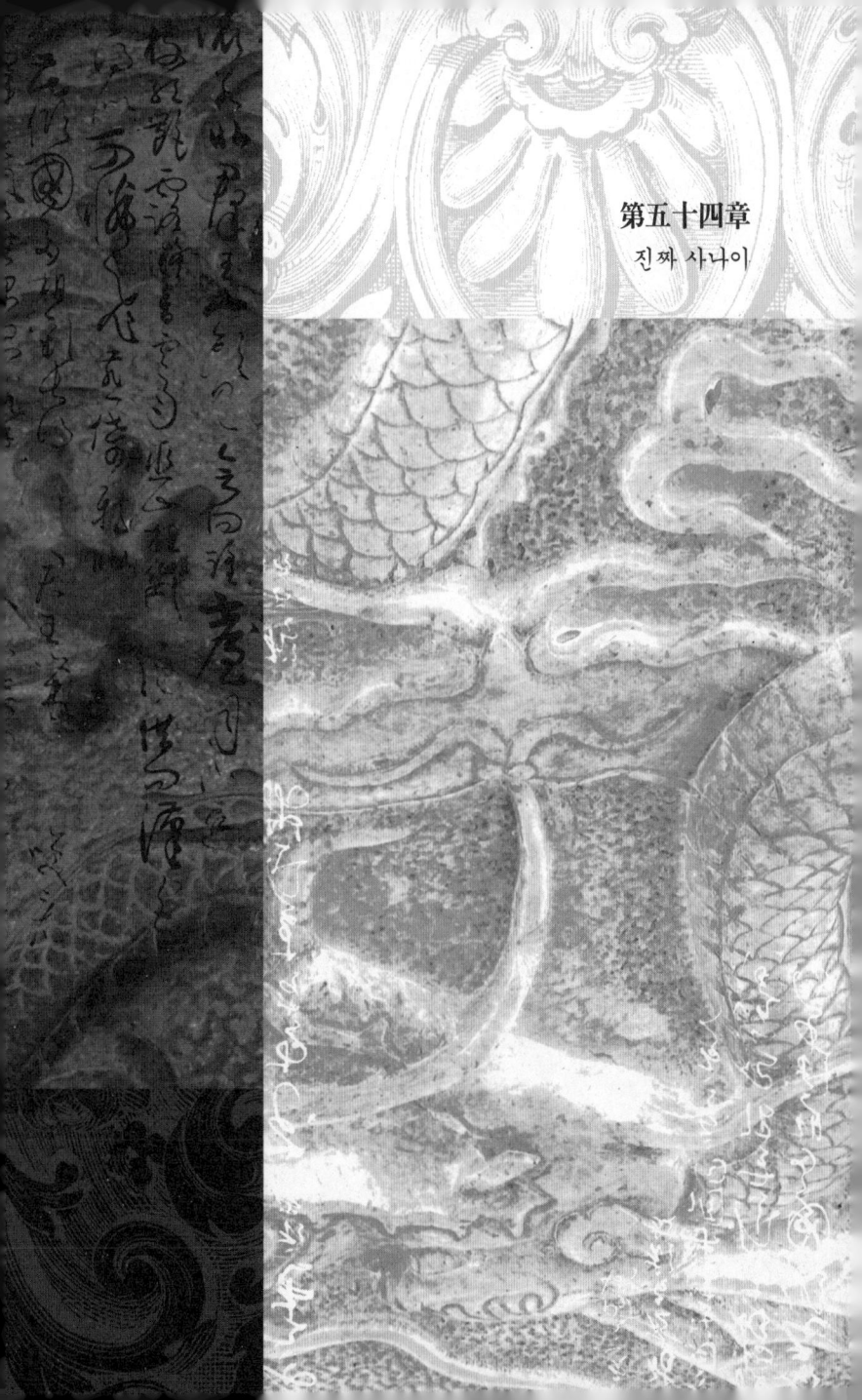

第五十四章

진짜 사나이

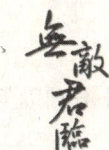

 태무랑은 옥령과 천자필사의 혼혈을 제압해서 깊이 잠들게 한 다음에 그녀들을 두 개의 자루에 담아 입구를 단단히 봉했다.
 비한은 한쪽에 서서 팔짱을 끼고 묵묵히 태무랑이 하는 것을 지켜보았다.
 그는 자루에 담긴 두 여자가 누군지 전혀 모른다. 그러면서도 그녀들이 누군지, 왜 자루에 담는 것인지 아무것도 묻지 않았다.
 이윽고 태무랑은 천자필사가 담긴 자루를 턱으로 가리키

며 비한을 쳐다보았다.

그가 다가오자 태무랑은 옥령이 담긴 자루를 가뿐하게 들어 왼쪽 어깨에 걸머메었다.

비한도 묵묵히 천자필사를 메고 태무랑을 따라 방을 나섰다.

태무랑은 방문 앞에 멈추고 잠시 묵묵히 서 있었다.

때마침 비한이 옆으로 다가오다가 그의 얼굴이 이지러지면서 잠깐 사이에 전혀 다른 얼굴로 변하는 것을 발견하고 움찔 가볍게 놀랐다.

인피면구를 착용하는 것도 아니고, 역용액을 바르는 것도 아니면서 얼굴 근육을 마음대로 움직여서 용모를 바꾸는 것은 실로 놀라운 일이다.

하지만 비한의 반응은 단지 그것뿐이다. 그는 잠깐 표정이 변했을 뿐 여전히 굳은 얼굴로 아무것도 묻지 않고 앞을 쳐다보았다.

태무랑이 변한 얼굴은 단유천이다. 자인원 곳곳에 은신중인 천옥대에 대처하기 위한 수단이다.

태무랑과 비한은 처음 만났던 주루를 떠난 이후 아직껏 한 마디도 말을 나누지 않았다.

그런데도 두 사람은 마치 사전에 어떻게 하자고 말을 맞춘 것처럼 일치된 행동을 했다.

지금도 비한은 태무랑의 뜻을 알아차렸다. 이제는 이곳에서의 볼일이 끝났으니 떠나는 일만 남았고, 수월하게 빠져나가기 위해서 지금의 얼굴로 변신을 한 것이라고 짐작했다.

태무랑과 비한은 복도를 지나 대전을 가로질러 전각을 나서는 중이다.

단유천이 낯선 사내와 함께 자루 하나씩을 메고 옥령의 거처에서 나오는 모습은 누가 보더라도 몹시 이상할 수밖에 없다.

하지만 그 사람이 단유천, 즉 무극신련 총본련의 이인자이기 때문에 아무도 수상하게 여기지 않았다.

아니, 설사 수상하더라도 절대로 전면에 나서서 왈가왈부하지 못하는 것이다.

태무랑과 비한은 전각 입구를 나와서 전문 쪽으로 성큼성큼 걸어갔다.

비한은 태무랑보다 더 태연자약했다. 그는 영문도 모른 채 여자가 담긴 자루 하나를 메고 걸어가고 있지만 마치 자신의 집 정원을 산책하듯이 여유로웠다.

태무랑은 그런 비한을 보고 필경 범상한 인물이 아닐 것이라고 생각했다.

수월화하고 헤어진 경뢰궁주는 철화빙선에게 곧장 돌아갈

수가 없었다.

태무랑에게 절체절명의 위기가 닥치고 있다는 사실을 어떻게든 알려줘야 하기 때문이다.

그래서 그녀는 철화빙선 쪽에서 보이지 않는 자인원 바깥을 배회하며 태무랑을 찾으려고 애쓰고 있는 중이다.

하지만 그가 어디에 있는지 짐작조차 할 수가 없어서 속이 바짝바짝 타고 있었다.

그때 무엇을 발견했는지 그녀의 눈이 가볍게 빛났다. 그녀의 시선이 끝나는 곳에는 단유천이 한 명의 청년과 나란히 걸어가고 있었다.

또한 두 사람은 사람이 들어 있음직한 묵직한 자루를 하나씩 어깨에 메고 있었다.

'단유천이 이곳에 있을 리 없다.'

순간 그런 직감이 들었다. 그리고 태무랑이 얼굴 모습을 마음대로 바꾸는 능력이 있다는 사실을 기억해 냈다.

더구나 그는 사람이 들어 있는 것으로 짐작되는 자루를 메고 있다.

필경 그 자루에는 옥령이 들어 있을 터이다. 경뢰궁주는 그렇게 확신했다.

'태 공자가 분명하다.'

태무랑이 전각 입구를 나와서 십여 장쯤 걸어갔을 때 갑자기 누군가의 다급한 전음이 들려왔다.

[태 공자, 무극백절들이 몰려오고 있어요. 모두 이십삼 명인데 선두가 이미 전문 앞에 도착하고 있어요! 그리고 철화빙선이 자인원 밖 오른쪽에서 지켜보고 있어요!]

"……!"

태무랑은 그 목소리가 경뢰궁주라는 것을 즉시 알아차렸고, 전혀 예상하지 못했던 일에 충격을 받았다.

경뢰궁주의 전음이 계속됐다.

[철화빙선이 무극백절을 불러들였어요. 태 공자를 이용해서 옥령을 납치하고 무극백절들을 죽이는 것이 목적이에요. 자인원 주위에는 철화빙선의 심복들이 삼엄하게 감시하고 있어요. 철화빙선은 태 공자의 안위에는 전혀 신경을 쓰지 않고 있어요.]

충격에 더 큰 충격이 가해졌다. 철화빙선이 뒤통수를 칠 것이라고는 전혀 예상하지 못했던 일이다.

무극백절 이십삼 명이 한꺼번에 공격을 해오고, 철화빙선이 자인원을 에워싸고 있다면 이곳을 빠져나가는 일은 불가능하다.

얼굴이 딱딱하게 굳어서 멈춰 서 있는 태무랑의 귀에 경뢰궁주의 몹시 염려하는 목소리가 재차 전해졌다.

[수월공주에게 도움을 청했으나 어떻게 될지는 모르겠어요. 그래도 희망은 수월공주뿐이니까 희망을 잃지 말아요.]

그 말을 끝으로 그녀의 전음은 더 이상 들리지 않았다.

태무랑은 충격을 떨쳐 버리고 그 자리에 서서 빠르게 궁리했다. 옥령과 천자필사를 납치한 상태에서 무극백절을 이십삼 명씩이나 상대하는 것은 불가능한 일이다.

더구나 탈출도 불가능하다. 철화빙선의 심복들이 자인원 주위를 삼엄하게 감시하고 있다지 않은가.

아무리 무서움을 모르는 태무랑이라고 해도 이번만큼은 몸도 마음도 극도로 팽팽해졌다.

자인원 안에는 천옥대 백 명이 은신해 있는데다 밖에서는 이십삼 명의 무극백절이 들이닥치고 있다.

그리고 태무랑과 무극백절 모두를 죽이려고 철화빙선이 계책을 꾸미고 있다.

그야말로 전문거호후문진랑(前門巨虎後門進狼)의 절박한 상황이다.

지금과 같은 상황에서 태무랑이 선택할 수 있는 방법은 두 가지뿐이다.

하나는 혼신의 힘을 다해서 경공을 전개하여 이곳을 탈출하는 것이다.

하지만 그것은 여러 위험이 따른다. 경공으로는 그가 많이 열세이기 때문이다.

더구나 자루를 메고 있는 상태에서는 멀리 가지 못하고 추격당하고 말 것이다.

아니, 추격을 당하기도 전에 철화빙선의 심복들이 쳐놓은 포위망을 뚫지도 못할 것이다.

또 하나는 이대로 단유천의 모습을 유지한 채 상황을 지켜보는 것이다.

제아무리 무극백절이라고 해도 단유천을 어떻게 하지는 못할 것이라는 생각이다.

하지만 문제는 자루 속에 들어 있는 옥령과 천자필사다. 지금 죽여 버리는 것은 늦었다.

시체가 남을 것이기 때문에 단유천 모습을 하고 있는 태무랑 자신이 위험해진다.

비한은 태무랑 옆에 서서 그를 주시할 뿐 아무 말도 하지 않았다.

태무랑은 방금 나왔던 옥령의 거처로 되돌아 걸으면서 누군가를 나직하게 불렀다.

"천옥대주."

그러자 그가 전각의 대전 입구에 이르렀을 때 한 명의 삼십오 세가량의 홍의단삼을 입은 사내가 기척없이 측면에서 나타나 한쪽 무릎을 꿇었다.

그는 천옥대주 화담인데 태무랑을 철석같이 단유천이라고 믿었다.

태무랑은 화담을 힐끗 보며 명령했다.

"침입자를 죽여라."

"명을 받듭니다."

화담은 고개를 숙이고는 그 자세 그대로 뒤로 미끄러지듯이 나아가더니 어둠 속으로 사라졌다.

경뢰궁주는 어느 전각의 지붕 위에서 저 멀리 태무랑을 바라보고 있다가 급히 자세를 낮추고 몸을 숨겼다. 무극백절로 보이는 자 세 명이 각기 다른 방향에서 자인원을 향해 쏘아오는 것을 발견했기 때문이다.

그녀는 방금 전에 결정적으로 철화빙선을 배신했다. 태무랑에게 철화빙선의 음모를 알려준 것이다.

그러나 그녀는 그럴 수밖에 없었다. 그 배신으로 인해서 자신이 어떤 처지에 놓이게 될 것인지보다는 태무랑이 살아남기를 원했기 때문이다.

지금도 그녀의 마음속에는 태무랑이 무사하기만을 간절하게 바라는 마음만 가득했다.

'저자는?'

철화빙선은 자인원 옥령의 거처에서 나오다가 멈춘 단유천의 모습을 한 태무랑과 비한을 발견하고 살포시 아미를 찌푸렸다.

단유천은 아까 정사를 했던 사내다. 하지만 그 옆에 있는 사내는 처음 본다.

그런데 이상한 것은 그 두 사람이 각각 하나씩 메고 있는 자루다.

철화빙선이 봤을 때 자루에는 사람이 들어 있는 것이 분명했다. 그렇다면 도대체 누가 들었다는 말인가.

철화빙선은 눈도 깜빡이지 않은 채 단유천을 뚫어지게 주시했다.

'옥령을 죽이러 잠입한 무적신룡은 자인원 안에서 흔적도 없이 사라졌다. 그리고는 낯선 사내가 옥령으로 보이는 여자와 정사를 나누고 있었다. 그러더니 이제는 그 사내가 또 다른 낯선 사내와 자루를 하나씩 메고 자인원을 떠나려 하고 있다. 도대체 이것은 무엇을 뜻하는가?

그때 경뢰궁주가 철화빙선 곁에 다가와 공손히 예를 취했다.

철화빙선은 단유천에게 시선을 고정시킨 채 물었다.

[저자가 누군지 아느냐?]

경뢰궁주는 단유천의 겉과 속을 다 알고 있다. 알맹이는 태무랑이고 껍데기는 단유천이다. 하지만 알맹이가 누구라고 철화빙선에게 말할 수는 없다.

[그는 단유천입니다.]

경뢰궁주는 자신이 아주 빠르게 철화빙선에게서 등을 돌리고 있다는 사실을 느끼고 있다.

하지만 자신이 왜 이렇게 되고 있는지에 대해서는 생각해 본 적이 없다. 철화빙선을 배신한 일이 너무 급박하게 벌어졌기 때문이다.

그렇다고 해서 그녀가 태무랑에게 애정이나 이성으로써의 감정을 느끼고 있는 것은 아니다.

그를 한 명의 남자로 보기에는 태무랑은 너무 젊고 또 뛰어난 사내다. 절대로 경뢰궁주가 넘볼 수 없는 사내다.

그리고 경뢰궁주는 오래전에 여자이기를 포기했었다. 그녀의 식어버린 여성(女性)에 다시금 불을 지펴서 '사랑'이라는 것을 시도하기에는 너무 늦어버렸다.

그녀가 태무랑에게 느끼는 감정은 애정 같은 것과는 전혀 다른 것이다.

태무랑이 아니었으면 그녀는 이미 단유천에게 죽었을 목숨이다. 태무랑은 그녀에게는 생명의 은인인 것이다.

하지만 그것 하나만이 아니다. 이후 그녀는 태무랑과 가깝게 지내면서 알게 모르게 새록새록 정이 쌓였다.

그러면서 그녀는 태무랑이 표현은 거의 하지 않지만 정이 깊은 사람이라는 것을 알게 되었다.

그런 면에서는 그녀도 같다. 지금까지 그녀는 경뢰궁주라는 지위의 단단한 껍데기를 두르고 살아왔었으나 태무랑을 만나고 나서는 조금씩 껍데기를 깨고 그에게만 자신의 속내를 내비쳤다.

그녀는 태무랑도 같다고 생각한다. 그도 껍데기를 약간씩 부수면서 자신의 속살을 조금씩 보여주었었다. 그랬기에 경뢰궁주와의 기묘한 우정이 형성된 것이다.

그렇다. 경뢰궁주는 태무랑을 친구로 여기는 것이다. 죽을 때까지 단 한 명만 있어도 좋은, 그런 친구 말이다.

[단유천? 화명군의 큰 제자 말이냐?]

[그렇습니다.]

[지난번에 장강에서 철화거선을 습격하여 널 죽이려고 했던 자가 저놈이냐?]

그 당시에 경뢰궁주와 철화거선을 구해준 사람이 태무랑이지만, 철화빙선은 거기에 대해서는 말하지 않았다.

[그렇습니다.]

[음! 단유천이 나타나다니 뜻밖이로군.]

철화빙선은 자인원의 단유천을 뚫어지게 주시하면서 무거운 신음을 흘렸다. 그녀는 일이 이상한 방향으로 꼬이고 있는 것을 느꼈다.

 태무랑은 대전 안으로 들어가다가 멈추고 뒤따라 들어오는 비한을 보며 전음으로 물었다.
 [이름이 뭔가?]
 [비한.]
 [나는 태무랑일세.]
 비한은 가볍게 고개를 끄덕였다.
 태무랑은 대전 입구 쪽을 보면서 말을 이었다.
 [무극백절이 누군지 아나?]
 비한이 또 고개를 끄덕이자 태무랑은 그에게 시선을 주었다.
 [지금쯤 그자들 이십삼 명이 이곳에 들이닥치고 있을 걸세. 그자들의 목적은 나 하나니까 자네는 이쯤에서 그만 물러나는 게 좋겠네. 이곳을 빠져나가면 반드시 무령왕을 찾아뵙도록 하겠네.]
 무극백절이 누구라는 것을 안다면, 그자들 이십삼 명이 어느 정도의 위력일지도 안다는 얘기다.
 그런데도 비한은 눈썹조차 까딱하지 않았다. 오히려 빙그레 엷은 미소를 지었다.
 [할 얘기는 그게 전부인가?]

이번에는 태무랑이 고개를 끄덕이자 비한은 조용하게 말을 이었다.

[함께 하기로 했으니 끝까지 가세.]

태무랑은 비한을 보며 문득 그런 생각이 들었다. 자신이 감숙성 벽촌에서 태어나지 않았다면, 그래서 비한 같은 환경에서 성장하고 생활했다면 꼭 그와 비슷한 인물이 되었을 것이라고.

그는 태무랑하고 여러 면에서 닮은 데가 많은 사내다. 그래서 태무랑은 그를 보면서 겉모습이 아닌 속을 비추는 거울을 보고 있는 느낌이 들었다.

태무랑은 비한에게 더 말을 해봐야 소용이 없다는 사실을 깨달았다. 자신이 비한 입장이라고 해도 똑같이 행동했을 테니까 말이다.

[지금 이 모습은 무극신련 총련주의 큰 제자의 얼굴일세. 이대로 있으면 별일은 없을 걸세.]

태무랑은 자신의 얼굴을 가리키며 말하고 나서 어깨에 걸머메고 있는 자루를 슬쩍 쳐다보았다.

[문제는 이걸세.]

비한이 고개를 끄덕였다.

[그거라면 내가 도움을 줄 수 있을 것 같네.]

그는 태무랑에게 손을 내밀었다.

[어디에 갖다놓으면 되겠나?]

태무랑은 메고 있던 자루를 선선히 그에게 건넸다.

[무령왕가라면 안심할 수 있겠군.]

[알았네. 나중에 돌려주겠네.]

두 개의 자루를 양쪽 어깨에 멘 비한이 몸을 돌려 대전 입구로 가자 태무랑이 그의 등에 대고 말했다.

[왼쪽 담을 넘어서 빠져나가게.]

아까 경뢰궁주가 자인원 바깥 오른쪽에는 철화빙선이 와 있다고 일러주었기 때문이다.

비한이 무극백절과 마주친다고 해도 별일은 없을 것이다. 그들의 목적은 오로지 태무랑 한 사람이니까.

태무랑은 단유천이 아닌 다른 얼굴로 변신을 해서 비한을 뒤따라 이곳을 빠져나갈까 생각했다가 그만두었다.

둘이 움직이는 것은 위험하다. 자인원에서 두 명씩이나 빠져나가는 것은 무극백절과 철화빙선의 심복들에게 걸릴 확률이 훨씬 더 크다.

조금 전에 경뢰궁주는 단유천의 얼굴로 변신해 있는 태무랑에게 전음을 보냈었다. 그가 변신을 해도 알아볼 수 있다는 뜻이다.

자인원 내의 적들은 속일 수 있어도 경뢰궁주나 철화빙선을 속이기는 어렵다는 의미이기도 하다.

비한은 뒤도 돌아보지 않고 대전을 나갔다.

태무랑은 자루 속의 옥령과 천자필사야 어찌 되든 비한이 무사히 이곳을 빠져나갈 수만 있으면 그것으로 됐다는 생각이 들었다.

그리고 만약 자신이 이곳에서 살아나간다면 비한과 밤새도록 술을 마시면서 우정을 나누고 싶다는 생각이 들었다. 이런 마음이 드는 것은 처음이다.

환난중견진정(患難中見眞情)이라는 말이 있다. 어려움에 처했을 때만이 진실한 정이 드러난다는 뜻인데, 비한이 보여준 행동이 바로 그런 것이었다.

태무랑은 홀가분해졌다. 자신에게는 매우 중요한 옥령을 선뜻 비한에게 맡겼다는 사실이 조금 의외라는 생각이 들긴 하지만, 그보다 비한이라는 멋진 사내를 알게 됐다는 사실이 더 기뻤다.

이제 그가 할 수 있는 유일한 방법은 비한과 옥령, 천자필사를 모두 잊고 방에 들어가서 철저하게 단유천인 척하고 있어야 한다는 것이다. 지금으로선 그 방법뿐이다.

그다지 어려운 일은 아닐 것이다. 그저 유유자적 태연하게 행동하면 될 터이다.

무극백절을 해결하고 난 다음에는 철화빙선을 상대해야겠지만 그것은 그때 가서 생각할 일이다. 미리 걱정할 필요는 없을 것이다.

그가 옥령의 방으로 걸음을 옮길 때 전각 밖 여기저기에서 허공을 가르는 날카로운 파공음이 어지럽게 들려왔다.

확인하지 않아도 천옥대와 무극백절 간의 싸움이 시작된 것을 알 수 있다.

그러나 누가 죽고 누가 살든 태무랑으로서는 추호도 상관없는 싸움이다.

슛…….

삼십 대 초반의 칠흑 같은 흑의경장을 입은 여자가 마치 미풍을 타고 떠오르듯 철화빙선 옆에 나타나더니 공손히 허리를 굽혔다.

[무적신룡과 함께 들어갔던 자가 방금 전에 두 개의 자루를 메고 자인원을 빠져나와 동쪽으로 향했습니다. 사선(四仙)이 추격하고 있습니다.]

흑의경장녀는 봉화십선의 일선(一仙), 즉 우두머리다.

철화빙선은 즉시 명령했다.

[한 사람을 더 보내서 두 개의 자루를 모두 뺏어라.]

그녀는 두 개의 자루 중 하나에 옥령이 들어 있을지 모른다고 판단했다.

[그리고 너희는 자인원에 잠입하여 수색을 하다가 옥령을

찾거든 제압해서 끌고 나와라.]

그게 아니면 옥령이 아직도 자인원 안에 있을 것이라는 생각이다. 둘 중 하나다.

[존명.]

봉화일선은 공손히 고개를 숙였다.

그때 그녀들의 뒤쪽에서 하나의 인영이 추호의 기척도 없이 빠른 속도로 접근해 왔다.

철화빙선은 그 인영이 삼십여 장 거리까지 접근했을 때 감지했고, 봉화일선은 이십여 장, 경뢰궁주는 십오 장 거리에서 감지했다.

[돌아보지 마라.]

철화빙선이 경뢰궁주와 봉화일선에게 전음을 보냈다.

사아아…….

그 인영이 세 여자의 측면 이 장 거리를 쏜살같이 스쳐 지나가면서 힐끗 쳐다봤다.

사십 대 초반의 나이에 매부리코, 하관이 빠르고 턱이 각진 날카로운 인상의 인물이다.

경뢰궁주는 그가 무극백절 중 한 명이며 자인원으로 가고 있는 중이라고 생각했다.

그자는 철화빙선 등에겐 추호도 관심이 없다는 듯 잠시 후에 자인원 안으로 사라졌다.

"우린 천옥대요! 무엇 때문에 무극백절이 이곳을 공격하는 것이오? 당장 물러가시오!"

천옥대주 화담이 쩌렁쩌렁하게 외쳤다.

천옥대 백 명은 곳곳에서 무극백절들과 싸움을 벌이고 있는데 현격하게 열세에 처한 상황이다.

"이곳에는 지금 단유천 대공자와 옥령 소저께서 계시오! 더 이상 죄를 짓지 말고 어서 물러가시오!"

화담은 무극백절 한 명과 치열하게 싸우면서 계속 악을 쓰듯이 소리쳤다.

그의 외침에 무극백절들이 일제히 싸움을 멈추었다. 단유천과 옥령이 있다는 말 때문이다.

정말로 그들이 이곳에 있다면 천옥대와 싸우는 것은 분명한 잘못이다.

하지만 적안혈귀가 이곳에 있다면 그 누구도 무극백절을 가로막지 못할 것이다. 단유천과 옥령이 있다고 해도 뜻을 이루고야 말 것이다.

화담과 싸우던 자, 즉 무극백절 십오 위 마록(瑪麓)은 화담을 보며 조용히 말했다.

"그렇다면 대공자를 뵈어야겠다."

이를테면 단유천이 이곳에 있는지 확인을 하겠다는 뜻이다.

화담은 조금 전에 단유천으로부터 '침입자를 죽여라'는 명령을 받았었다.

하지만 침입자들이 무극백절이라는 사실을 알고는 같은 편끼리 싸울 수 없고 또 수하들이 맥없이 죽어가고 있어서 싸움을 멈추려고 소리친 것이다.

화담은 주위를 둘러보았다. 천옥대 고수 십여 명이 죽었거나 부상을 당하여 쓰러져 있는 광경이 눈에 띄었다.

이곳이 이 정도라면 보이지 않는 곳에서는 더 많은 수하들이 당했을 것이다.

단유천이 어째서 덮어놓고 침입자를 죽이라고 명령했는지 의구심이 들었다.

화담은 즉시 옥령의 거처로 쏘아가서 대전 입구에 멈추고 공손히 허리를 굽히며 외쳤다.

"속하 화담입니다! 무극백절이 대공자를 뵙기를 청하고 있습니다!"

상황이 이렇게 되자 태무랑은 이대로 모르는 체 방에 앉아 있을 수가 없게 되었다.

그래서 밖에 나가 단유천 행세를 하면서 무극백절을 물러가게 해야겠다고 생각했다.

그가 대전 입구를 나서자 화담이 허리를 굽히면서 예를 취하는데, 그 뒤쪽 정원에 십여 명의 무극백절이 서 있고 주위에 천옥대 고수들이 반달형으로 포위지세를 형성하고 있는 것이 보였다.

태무랑을 발견한 무극백절들과 천옥대 고수들이 일제히 깊숙이 허리를 굽혔다.

태무랑은 가볍게 눈살을 찌푸리며 짐짓 불쾌한 표정을 지으면서 자신이 기억하고 있는 단유천의 목소리를 최대한 흉내 내서 꾸짖었다.

"야심한 시각에 너희들은 내게 볼일이 있느냐?"

십여 명의 무극백절 중에 서열 십오 위 마록이 천천히 앞으로 걸어와 태무랑 일 장 전면에 멈추더니 오른손에 쥐고 있던 검처럼 생긴 기형도를 손안에 그러쥐며 정중하게 포권지례를 취했다.

"속하들은 적안혈귀를 잡으러 왔습니다. 이곳에 있다고 들었습니다만."

경뢰궁주는 무극백절이 이십삼 명이라고 했는데 태무랑 앞에 늘어서 있는 자들은 십여 명뿐이다.

그렇다면 나머지는 보이지 않는 곳, 즉 태무랑의 배후에 있을 것이다.

상전인 대공 단유천 앞에서도 모습을 드러내지 않다니, 역시 께름칙한 자들이다.

태무랑은 강하게 나가야 할 필요가 있다고 생각하고 조금 더 인상을 쓰면서 손을 저었다.

"이곳에는 적안혈귀 따위가 없으니 썩 물러가라."

이어서 몸을 돌려 대전 안으로 들어가려고 했다.

"대공께 외람된 질문을 드려도 되겠습니까?"

그러나 마록의 말이 그의 발목을 붙잡았다.

"뭐냐?"

태무랑이 돌아서면서 차갑게 내뱉는데 마록이 천천히 그에게 걸어오면서 말했다.

"이틀 전에 속하가 대공을 하북에서 뵈었을 때는 왼쪽 눈썹에서 뺨을 거쳐 턱에 이르기까지 깊은 흉터가 있었는데 언제 다 나으셨습니까?"

"……!"

태무랑은 움찔했다.

그렇다. 단유천은 철화거선을 습격했다가 태무랑하고 싸우는 과정에서 얼굴에 부상을 당했었다.

꽤 깊은 상처라서 애꾸눈이 되거나 그렇지 않더라도 평생 보기 싫은 흉터가 남을 것이다. 그런데 태무랑은 그것을 깜빡 잊고 있었다.

옥령이나 천자필사, 천옥대는 남경 가까이 있었기에 그 사실을 몰랐었다.

이곳은 무령왕과 철화천궁의 세력이 중첩되는 곳이기 때문에 무극신련 고수들은 발을 들여놓지 못한다.

그러나 천하에서 모여든 무극백절은 단유천을 직접 봤든지 아니면 그런 정보라도 접했을 것이다.

물은 이미 엎질러졌으니 다시 주워 담을 수는 없다. 태무랑은 반 장 앞으로 다가온 마록을 향해 벼락같이 극양지기 일장, 즉 극양장을 뿜어냈다.

화우웅!

그의 장심에서 흐릿한 붉은 기운이 발출되더니 번갯불처럼 뿜어져 나갔다.

그러나 극양장은 허공을 갈겼다. 태무랑이 당연히 급습할 것이라고 예상한 마록은 극양장이 발출되는 순간 번쩍 수직으로 솟구쳤다가 일 장 높이에서 돌연 태무랑을 향해 쏘아내리며 수중의 기형도를 맹렬하게 휘둘렀다.

쉬아악!

태무랑은 마록이 아무리 공격을 예상했더라도 겨우 반 장 거리에서 전력으로 발출한 극양장을 피했다는 사실에 흠칫 놀랐다.

더구나 마록이 피하는 것과 거의 같은 순간에 공격을 해오는 것은 신기에 가까울 정도다.

그것은 마치 한 명은 피하고, 다른 한 명이 공격을 한 것 같왔다. 과연 무극백절 십오 위다운 놀라운 실력이다.

태무랑은 다급히 상체를 뒤로 젖히면서 번개같이 미끄러지며 아슬아슬하게 피했다.

그러나 마록은 하강하며 연달아 도를 휘둘러 다섯 개의 변화를 일으켰다.

슈슈슉— 쐐아악!

각기 다른 파공음을 일으키며 두 개의 도기(刀氣)와 세 개의 도풍(刀風)이 제각기 다른 각도와 다른 변화를 일으키며 무섭게 쇄도했다.

한 사람이 한꺼번에 다섯 개의 변화를 일으키는 것조차 어려운 일이거늘, 한 번의 공격에 도기와 도풍을 섞어서 발출하는 것은 태무랑으로서는 듣지도 보지도 못했던 기상천외한 수법이다.

태무랑은 두 발 뒤꿈치가 땅에 닿은 채 상체가 뒤로 젖혀진 자세에서 빠르게 물러나고 있는데, 마록의 공격은 그보다 두 배 이상 빨랐다.

다섯 개의 공격을 한꺼번에 도저히 피할 수 없는 상황이라서 그는 급히 오행지기의 금기를 일으켜 마록의 도를 향해 쏘아내며 왼쪽 땅으로 몸을 날리며 굴렀다.

파파팍!

간발의 차이로 다섯 개의 공격 중 네 개가 굴러가는 태무랑의 뒤쪽 땅에 적중되고 마지막 하나의 도풍이 그의 오른쪽 어깨에 적중됐다.

퍽!

도풍은 소용돌이 와류를 일으켰기 때문에 거기에 적중된 태무랑의 어깨는 너덜너덜 피투성이가 되어 오른팔이 몸에서 떨어져 나가기 직전이다.

또한 방금 당한 충격으로 기가 흐트러져서 태무랑의 얼굴이 본래의 진면목으로 환원되었다.

마록의 공격이 계속 이어졌다. 그는 발끝으로 살짝 땅을 딛고는 태무랑을 그림자처럼 따르면서 맹렬히 도를 떨쳤다.

스…….

그런데 휘둘러져 가는 그의 도가 허공중에서 먼지처럼 흩어져 버렸다. 태무랑이 발출한 금기가 그의 도를 기체로 만들어 버린 것이다.

마록은 움찔 놀라 멈칫하며 자신의 오른손을 들어 올려 쳐다보았다. 그의 손에는 도파만 쥐어져 있었다.

타앗!

그 순간 태무랑이 땅에서 번개같이 튀어 오르며 마록을 향해 오른손을 뻗어왔다. 그것은 누가 보더라도 장풍을 발출하려는 것 같았다.

마록은 가볍게 놀랐으나 곧 안심하고 태무랑을 향해 마주 부딪쳐 가며 일장을 발출했다.

　방금 전 그의 공격이 태무랑의 오른쪽 어깨에 적중되어 너덜너덜해졌다는 사실을 알고 있기 때문이다.

　그런 엉망인 상태로는 장풍이 아니라 그냥 휘두르는 것조차 여의치 않을 것이다.

　그래서 마록은 서둘지 않고 장풍을 지풍으로 바꿔서 태무랑의 마혈을 제압해 갔다.

　후우웅!

　그런데 태무랑은 제대로 팔을 뻗었을 뿐만 아니라 장심에서 은은한 붉은 기운이 폭발하듯이 뿜어졌다.

　"……!"

　움찔 놀란 마록의 시선이 급히 태무랑의 오른쪽 어깨로 향했다가 더욱 놀라고 말았다.

　그의 어깨는 옷이 찢어졌을 뿐 그 사이로 드러난 살은 홈집조차 없이 말짱했다.

　퍼억!

　"크윽!"

　그 순간 태무랑이 발출한 붉은 기운, 즉 극양장이 마록의 복부에 적중되면서 그가 발출했던 지풍은 무위로 돌아갔다.

　하지만 생각했던 것보다 그다지 위력이 강하지 않아서 마록은 염려하지 않고 즉시 강맹한 장풍을 발출하려고 했다.

화르륵!

그러나 그는 아무것도 하지 못했다. 극양장에 적중된 복부에서 갑자기 시뻘건 불길이 확 일어나더니 순식간에 온몸으로 번져 버린 것이다.

"으아아—!"

무극백절 십오 위가 처절하게 비명을 지르면서 땅바닥으로 몸을 던져 불을 끄려고 마구 굴렀다. 그러나 불은 꺼지지 않고 더욱 거세게 타올랐다. 오행지기의 화기는 불의 근원이라서 절대 꺼지지 않는다.

"크아악!"

마록은 미친 듯이 몸부림치며 목청껏 비명을 질렀다. 지글거리면서 살과 뼈가 타며 그 냄새가 주위로 퍼져 나갔다.

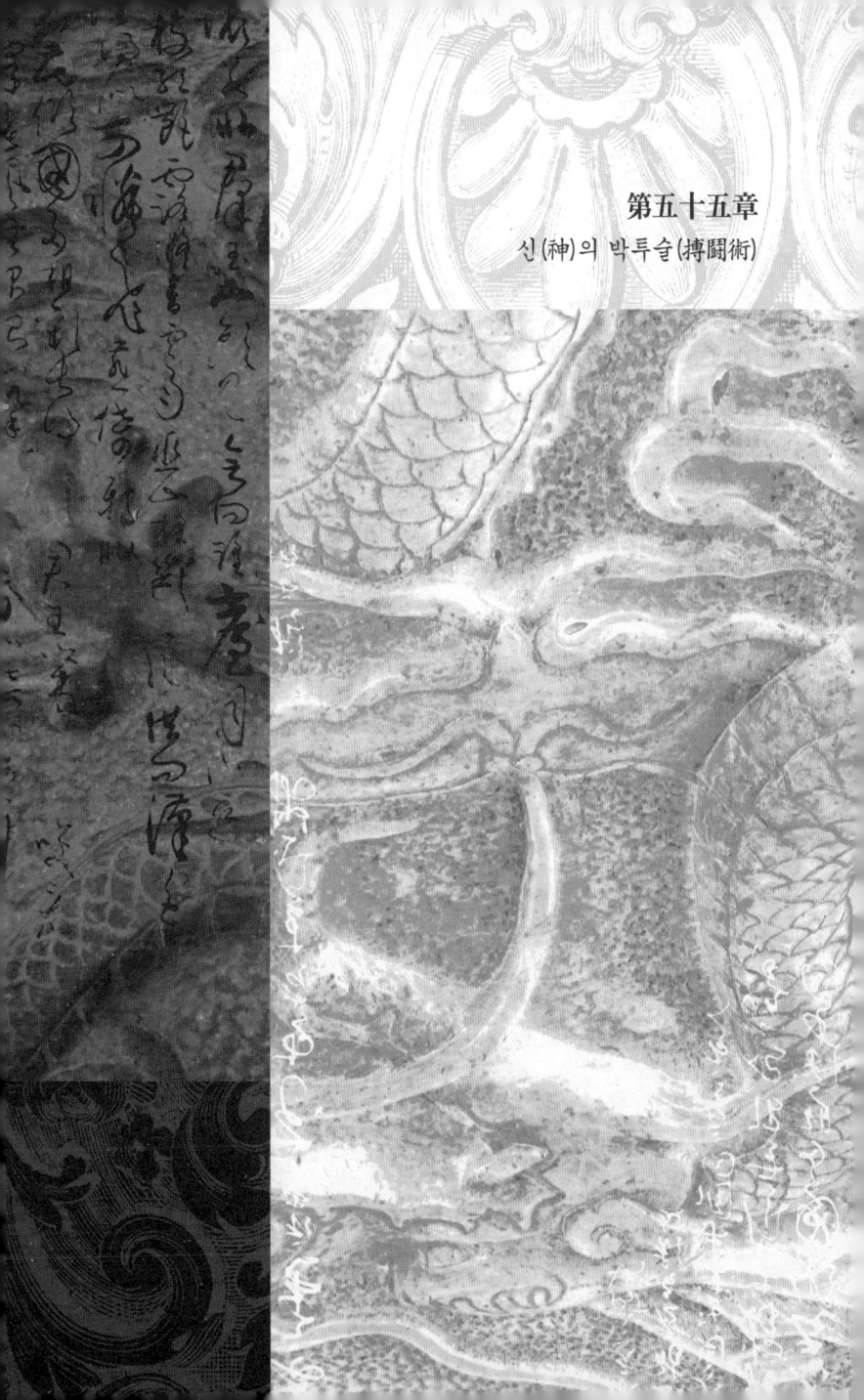

第五十五章

신(神)의 박투술(搏鬪術)

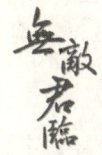

[저자가 무적신룡이냐?]

자인원의 상황을 주의 깊게 지켜보고 있던 철화빙선이 적이 놀라는 표정을 지으면서 뒤도 돌아보지 않고 경뢰궁주에게 물었다.

[그렇습니다.]

단유천의 모습을 한 태무랑이 일격을 당하고 본모습을 되찾자 경뢰궁주는 착잡한 심정이 됐으나 내색하지 않고 공손히 대답했다.

[단유천으로 변신을 하고 있었다니, 교활한 자로구나.]

경뢰궁주는 씁쓸한 미소를 머금었다. 그녀가 알고 있는 태무랑은 '교활' 이라는 말하고는 거리가 먼 사람이다.

하지만 구태여 철화빙선에게 그렇지 않다고 설명해 줄 필요는 없다.

철화빙선의 중얼거림이 들렸다.

[그렇다면 아까 빼돌린 두 개의 자루 중 하나가 옥령이 틀림없겠군. 그러나 이해하기가 어렵구나. 조금 전까지만 해도 정사를 나누었던 여자를 납치하다니……]

'정사?'

경뢰궁주는 흠칫 놀랐다. 철화빙선의 말대로라면 태무랑이 옥령하고 정사를 했다는 뜻이다.

그는 옥령을 철천지원수로 여기는데 정사라니, 철화빙선이 뭔가 잘못 알고 있는 것이라는 생각이 들었다.

[일선.]

철화빙선의 부름에 어디에선가 봉화일선이 나타나 그녀 옆에서 공손히 허리를 굽혔다.

[하명하십시오.]

[자인원을 중심으로 천라지망(天羅地網)을 쳐라. 그리고 철화군단(鐵花軍團)을 투입해라.]

[존명.]

[저 안에 있는 자들 중에 단 한 명이라도 살아 나가게 해서

는 안 된다.]

경뢰궁주는 크게 놀랐다.

'철화군단이라니……'

철화빙선 직속 휘하에는 세 개의 조직이 있다. 그것을 선위단(仙衛團)이라고 하는데 일선(一仙), 이위(二衛), 삼단(三團)을 줄여서 하는 말이다.

일선은 봉화십선으로 열 명이고, 이위는 철화태상위고 백 명, 삼단은 철화군단이며 천 명으로 이루어졌다.

경뢰궁주는 철화천궁 십궁주 중에 한 명이지만 이 세 개의 조직, 즉 선위단에 대해서는 잘 모르고 있다.

철화빙선의 개인적인 직속 조직이기 때문에 비밀에 가려져 있기 때문이다.

단지 십궁주들 사이에 떠도는 소문에 의하면 삼단인 철화군단 천 명의 위력이 철화천궁 십궁, 즉 열 개 궁의 전 세력과 맞먹는다는 것이다.

일 궁에 속한 고수는 약 이천 명이다. 전체 십궁이면 이만 명인데, 철화군단 천 명이 십궁 이만 명하고 비등한 위력이라니 실로 굉장한 일이다.

철화빙선은 바로 그 철화군단을 자인원에 투입하라고 명령한 것이다.

태무랑은 백여 명에게 포위되어 집중 공격을 당하고 있다.

무극백절 이십이 명과 천옥대 팔십여 명이 숨 쉴 틈조차 주지 않고 소나기처럼 공격을 퍼부어댔다.

태무랑은 일각 전에 무극백절 십오 위 마록을 죽인 이후 단 한 명의 적도 죽이지 못하고 있는 상황이다.

일단 백여 명의 공격이 개시되자 피하고 막느라 제정신이 아닌 상태라서 누굴 공격할 엄두도 내지 못했다.

태무랑은 개세적(蓋世的)인 여러 뛰어난 능력들을 지니고 있으나 이런 상황에서는 그것들을 사용할 기회는커녕 생각조차 하지 못하고 있다.

그의 몸에는 계속해서 많은 상처들이 생겨났다. 상처가 아무는 속도보다 상처가 생기는 속도가 더 빨라서 시간이 지날수록 온몸에서 점점 더 많은 피가 흘렀다.

이대로 가다가는 이각을 넘기지 못하고 과다출혈로 쓰러지고 말 터이다.

싸우는 중에, 아니, 일방적으로 당하면서 태무랑은 한 가지 사실을 깨달았다.

이들이 맹공격을 퍼부으면서도 태무랑의 신체부위를 절단할 것 같거나 죽일 수 있는 초식은 급히 회수하든지 방향을 틀어 다른 부위나 허공, 땅에 적중되도록 한다는 사실이다.

즉, 이들은 태무랑을 죽이지 않고 산 채로 제압하려는 것이 분명하다.

파파팍!

또다시 두 자루 검이 태무랑의 등과 옆구리로 파고들었으나 그는 신음소리조차 내지 않았다.

쐐아아!

그가 쓰러질 듯이 비틀거리자 사방에서 이십여 자루의 도검이 소나기처럼 쏟아졌다.

퍼퍼퍼퍽!

미친 듯이 두 발을 빠르게 움직이고 상체를 비틀어 피한다고 했는데도 십여 자루 도검이 그의 몸 앞뒤를 무차별적으로 베고 찔렀다.

"크으……"

두 눈이 붉게 충혈된 태무랑의 악다문 이빨 사이로 맹수의 그르렁거리는 소리가 흘러나왔다.

자인원 안에서의 싸움을 구경하고 있는 철화빙선은 옆에 서 있는 철화군단의 군단주(軍團主)에게 명령했다.

[저놈이 죽거든 공격해라.]

저놈이라는 것이 태무랑을 가리킨다는 사실을 짐작한 경뢰궁주는 견딜 수 없을 정도로 마음이 아팠다.

그녀는 태무랑이 처절하게 당하고 있는 광경을 보면서 자신이 이토록 심한 충격을 받게 될지는 예상하지 못했었다.

그저 마음이 아프고 착잡할 것이라고만 생각했었는데 지금 그녀는 제대로 서 있지도 못할 만큼 온몸을 떨고 있으며 맥이 풀렸다.

이미 철화군단 천 명이 자인원 주위를 엄밀하게 포위하고 있는 상태다.

그리고 그 바깥쪽에는 경뢰궁주의 수하 이천 명과 항주에서 철화빙선이 데리고 온 항주지부의 이천 명 도합 사천여 명이 천라지망을 형성하고 있다.

태무랑이 기적적으로 무극백절 수중에서 살아난다고 해도 자인원 바깥의 천라지망을 뚫지는 못할 것이다. 그러므로 그의 앞에 놓인 결과는 하나, 죽음뿐이다.

경뢰궁주는 초조한 심정으로 동쪽을 바라보았다. 무령왕가가 있는 방향이다. 그곳에서 수월화가 오기를 고대하고 있는 것이다.

하지만 기다리는 수월화는 보이지 않고 동녘 하늘이 부옇게 터오고 있는 것만 보였다. 날이 밝고 있는 것이다.

싸움이 시작된 지, 아니, 태무랑이 일방적으로 공격을 당한지 이각이 지나가고 있다.

경뢰궁주가 보기에 그는 지금 당장 죽는다고 해도 이상하지 않을 만큼 절박한 위험에 처해 있다.

하지만 그녀로선 아무런 도움도 줄 수 없다는 사실이 그녀를 더욱 절망에 빠뜨렸다.

쿵!

태무랑이 한쪽 무릎을 꿇자 적들이 더 가까이 쇄도하며 공격을 퍼부었다.

쐐쐐애액! 스파파—!

공격을 주도하는 것은 물론 무극백절이다. 그들은 태무랑을 잡아가면 받게 될 포상금 때문인지 아니면 충성심 때문인지 자신들끼리도 경쟁이 붙어서 한 치의 양보도 없이 지니고 있는 실력들을 모조리 쏟아냈다.

한쪽 무릎을 꿇은 순간 태무랑은 정신이 아득했다. 피를 많이 흘렸기 때문이다.

이렇게 죽는 것인가, 라는 생각이 머리를 스쳤다. 그런데 이상하게도 안타까운 마음이 조금도 들지 않았다.

아마도 그 이유는 평소에 깊은 정을 나누던 사람이 한 명도 없었기 때문일 것이다.

사랑하는 사람이든 우정을 쌓았던 벗이든 누군가를 두고 죽는다면 쉬이 눈이 감기지 않을 것이다. 그런데 태무랑은 그런 사람이 없다.

가장 친했다고 할 수 있는 사람이 신풍개와 고구려 사람들,

수월화, 은지화, 경뢰궁주 정도인데 죽음을 앞둔 순간에 아무도 생각나지 않았다.

다만 원통한 마음이 불끈 치솟았다. 옥령에 대한 원한은 조금쯤 가셨으나 단유천과 삼장로, 단금맹우들을 죽이지 못했다는 원통함이 골수에 사무쳤다.

'으드득! 이대로 죽을 수 없다!'

어금니가 부러질 정도로 악다문 그는 순간적으로 오행지기를 끌어올려 양손으로 모으고 벌떡 일어나면서 뿌리듯이 휘둘렀다.

쒜앵—!

순간 그의 양손에서 희고 검은 두 개의 납작하고 둥근 어른 손바닥 크기의 기운이 맹렬하게 회전하면서 쏟아져 나가며 기이한 파공음을 울렸다.

퍼퍼퍼퍽!

태무랑이 자포자기 상태에 놓인 것이라 여기고 지척거리로 쇄도하며 공격을 퍼붓던 무극백절 네 명이 운라(雲鑼:중국의 타악기)를 닮은 희고 검은 기운에 적중되었다.

납작하고 둥근 원반 모양의 기운이 맹렬하게 회전을 하기 때문에 그것에 적중되면 마치 회전하는 톱날에 잘린 것처럼 몸에 가느다란 구멍이 퍽퍽 뚫렸으며 팔다리는 그냥 맥없이 잘라져 나갔다.

흰 것은 수기, 즉 극음지기고 검은 것은 토기다. 그러므로 극음지기에 적중된 자는 그 즉시 얼음이 돼버렸으며, 토기에 적중된 자는 비틀거리다가 퍽! 퍽! 갑자기 몸이 폭발하듯이 터지면서 가루가 되어 흩어져 버렸다.

토기에 적중되어 흙이 돼버린 것이다. 인간은 원래 흙에서 왔으므로 근본으로 돌아간 것이다.

무극백절들과 천옥대 고수들은 다 죽어가던 태무랑의 느닷없는 공격에 무극백절 네 명 중에 두 명은 얼음이 돼버리고 두 명은 흔적도 없이 폭발해 버리자 적잖이 놀라 멈칫 그 자리에 굳어버렸다.

쉐애앵—!

그때 한 번 발출된 극음지기와 토기 두 개의 운라가 저 멀리 허공에서 급격하게 회전을 하더니 다시 태무랑을 향해 무서운 속도로 쏘아왔다.

그럴 줄은 전혀 예상하지 못한 공격권 바깥쪽에 있던 천옥대 고수들이 움찔 놀라 급히 피하려고 했으나 두 명이 미처 피하지 못하고 극음지기와 토기에 각각 적중되어 순식간에 얼음이 되고 먼지가 되어 흩어져 버렸다.

스슷…….

이어서 운라 모양의 극음지기와 토기가 태무랑의 양손으로 쏘아와 손바닥 속으로 스며들어 감쪽같이 사라져 버렸다.

신(神)의 박투술(搏鬪術) 205

'방금 그것이 대체 무언가?'

철화빙선의 얼굴에 적이 놀라움이 떠올랐다. 평소에 그녀가 얼굴에 희로애락을 거의 표현하지 않는 것으로 보면 지금 매우 놀랐음을 알 수 있다.

그녀는 할머니와 어머니를 제외하면 자신의 적수는 무극신련 총련주인 환우천제 화명군 정도밖에 없을 것이라고 자부하고 있을 정도다.

그렇다는 것은 그녀의 무위가 절정을 넘어서 초절(超絶) 수준에 이르렀으며, 그와 비례하여 무공을 보는 안목도 매우 높다는 뜻이다.

그런데도 그녀는 방금 태무랑이 전개한 희고 검은 운라 모양의 기운이 무엇인지 도저히 식별하지 못했다.

더구나 그것들이 보여준 위력은 실로 굉장했다. 흰 운라에 적중된 자는 온몸이 얼어버리고, 검은 운라에 적중된 자는 몸이 폭발하여 흔적조차 남기지 않고 사라져 버리니, 그녀는 그런 무공은커녕 비슷한 무공이 있다는 말조차 들어본 적이 없다.

그녀는 태무랑을 뚫어지게 주시했다. 여태껏 길길이 날뛰던 무극백절들은 방금 그 일격에 충격을 받았는지 태무랑에게 함부로 접근하지 못하고 있었다.

태무랑은 우뚝 서 있지만 상체가 앞뒤로 흔들리고 다리도 후들후들 떨리고 있었다.
 철화빙선이 보기에 방금 그 운라를 발출하느라 많은 공력을 허비한 게 분명했다.
 하지만 태무랑의 두 눈에서는 무시무시한 붉은 혈광이 짙게 뿜어지고 있었다.
 그를 적안혈귀라고 부른 계기가 된 그 '적안'이다. 또한 피를 흘리고 있는 입은 흰 이가 살짝 드러났는데 으스스한 미소가 머금어져 있다.
 철화빙선이 지켜본 바에 의하면 태무랑은 온몸에 줄잡아 삼백 군데 이상 크고 작은 상처를 입었다.
 그러면서도 죽기는커녕 한쪽 무릎을 꿇고 쓰러지는가 했는데 굉장한 절기를 펼치면서 다시 기사회생했다. 그리고는 우뚝 서서 보는 이의 등골을 저리게 만드는 섬뜩한 미소를 흘리고 있다.
 철화빙선은 태무랑에 대한 인식이 또다시 바뀌었다. 뚜렷하지는 않지만 왠지 몹시 기분을 나쁘게 하는 인간이다.
 '저놈! 어쨌든 살려두면 좋지 않겠어.'

 한차례 극음지기와 토기를 운라 모양으로 발출한 태무랑은 그것을 회수한 후에 극도로 탈진한 상태가 되어 쓰러지려는 것을 간신히 버티고 있다.

조금 전 한쪽 무릎을 꿇었을 때보다 더 심하게 기력이 탈진한 상태다.

그리고 숨을 헐떡일 때마다 온몸의 상처에서 피가 쿨럭쿨럭 솟아나오고 있었다.

하지만 지금이 마지막 기회라는 생각이 들었기에 기를 쓰고 버티고 있는 중이다.

방금 전에 그가 전개한 수법은 며칠 전 무극백절 다섯 명과 싸우던 중에 우연히 깨우치게 된 수법이다.

그 당시에 그는 다섯 명 중에 마지막으로 무극백절 칠십구 위 전상을 상대로 싸웠었다.

위기의 순간에 뭔가 머릿속에서 번뜩 떠오르는 것이 있어서, 전상이 발출한 쌍장을 맨가슴으로 받아내며 오행지기를 일으켰었는데 결과적으로 그의 공력을 빨아들이는 놀라운 일이 벌어졌었다.

그리고는 전상이 죽은 후에 그의 공력이 자신의 체내에 들어 있는 것이 께름칙하여 손으로 모이게 한 후에 흩뿌리듯 떨쳐 냈는데 그것이 무서운 속도로 쏘아가며 대단한 파괴력을 보여주었다.

그래서 태무랑은 그 자리에서 자신의 오행지기를 끌어올려 똑같은 수법을 숙달될 때까지 계속했던 적이 있었다.

당시 그는 손에서 뿜어지는 기운의 모양이 군악대가 사용하는 운라하고 비슷해서 스스로 운라귀전(雲鑼鬼電)이라는 이름을 붙여보기도 했었다.

극음지기인 수기는 '운라수귀전'이고 토기는 '운라토귀전'이라는 식이다.

그런데 방금 전 절체절명의 순간에 거의 반사적으로 운라귀전을 전개했는데 그것이 제대로 먹혀들었다.

하지만 피를 너무 많이 흘리고 기력이 탈진한 상태라서 한 차례 전개하고 나니까 쓰러지기 일보직전이 돼버렸으며 곧바로 오행지기가 모아지지 않았다.

이런 절박한 상황은 처음이라서 대체 얼마나 시간이 지나야지만 운라귀전을 전개할 수 있을 정도의 오행지기가 회복될는지는 알 수가 없다.

그때 그가 한동안 다리를 떨면서 상체를 흔들며 서 있기만 하고 공격을 하지 않자 삼 장 거리로 물러나 포위지세를 형성하고 있던 무극백절들이 경계를 하면서 슬금슬금 좁혀들기 시작했다.

태무랑은 눈을 부릅뜨고 어금니를 악문 악귀의 모습을 한 채 다시 오행지기를 끌어올려 보았으나 모여들 기미가 보이지 않았다.

'빌어먹을… 제발 모여라…….'

얼마나 힘을 주었는지 몸이 부들부들 떨리고 악다문 이빨 사이로 피가 줄줄 흘러내렸다.

스스…….

그의 안타까운 심정하고는 반대로 열여덟 명의 무극백절들이 미끄러지듯이 사방에서 모여들기 시작했다.

거리가 이 장으로 좁혀지며 그들은 각기 무기를 치켜들거나 손을 들어 올렸다.

아마도 눈 한 번 깜빡일 순간이면 일제히 공격을 퍼붓기 시작할 듯했다.

그때 태무랑의 체내에서 바싹 마른 모래바닥에서 아주 조금씩 물이 스며 오르듯이 오행지기가 모이는 것이 느껴졌으나 운라귀전을 발출할 정도는 아니다. 더구나 모이는 속도가 너무 느렸다.

쐐애액! 쉬아악!

그리고 마침내 무극백절 열여덟 명의 공격이 거의 동시에 시작됐다.

열여덟 명의 절정고수가 전개한 열여덟 개의 공격이 태무랑 한 몸을 향해 사방과 머리 위 여러 방향에서 번갯불처럼 쏟아져 왔다.

이 정도의 엄청난 공격 앞에서는 천하의 그 누구라도 버텨낼 수 없을 터이다.

태무랑은 이들이 자신을 죽이지는 않을 것이지만, 이번 공격을 도저히 견뎌낼 재간이 없을 것이라는 생각이 들었다.

바로 그때 모두의 머리 위에서 천지간을 떨어 울리는 듯한 우렁찬 호통성이 터졌다.

"물러나라!"

그 호통성에는 중후한 내공이 실려 있어서 듣는 사람의 고막과 심장이 울리고 기혈이 들끓었다.

그로 미루어 호통성은 불문(佛門)의 사자후(獅子吼) 같은 것이 분명했다.

그러나 사자후만으로는 무극백절들을 어쩌지 못한다. 단지 공격하는 동작을 멈칫하게 만드는 정도에 그쳤다.

태무랑은 급히 위를 올려다보다가 적이 놀랐다. 그리고 반가운 마음이 샘솟았다.

옥령과 천자필사를 담은 두 개의 자루를 갖고 자인원을 떠났던 비한이 돌아온 것이다.

그는 양손에 넉 자 길이의 새카만 윤기가 흐르는 한 쌍의 봉을 휘두르면서 무극백절들의 머리 위 일 장 거리에서 쏜살같이 하강하고 있었다.

하지만 그는 공력이나 강기 같은 것을 발출하지 않고 한 쌍의 봉으로만 공격을 했다.

그는 무극백절 열여덟 명 중에서 태무랑에게 가장 가깝게

신(神)의 박투술(搏鬪術) 211

접근한 자를 향해 내리꽂히며 봉을 그어갔다.

비한의 상대가 된 자는 무극백절 팔십삼 위 부중산(夫仲汕)이라는 자인데 비한의 공격이 심상치 않음을 즉시 간파하고 전력을 다해서 피했다.

위이잉!

비한의 오른쪽 봉은 급히 고개를 숙인 부중산의 머리 위를 아슬아슬하게 스쳐 지나며 묵직한 파공음으로 허공을 진동시켰다.

파아.

그런데 부중산의 뒷머리 머리카락이 뭉텅 잘라져서 허공에 흩날렸다.

칼날이 없는 동그란 봉이 머리카락을 베다니 봉에 실려 있는 힘과 예기(銳氣)가 굉장하다는 것을 알 수 있다.

윙!

그 사실을 모르는 부중산은 고개를 숙이고 있는 도중에 오른쪽 허공을 울리는 파공음을 듣고 움찔했다.

어느새 오른쪽에서 또 다른 봉이 어깨를 향해 비스듬히 그어 내리고 있는 것이 아닌가.

그것을 피하고 나니까 이번에는 다른 봉이 다른 방향에서 날아왔다.

부중산은 머리와 상체를 이리저리 흔들고 돌리면서 순식

간에 십여 차례의 봉 공격을 피했다.

 소나기처럼 쏟아지는 쌍봉(雙棒)의 공격도 놀랍지만, 그것을 모조리 피하는 능력 또한 놀라웠다.

 퍽!

 "큭!"

 부중산이 쌍봉 공격을 피하느라 정신이 없을 때 땅에 내려서기 직전의 비한이 발끝으로 부중산의 턱을 짧고 강하게 걸어찼다.

 부중산은 쌍봉 공격을 피하는 데만 정신이 팔려 있다가 어이없이 당하고 말았다.

 그는 턱이 완전히 박살나고 입에서 피와 부러진 이빨을 토해내면서 뒤로 붕 날아갔다.

 비한이 부중산에게 공격을 퍼붓고 발로 걷어찬 것까지 걸린 시간은 눈 한 번 깜빡이는 것의 절반에 불과했다. 그 정도로 비한의 쌍봉 공격은 지독하게 빨랐다는 뜻이다.

 그는 부중산을 날려 버리고는 발끝으로 땅을 가볍게 찍으며 태무랑에게 곧장 쏘아왔다.

 느닷없는 비한의 출현이 너무 반가운 나머지 태무랑은 무극백절들이 자신을 공격하고 있다는 사실을 잠시 망각하고 있었다.

 태무랑은 방금 본 그의 쌍봉 공격 동작이 눈에 익다는 생각이 들었다.

그리고 그 이유를 즉시 깨달았다. 비한이 전개한 수법은 놀랍게도 박투술(搏鬪術)이었다. 박투술은 군사들이 한데 뒤섞여서 치열하게 백병전(白兵戰)을 벌일 때 사용하는 마구잡이 치고받는 싸움기술이다.

어떤 정해진 초식이나 변화가 있는 것이 아니고 무기를 어떻게 휘둘러야 한다는 규칙 같은 것도 없다. 그때그때 상황에 따라서 임기응변적으로 변화를 일으켜 닥치는 대로 싸우는 것이 박투술이다.

열여덟 명의 무극백절이 사방과 머리 위에서 공격해 오고 있는 중에, 비한이 한쪽 방향의 부중산을 물리치고 그곳으로 쳐들어와 태무랑 곁에 서자마자 무극백절 열일곱 명의 합공이 그제야 무지막지하게 들이닥쳤다.

쐐애애액!

비한이 공격하기 전에 허공에서 사자후를 터뜨려 무극백절 모두가 잠깐 멈칫했다고는 하지만 그사이에 부중산을 물리치고 나서 태무랑 곁으로 달려온 그의 움직임은 실로 전광석화 같았다고 밖에는 달리 설명할 수가 없다.

차착!

비한이 태무랑 옆에 도착하면서 쌍봉의 끝을 맞대고 슬쩍 비틀자 여덟 자 길이의 긴 봉이 되었다. 두 개의 봉을 하나로 이은 것이다.

위잉! 윙!

치칭!

그것을 풍차처럼 회전시키면서 적을 맞이하는데 봉의 양쪽 끝에서 한 뼘 길이의 창날이 튀어나왔다.

그의 무기는 평소에는 넉 자 길이의 쌍봉으로 사용하다가 유사시에 서로 맞추어 비틀면 여덟 자 길이의 긴 장창이 되는 신기한 무기였다.

차차차차차창! 카카카캉!

비한이 여덟 자 길이의 장창을 빙글빙글 회전시키면서 맹렬하게 휘두르자 놀랍게도 무극백절 열일곱 명의 공격이 모조리 차단되었다.

그의 장창은 특수한 쇠로 만들어졌는지 무극백절들의 공력이 실린 무기를 막아내는데도 흠집조차 나지 않았다.

하지만 단지 막는 것뿐 그들을 물리치지는 못했다. 또한 그는 방어만 할 뿐이지 반격을 할 여유가 없었다.

게다가 그는 눈을 부릅뜬 채 깜빡이지도 않고, 이마와 목에 핏대를 세우고 전력을 다해서 장창을 휘둘렀다.

그렇다고 해도 그 혼자서 무극백절 열일곱 명의 공격을 막아내고 있다는 사실은 실로 대단한 일이다.

그것은 비한의 실력이 절정고수 이상의 수준으로, 무극백절 오십 위 아래 서너 명과 평수를 이룰 수 있다는 뜻이기도 하다.

태무랑은 비한 덕분에 위기를 넘기고 한숨 돌릴 수 있게 되었으며 오행지기를 회복하고 상처가 스스로 아물 수 있는 시간을 벌게 되었다.

그렇지만 그가 보기에 비한은 오래 버티지 못할 듯했다. 아니, 지금 그는 자신의 최대한의 능력 이상을 발휘하고 있는 것이 분명했다.

쐐쐐애액! 패애액! 위이잉!

십수 자루의 무기와 몇 줄기 장풍이 사방에서 무시무시하게 몰아쳐 오는 데도 비한은 추호도 굽히지 않고 태무랑과 반 장 거리를 유지한 채 그의 주위를 돌면서 신들린 듯이 장창을 휘둘렀다.

그나마 다행인 것은 천옥대 고수들이 합세하지 않고 오륙 장 떨어진 곳에 물러난 채 포위망을 형성하고 있다는 사실이다. 아마도 무극백절들이 그들에게 끼어들지 말라고 한 것 같았다.

사실 그들이 합세하면 도움을 주는 것이 아니라 무극백절들에게 방해가 될 뿐이다.

콱!

그때 한 자루 도가 비한의 오른쪽 옆구리를 스치듯이 베는 광경이 태무랑의 눈에 띄었다.

쉬이잉!

 순간 비한의 장창이 방금 자신의 옆구리를 베면서 허점이 드러난 자를 향해 창날을 번뜩이면서 쏘아갔다.

 그대로 공격한다면 능히 그자의 목을 절반 이상 뚝 잘라낼 수 있을 터이다.

 하지만 비한은 그자의 목 한 자 거리에서 장창을 거두고 다른 자들의 공격을 방어했다.

 계속 공격하면 그자를 죽일 수 있을지 몰라도 태무랑이 당할 것이기 때문이다.

 그의 그런 행동은 대단히 놀라운 자제력이다. 대부분의 사람들은 정신없이 싸움에 열중하다 보면 정확한 상황 판단을 하지 못하고 왕왕 감정에 치우쳐서 실수를 하게 마련인데 그는 전혀 그러지 않았다.

 그는 자신이 부상을 입은 것이나 적을 죽일 수 있는 기회조차도 무시한 채 본연의 임무, 즉 태무랑을 보호하는 일에만 절대적으로 충실했다.

 콰차차차창!

 "우웃!"

 절정고수 열일곱 명이 한꺼번에 쏟아내는 위력은 수십만 근의 바위가 사방에서 전속력으로 날아오는 것이나 진배없을 정도로 엄청나다.

신(神)의 박투술(搏鬪術)

무극백절 열일곱 명은 따로 연이어서 공격을 하는 것이 아니라 한꺼번에 공격을 퍼부었기 때문에 그 위력은 가히 상상을 초월했다.

　그들의 목적은 그런 식으로 합공(合攻)을 퍼부어서 비한에게 내상을 입히려는 것 같았다.

　어떤 식으로 공격을 해도 비한이 모두 다 막아내기 때문에 그런 쪽으로 편법을 쓰는 듯했다.

　쩌드등!

　"큭!"

　열일곱 명 무극백절들의 합공은 회를 거듭할수록 강력해지고 일치단결을 이루어서 마치 급전직하 내리꽂히는 벼락같았다.

　이번 합공에는 비한도 견디지 못하고 입에서 핏물을 화살처럼 뿜어냈다.

　그러나 비틀거리거나 물러서지 않고 지금까지와 다름없이 신들린 듯 장창을 휘둘러 무극백절들을 물리쳤다.

　비한은 무림고수들처럼 화려한 초식이나 공력을 발출하는 것은 할 줄 몰라도, 쌍봉과 장창으로 전개하는 박투술만큼은 신의 경지에 이른 듯했다.

　퍽!

　"흐윽……!"

그때 한 줄기 장풍이 장창 사이로 파고들어 왼쪽 어깨를 강타하자 비한의 상체가 크게 휘청거렸다.

쐐애액!

찰나 그 빈틈을 통해서 두 자루 도검이 태무랑을 향해 쏘아들었다. 마치 그곳에 빈틈이 생길 것을 미리 알고 공격한 듯 정확했다.

위이잉!

그러나 비한은 이를 악물고 그것을 막아갔다.

째앵!

그러나 한 자루 도를 퉁겨내기는 했지만 한 자루 검은 미처 막지 못했다.

푹!

순간 그 검이 비한의 가슴을 깊게 찔렀다.

쨍!

그러나 비한은 상체를 힘껏 비틀어서 자신의 가슴을 찌른 검을 부러뜨리는 것과 동시에 검의 주인을 향해 실로 눈부시게 빠른 발차기를 날렸다.

퍽!

"왁!"

부러진 검을 쥐고 있던 무극백절 한 명이 사타구니를 걷어차여서 뒤로 붕 날아갔다.

신(神)의 박투술(搏鬪術) 219

비한은 창술박투술뿐만 아니라 맨손박투술도 타의 추종을 불허하는 수준이다.

그는 한 번 기회를 포착하여 공격을 가하면 절대로 허탕을 치지 않았다.

하지만 그는 가슴 한복판을 찔리는 결정적인 중상을 입게 되었다.

옆구리를 베인 것이나 장풍에 적중당한 것보다 그 상처가 훨씬 위중했다.

그런데도 그는 뒤로 한 걸음 물러났을 뿐 장창을 휘두르는 기세는 조금도 약해지지 않았다.

태무랑은 자신을 등지고 있는 비한의 등 한복판에 반짝이는 물체를 발견했다.

그것은 그의 가슴을 찌르고 부러진 검첨이 등 뒤로 반 뼘쯤 튀어나온 것이었다.

태무랑은 자신의 바로 앞에 서 있는 비한의 모습이 태산처럼 거대하게 보였다.

태무랑은 누군가 자신을 위해서 이처럼 헌신적으로 희생하는 광경을 처음 겪는다. 그래서 마음속에 격렬한 감정이 들끓었다.

콰차차차창!

태무랑 앞에 있던 비한이 어느새 그의 뒤로 돌아가면서 장창을 휘둘러 적의 공격을 막아내고 있었다.

 태무랑은 그에게서 더할 수 없이 완벽한 군사(軍士)의 모습을 발견했다.

 그는 무림인이 아닌 군사인 것이다. 이 땅에 존재하는 수백만 명의 군사들 중에서 단연 발군인 가장 완벽한 군사가 바로 그였다.

 '됐다!'

 마침내 태무랑의 두 손에 오행지기가 모여졌다. 조금 더 일찍 오행지기가 모여졌으나 한 번 사용하고 나면 또다시 탈진에 빠질 것 같아서 이왕지사 늦어진 것 조금 더 모았던 것이다.

 태무랑이 생각하기에 지금으로선 세 가지 방법이 주효할 것 같았다.

 첫째는 운라귀전을 전개하는 것.

 둘째는 오행지기의 금기를 발출하여 적들의 무기를 무용지물로 만드는 것.

 셋째는 지난번 전상 때처럼 적들의 공력을 흡수해 버리는 것이다.

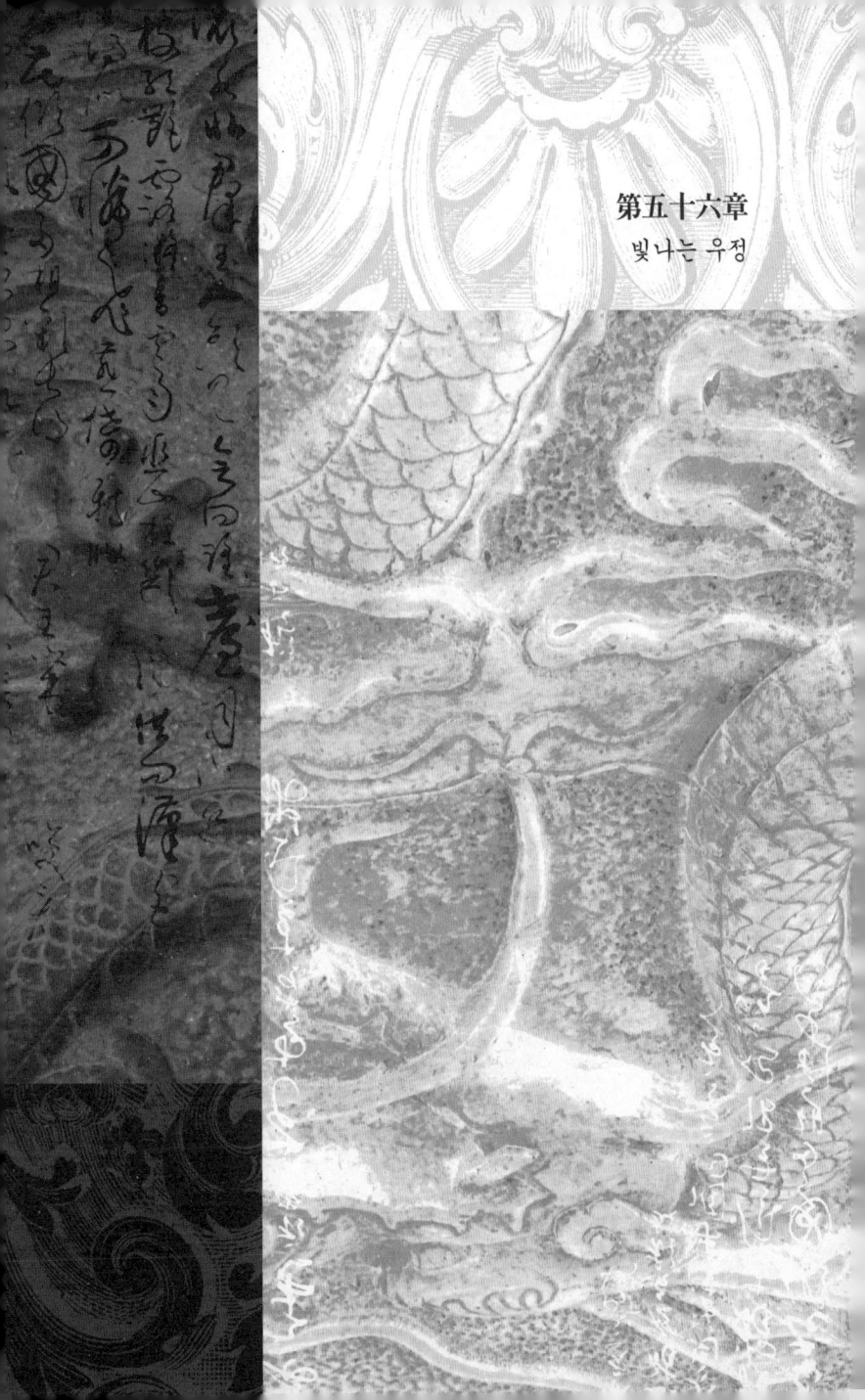

第五十六章
빛나는 우정

쉐애앵!

극양지기 운라화전이 마치 지옥의 불길처럼 뿜어지고, 금기 운라금전이 금광을 번뜩이며 허공을 가르자 무극백절들은 피하느라 분주했다.

그 사이를 비한이 장창을 휘두르며 파고들었다. 그는 중상을 입었음에도 쾌속함이나 위력이 조금도 떨어지지 않았다. 가슴 한복판에는 여전히 부러진 검이 꽂혀 있었다.

비한이 쌍봉을 휘두르던 것은 시작에 불과했다. 그의 장창 실력이야말로 백미라고 할 수가 있다.

더구나 방어가 아닌 공격으로 전환하자 위력이 서너 배는 증가했다.

아까 비한에게 발길질로 턱을 걷어차인 무극백절 팔십삼 위 부중산은 즉사했다.

그리고 사타구니를 차인 팔십육 위 파연중(巴軟中)은 한쪽으로 물러나 전각 벽 아래 주저앉아 운공조식으로 치료를 하고 있었다.

필경 그는 음낭이 터져 버려서 더 이상 사내구실을 못하게 되었을 것이다.

태무랑이 기력을 차린 후 운라귀전을 발출하고 비한이 장창 공격을 퍼붓자 무극백절들은 가까이 다가오지 못하고 오륙 장 떨어진 곳에서 포위망을 형성한 채 기회를 엿봤다.

태무랑은 운라귀전을 멈췄다. 그렇게 먼 거리에서는 아무리 운라귀전이라고 해도 별 실효를 거두지 못한다. 운라귀전의 사정거리는 삼 장 이내가 적당했다.

장창으로 직접 찌르고 베는 비한도 사정거리가 길어야 이 장 남짓이라 공격을 멈추고 태무랑과 함께 등을 맞댄 채 우뚝 서 있었다.

[비한, 견딜 만한가?]

대여섯 차례 연속으로 운라귀전을 전개했던 태무랑은 가쁜 숨을 몰아쉬면서 등 뒤의 비한에게 전음으로 물었다. 하지만 두 손에는 언제든지 운라귀전을 발출할 수 있도록 극양지기와 금기를 모아두고 있었다.

[무랑, 자네야말로…….]

비한은 말하면서 힐끗 돌아보다가 말을 흐렸다. 조금 전까지만 해도 온몸이 상처투성이여서 피를 철철 흘리고 있던 태무랑이 말짱해진 것을 발견했기 때문이다.

아까 흘린 피를 몸에 묻히고는 있지만 상처가 하나도 보이지 않았다.

휘익! 휙!

그때 허공에서 열 개의 인영들이 여러 방향에서 흡사 유성처럼 하강하여 지상에 내려섰다.

그들은 태무랑과 비한, 그리고 무극백절들을 한차례 둘러보더니 마지막으로 태무랑에게 시선을 고정시켰다.

그들은 일견하기에도 비범한 모습이어서 오래 생각하지 않아도 무극백절이라는 사실을 알 수 있었다.

그런데 그들은 나타난 후에 단 한 마디도 하지 않고서도 적안혈귀가 누구라는 것을 간파했다.

또한 바닥에 죽어 있는 무극백절들의 시체와 부상당한 자들을 보고 일이 심상치 않음을 짐작한 듯했다.

이미 날이 밝아서 장원 내는 환해졌다.

열 명이 더 보태져서 무려 이십육 명이 된 무극백절들은 천천히 포위망을 좁혀오기 시작했다.

태무랑은 긴장된 표정으로 빠르게 주위를 둘러보다가 문득 한곳에 시선이 고정되었다.

자인원 밖 백여 장쯤 떨어진 어느 전각 지붕에 표표히 서 있는 한 여자의 모습이다.

희고 노랗고 붉은 알록달록한 상의에 무지개색의 긴 치마를 입은 특이한 옷차림의 여자다.

아니, 아직 여인이라고 부르기에는 어려 보이는 이십 세 전후의 소녀였다.

그녀는 동쪽에 서 있었기 때문에 때마침 뒤쪽에서 떠오르고 있는 태양이 마치 부처의 광배(光背) 같아서 몹시 성스럽게 보였다.

그때 문득 태무랑은 그녀 뒤에서 한 여자가 조심스럽게 살짝 얼굴을 내비치는 것을 발견했다.

얼굴의 반만 보였으나 그녀가 경뢰궁주라는 것을 알아보기에는 충분했다.

'철화빙선!'

순간 그는 알록달록한 옷의 주인이 철화빙선일 것이라고 직감했다.

경뢰궁주는 자인원으로 무극백절을 불러들인 것이 철화빙선이라고 말했었다.

또 그녀의 목적이 태무랑을 이용해서 옥령을 납치하고 무극백절들을 죽이는 것이라고 했다.

그래서 자인원 주위에 철화빙선의 심복들이 감시하고 있다고도 말했었다.

그렇다면 철화빙선은 태무랑과 무극백절 모두를 몰살시키려는 것이 분명하다.

그러기 위해서는 자인원 주위에는 그녀의 심복들만 매복하고 있는 것이 아닐 것이다.

태무랑과 무극백절 모두를 죽이려면 철화천궁 정예고수들 수백 명이 매복해 있을 것이다.

[무랑!]

그때 비한이 급히 전음으로 태무랑을 일깨웠다. 그가 한눈을 팔고 있는 것을 발견한 것이다.

한눈을 판다는 것은 태무랑으로서는 흔치 않은 일이다. 철화빙선을 발견한 충격이 그만큼 컸다는 뜻이다.

그가 정신을 차렸을 때 무극백절들의 공격은 이미 코앞까지 쇄도하고 있었다. 비한이 전음으로 알려주지 않았으면 낭패를 당했을 것이다.

그는 끌어올렸던 오행지기 중에 운라화전과 운라금전을 양손에 만들어 벼락같이 뿌렸다.

쉐애애앵!

무극백절들이 일 장 이내까지 접근했기 때문에 운라귀전은 제대로 효력을 발휘했다.

퍽! 퍽!

가장 가깝게 접근한 두 명이 적중당해 가슴과 얼굴에 구멍이 뚫렸다.

그들은 조금 전에 도착한 열 명의 무극백절 중에 두 명이었다. 태무랑이 발출하는 운라귀전의 무서움을 모르고 앞장서서 공격하다가 불귀의 객이 되고 말았다.

그러나 두 명이 퉁겨지는 것과 동시에 이십사 명의 공격이 한꺼번에 쏟아져 왔다.

콰콰콰콰ㅡ!

태무랑은 전력을 다해서 몸을 움직여 피했다. 원래는 피하는 와중에 운라화전과 운라금전을 조종하여 무극백절들의 배후에서 공격하려는 생각이었는데 피하느라 정신이 없어서 시도할 엄두를 내지 못했다.

쩌쩌쩡!

굉장한 폭음이 터지면서 비한이 공격을 막아내고 있었다.

태무랑이 피하면서 얼핏 보니까 비한이 공격의 거의 대부분을 막아냈다.

그로 인해서 실제로 태무랑에게 가해진 공격은 세 개에 불과했다.

그런데도 그는 자신에게 가해지지도 않는 공격을 피하느라 헛동작을 했던 것이다.

그럴 수밖에 없었던 것이, 원래 무극백절 이십사 명 거의 대부분의 공격이 태무랑을 겨냥한 것이었다. 비한이 그것들을 막아줄 것이라고 예상하지 못했기 때문에 벌어진 웃지 못할 일이었다.

퍼퍽!

그 순간 비한의 몸에서 둔탁한 소리가 터졌다. 어딜 어떻게 적중 당했는지 태무랑 쪽에서는 보이지 않았다. 무극백절 이십사 명의 공격을 혼자서 감당하느라 다친 것이다.

[비한, 내 건 내가 피하겠다!]

태무랑이 전음으로 소리칠 때 무극백절들의 공격이 다시 쏟아졌다.

그런데 태무랑 오른쪽에 서 있던 비한이 스르르 그 자리에 무너지듯이 주저앉았다.

"……!"

크게 놀란 태무랑은 앞뒤 생각할 겨를도 없이 두 팔을 활짝 벌리고 온몸으로 비한을 감쌌다.

퍼퍼퍼퍼퍽!

다음 순간 태무랑에게 집중 공격이 쏟아졌다.

그는 어딜 어떻게 당했는지 알 수 없었다. 정신이 아득해지

빛나는 우정 231

면서 의식을 잃어버린 것이다.

*   *   *

누군가의 따스한 손길이 뺨을 어루만지는 느낌이었다. 그리고 뜨거운 눈물이 뺨 위로 뚝뚝 떨어졌다.

태무랑은 힘겹게 눈을 떴다. 제일 먼저 느낀 것은 왼쪽에서 흘러들고 있는 희미하면서도 시린 빛이었다.

흙담 위쪽 활짝 열어놓은 창으로 흘러들고 있는 달빛이었다.

"무랑아……."

그때 누군가의 다정하고도 염려가 가득 담긴 목소리가 바로 위에서 들렸다.

꿈속에서조차도 그리워했던 목소리였다. 태무랑은 창에서 시선을 거두어 눈동자를 굴려 자신의 뺨을 어루만지고 있는 사람을 올려다보았다.

거기에 검게 그을리고 주름투성이인 한 노파가 그를 굽어보고 있었다.

"어머니……."

"무랑아, 고생이 많았구나……."

오십이 넘지 않은 연세인데도 고생을 너무 많이 해서 칠순도 넘게 보이는 노파는 태무랑의 어머니였다. 그녀는 거칠지만 그 무엇보다 부드러운 손으로 태무랑의 뺨을 어루만지며 측은하게 눈물을 흘렸고 그 눈물이 그녀의 손등과 태무랑의 뺨 위로 후두두 마구 떨어졌다.

"우릴 먹여 살리느라 네가 고생이 막심하구나. 미안하구나. 정말 미안하다. 내 아들……."

어머니는 장남의 뺨을 쓰다듬고 쓰다듬으면서 연신 눈물을 흘렸다.

"우리 걱정일랑 하지 마라. 이제는 배곯지 않고 편하게 살고 있다. 너만 잘살면 그걸로 됐다."

태무랑은 목이 메어 아무 말도 하지 못했다. 눈물이 솟구쳐서 어머니의 모습이 잘 보이지 않았다.

그러면서 그는 이곳이 꿈에서조차 그리던 고향집이며 자신을 안고 있는 사람이 어머니라는 것을 냄새만으로도 느낄 수 있었다.

"형님."

어머니 옆에서 누군가 얼굴을 내밀며 태무랑을 불렀는데 눈물 때문에 보이지 않았다. 하지만 목소리만으로 그가 누군지 알 수 있다.

"현이… 도현이냐……?"

"네, 형님. 소제 도현입니다. 보고 싶었어요, 형님. 혹흑……."

철부지 막냇동생 태도현은 고사리 같은 손으로 태무랑의 손을 잡으면서 울었다.

"미안하다, 현아… 미안하다……."

태무랑은 자신이 못나서 어머니와 막내를 굶겨 죽였다는 생각 때문에 그 말밖에 하지 못했다.

"미안합니다, 어머니. 소자가 못나서……."

뜨거운 눈물이 솟구쳤다. 그리고 평생을 참아온 슬픔이 파도처럼 한꺼번에 엄습했다.

그는 자신이 죽어 저승에 와서 어머니와 막냇동생을 만난 것이라고 생각했다.

"무랑아."

눈물 너머의 어머니가 조금 아스라한 목소리로 물었다.

"네……."

"그런데… 너는 언제 집에 돌아오느냐?"

"……."

뺨을 쓰다듬던 어머니의 손길이 멈췄다. 태무랑은 더럭 불길한 생각이 들었다.

"우린 너무 오래 기다렸단다. 더는 기다릴 힘이 없구나. 무랑아… 내 아들아……."

어머니의 목소리가 점차 가늘어졌다.

"어, 어머니!"

태무랑은 소스라치게 놀라서 눈을 번쩍 뜨며 소리쳤다.

아름다운 용모의 수월화가 그녀를 말끄러미 굽어보면서 섬섬옥수로 뺨을 쓰다듬고 있었다.

그리고 그녀가 흘린 눈물이 태무랑의 뺨에 똑똑 떨어지고 있었다.

그 느낌은 태무랑이 조금 전에 느낀 어머니의 그것과 다르지 않았다.

"태 공자……."

태무랑이 죽는 줄 알고, 다시는 소생하지 못할 것이라는 생각에 몹시 걱정을 했었던 수월화는 그를 불러놓고는 말을 잇지 못하고 와락 눈물을 쏟았다.

어머니와 막내에 대한 죄책감으로 감정이 극에 달한 태무랑은 눈을 껌뻑거리는데 눈물이 줄줄 흘러내렸다.

"어머니 꿈을 꾸셨나요?"

수월화가 부드러운 목소리로 물으며 뺨을 쓰다듬자 태무랑은 울컥 슬픔이 북받쳐 올랐다.

"우욱!"

태무랑은 침상에 누워 있었다. 그리고 그의 머리맡 침상 가에 앉아 있던 수월화가 말없이 상체를 숙이면서 따스하게 그의 머리를 품에 안았다.

빛나는 우정 235

"끄으으……."

태무랑은 부들부들 떨면서 격렬하게 슬퍼했다. 눈물이 걷잡을 수 없이 쏟아졌다.

혼자 있을 때도 결코 눈물을 보이지 않았던 그가 수월화의 품에 안겨서 그동안 참고 참았던 눈물을 한꺼번에 쏟아내기 시작했다.

수월화는 아무 말도 하지 않고 그를 가슴에 안고 머리를 부드럽게 쓰다듬기만 했다.

그녀는 방금 전에 태무랑이 잠꼬대처럼 헛소리를 하는 것을 들었다.

그래서 그가 혼절 중에 영혼으로나마 어머니와 남동생을 만났을 것이라고 생각했다.

잠깐 동안 격렬하게 울고 난 태무랑은 수월화의 품에서 벗어나 상체를 일으켰다.

그가 마지막으로 기억하고 있는 것은, 자인원에서 무극백절의 합공에 무차별적으로 적중당하던 것이다. 그리고 자신이 감싸 안았던 비한이 떠올랐다.

"비한은 어떻게 됐지?"

그러나 수월화는 아무 말도 하지 않고 쓸쓸한 표정만 지었다. 태무랑은 직감적으로 비한이 죽었다고 생각했다.

"죽었느냐? 그가……."

비한이 죽었다고 해도 뜻밖의 결과는 아니다. 그는 태무랑을 보호하려고 사력을 다하다가 숱하게 중상을 입었었다. 죽지 않았다면 그것이 이상할 정도였다.

"죽지 않았어요. 하지만……."

"그래? 그는 어디에 있느냐?"

태무랑은 반색을 하면서 이불을 걷어내고 수월화를 밀치면서 급히 침상에서 내려섰다.

비한이 죽지만 않았다면 토기를 이용해서 그를 살릴 수 있다는 확신이 들었다.

그런데 웬일인지 수월화는 그를 등진 채 고개를 푹 숙이고 있다.

"령아, 나를 비한에게 안내해다오. 어서."

그가 수월화의 가녀린 어깨를 잡고 자신 쪽으로 몸을 돌리게 하자 그녀는 깜짝 놀라 그를 쳐다봤다가 시선이 아래로 향하고는 기겁을 하며 두 손으로 급히 얼굴을 가렸다.

뭔가 이상함을 느낀 태무랑은 자신의 몸을 쳐다보다가 그제야 알몸이라는 사실을 깨달았다.

방금 수월화가 쳐다보고 기겁했던 것은 그의 볼썽사나운 음경을 보았기 때문이다.

하지만 태무랑은 별로 당황하지 않았다. 비한을 걱정하는 마음이 앞서기도 하지만 조금 전에 수월화 품속에서 난생 처음 펑펑 울었던 것 때문에 그녀가 가족처럼 많이 친근하게 여겨진 탓이리라.

그가 옷을 찾으려고 두리번거리자 수월화가 한쪽 탁자 위에 개어둔 한 벌의 옷을 갖고 다가와 눈을 내리깐 채 조심스럽게 내밀며 설명했다.

"자인원에서 태 공자는 굉장히 큰 중상을 입었었어요. 그런 끔찍한 모습은 처음 봤어요."

말하고 나서 그녀는 생각만 해도 끔찍하다는 듯 부르르 몸서리를 쳤다.

그녀의 말을 듣고 태무랑은 그제야 어떻게 된 일인지 그때 상황이 궁금했다.

"어떻게 된 것이냐? 네가 자인원에 왔었느냐?"

태무랑이 옷을 입으면서 묻자 그녀는 고개를 돌린 채 다른 곳을 보며 설명했다.

"지난밤 자정이 훨씬 넘었을 때 경뢰궁주가 찾아와서 당신이 위험하다면서 도움을 청했어요."

옷을 다 입은 태무랑이 문 쪽으로 향하자 수월화가 얼른 달려와 문을 열어주고 복도로 따라나서면서 말을 이었다.

"소녀는 즉시 아버님께 달려가서 자초지종을 말씀드리고 도와달라고 매달렸어요. 그랬더니 아버님께선 아무것도 묻지 않으시고 휘하들에게 몇 가지 명령을 내리시곤 저와 함께 급히 자인원으로 말을 몰았어요."

태무랑은 화려함이 극에 달한 복도를 지나 대전으로 들어서면서 이곳이 무령왕가일 것이라는 생각이 들었다.

"자인원에 도착했을 때 당신은 피투성이가 되어 웅크리고 있었고, 당신 몸 안쪽에 비한이 역시 피투성이 몰골로 혼절해 있었어요."

설명하는 수월화의 목소리에서 긴장과 걱정이 뚝뚝 묻어나왔다.

"무극백절들이 당신에게 다가들고 있었는데 소녀와 아버님이 달려가며 물러나라고 호통을 쳤지요. 그들이 아버님의 신분을 알고는 잠시 멈칫거리고 있는 사이에 본 왕가의 군사들이 속속 들이닥쳤어요. 무극백절들은 한동안 머뭇거리다가 하나둘씩 사라졌어요."

문득 태무랑은 걸음을 멈추고 수월화를 돌아보았다.

"무극백절들이 그렇게 쉽게 물러났다는 말이냐?"

수월화는 처음으로 살포시 수줍은 듯한 미소를 지었다.

"소녀의 아버님께서 무령왕이라는 사실을 모르세요?"

물론 그 사실을 태무랑은 잘 알고 있다. 또한 수월화도 그가 모르고 있다고는 생각하지 않았다.

단지 남경에서의 무령왕의 위세를 우습게 여기지 말라는

빛나는 우정 239

우회적인 표현이었다.

그러나 태무랑은 의문이 풀리기보다는 더 생겼다. 도대체 무령왕의 위세가 어느 정도고, 또 자인원에서 어떻게 했기에 비한에게 사타구니를 걷어차인 파연중까지 이십오 명이나 되는 무극백절들이 꼬리를 말고 사라졌으며, 또 철화빙선까지 사라지게 만든 것인지 궁금했다.

하지만 지금은 비한의 안위가 궁금중보다 더 급하기 때문에 거기에서 입을 닫아버렸다.

태무랑이 짐작했던 대로 이곳은 무령왕가였다.

수월화가 서둘러 그를 안내한 곳은 왕가 내의 의전(醫殿)이며 이층 전각으로 꽤 웅장했다.

그곳 이층 어느 방에 비한이 침상에 누워 있었다. 무령왕가에 상주하는 다섯 명의 의원들이 모두 그에게 매달려서 치료를 하고 있는 광경이었다.

실내로 들어선 태무랑의 시선은 자연히 비한에게 제일 먼저 고정되었다.

비한은 벌거벗겨진 상태로 반듯하게 누워 있었는데, 수월화가 들어서는 것을 보고 의원 한 명이 그의 몸에 이불을 덮고는 모두 일어나 공손히 예를 취했다.

"공주님."

그들은 예를 취하고 나서 한결같이 신기하고 감탄하는 표정으로 태무랑을 쳐다보았다.

의원들이 그러는 데에는 그럴 만한 이유가 있었다. 원래 태무랑을 처음 무령왕가로 데려왔을 때에는 비한보다 더 극심한 중상을 입은 상태였었다.

그런데 의원들이 서둘러 치료할 준비를 마치고 그의 옷을 모두 벗기자 상처가 단 하나도 보이지 않았다. 처음부터 상처를 입지 않은 말끔한 모습이었던 것이다. 그러니 의원들이 태무랑을 귀신을 보듯 하는 것이 당연했다.

"어떤가요?"

비한에게 급히 다가가는 태무랑을 눈으로 좇으면서 수월화가 의원에게 물었다.

"소생하기 어렵겠습니다."

다섯 의원의 우두머리인 의태중(醫太仲)이 어두운 표정으로 설명했다.

태무랑은 듣는 둥 마는 둥 의자를 끌어다가 비한의 머리맡에 앉더니 그의 맥을 짚었다.

그 모습을 보고 의태중이 착잡한 표정을 지었다.

"겨우 미약한 숨결만 붙어 있는 상태입니다. 그것은 폐가 숨을 쉰다기보다는 그저 무의식중에 공기를 흡입하는 수준입니다. 피를 너무 많이 흘렸고, 모든 장기가 다 손상되었기 때문에 설사 옥황상제께서 강림하여 치료를 한다고 해도 전혀 가망이 없습니다."

 태무랑은 비한의 맥을 잡은 채 지그시 눈을 감았다. 이어서 토기를 일으켜 모조리 그의 체내로 쏟아부었다.

 수월화는 태무랑의 능력에 대해서는 잘 모르지만 그와 가깝게 지내면서 여러 가지 신비한 일을 경험했었기 때문에 그가 비한을 살릴 수 있지 않을까 하고 얼마쯤은 기대를 저버리지 않았다.

 이번에도 그는 모두가 죽었다고 생각할 정도로 극심한 중상을 입었으나 어디 긁힌 곳 하나 없이 멀쩡하게 살아났다. 그런 것들이 수월화로서는 도저히 이해할 수 없는 일이지만, 또한 그렇기 때문에 그가 그런 능력으로 비한을 살릴 수 있지 않을까 조심스럽게 기대하게 되는 것이다.

 "특히 심장이 파손되고 폐와 간이 크게 다쳤으며 복부를 깊게, 그리고 길게 베어서 내장이 모두 끊어지는 엄중한 중상을 당했습니다. 살아 있는 것이 신기할 정도입니다."

 의태중은 비한을 살리지 못하는 것이 자신들 탓이 아니라 그가 너무 심한 중상을 입었기 때문이라는 사실을 강조하려는 것 같았다.

 "어떤가?"

 그런데 태무랑이 누군가에게 묻는 조용한 목소리가 들렸다.

의태중은 자기에게 묻는 말인 줄 알고 여태 했던 말을 되풀이했다.
"그러니까 말씀드렸다시피 너무 심각한 증상이라서……."
"좋군."
그런데 의태중의 말허리를 뚝 자르는 전혀 뜻밖의 조용한 목소리가 들렸다.
"글쎄 좋지 않은 상태라고 몇 번이나 말씀을 드리……."
"자넨 괜찮은가?"
의태중은 주먹으로 자신의 손바닥을 치면서 재차 말하다가 말끝을 흐렸다.
방금 그 목소리가 태무랑의 것이 아닌 것 같다는 생각이 들었기 때문이다.
태무랑 뒤에서 어깨너머로 비한을 굽어보고 있던 수월화는 기쁜 표정으로 소리없이 눈물을 흘렸다.
그녀의 시선이 멈춘 곳에는 비한이 눈을 뜨고 빙그레 엷은 미소를 짓고 있었다.
"흐익?!"
가까이 다가온 의태중이 비한을 보더니 귀신을 본 듯한 표정이 되며 헛바람소리를 냈다.
"어… 어떻게 이런 일이……."
확!

의태중은 정신이 반 이상 나간 상태로 급히 비한이 덮은 이불을 벗겨냈다.

"어멋?"

수월화가 화들짝 놀라 급히 두 손으로 얼굴을 가리며 돌아서는 것도 의태중과 다른 네 명의 의원들 귀에는 들리지 않는 것 같았다.

실오라기 한 올 걸치지 않은 비한의 몸에는 조그만 상처 하나도 남아 있지 않았다.

태무랑이 주입시킨 오행지기의 토기가 그의 몸 안팎을 깨끗이 원상회복시킨 덕분이다.

비한은 상체를 일으키고 자신의 몸을 물끄러미 굽어보다가 태무랑을 쳐다보았다.

"자네가 날 살렸군."

태무랑은 흐릿하게 미소 지었다.

"자네가 날 살린 거야."

두 사람은 서로 마주 보며 빙그레 웃었다.

비한은 자인원에서 태무랑과 함께 싸울 때 그에게 신비한 능력이 있다는 사실을 깨달았었다.

그래서 그가 자신을 살린 것에 대해서 고마워할지언정 이상하게 생각하지는 않았다.

보통사람들 같았으면 무슨 방법으로 살린 것인지, 살려줘서 정말 고맙다는 등 호들갑을 떨 텐데도 비한은 그저 빙그레 미소만 지을 뿐이다.

평생지기 훌륭한 벗이 한 명 생겼다는 사실보다 더 중요한 것이 어디에 있겠는가.

어느 방. 태무랑과 비한이 마주 보며 앉아 있고, 태무랑 옆에는 수월화가 앉아 있다.

탁자의 각자 앞에는 모락모락 김이 피어오르는 찻잔이 놓여 있지만 차를 마시고 있는 사람은 수월화 혼자뿐이다. 또한 여유있는 모습도 그녀뿐이다.

무령왕이 그들을 불렀기 때문에 기다리고 있는 중이다. 비한은 하늘같은 상전을 기다리는 중이라서 원래 몸에 밴 경직이지만 태무랑이 긴장하는 데에는 또 다른 이유가 있다.

태무랑은 삼 년 동안 서북군 휘하의 군사였었다. 그리고 무령왕은 대명제국의 병권과 군권을 한 손에 움켜쥐고 있는 총사대장군이다.

무령왕은 그저 허울 좋은 이름뿐인 총사대장군이 아니다. 이 땅의 모든 군사들이 마음속 깊이 진심으로 존경하는 진정한 대장군인 것이다.

그리고 태무랑이 태어나서 처음이며 유일하게 존경하게 된 인물이 바로 무령왕이었다.

그랬기에 어제 늦은 오후에 비한이 무령왕의 부름을 받고 주루로 태무랑을 데리러 왔을 때에도 감히 거절하지 못했던 것이다.

태무랑이나 비한 둘 다 과묵한 성격이라서 마주 보고 앉은 지 이각이 지나도록 한마디도 하지 않고 있다. 서로 할 말은 있지만 이곳은 대화를 나누기에 적당한 곳이 아니다.

척!

그때 문이 열리자 태무랑은 반사적으로 자리를 박차고 벌떡 일어나 꼿꼿하게 부동자세를 취했다.

그런데 들어선 사람은 무령왕이 아니라 조금 전에 차를 갖고 왔던 시녀다. 그녀는 얼굴을 붉히면서 공손히 허리를 굽히며 물었다.

"차 더 드릴까요?"

자리에 앉아 있던 수월화는 태무랑의 얼굴이 무안함으로 슬쩍 붉어지는 것을 보고 섬섬옥수로 입을 가리며 소리 죽여서 웃다가 참지 못하고 맑게 웃음을 터뜨렸다.

"아하하하하!"

비한도 소리를 내지 않고 입으로만 빙긋 미소 짓는 바람에 태무랑은 얼굴이 더 벌게졌다.

수치심을 느껴서가 아니라 오랫동안 잊어버리고 있었던 겸연쩍음 같은 것이다.

이제 보니 수월화와 비한은 무령왕이 들어오는 것이 아니라는 사실을 알고 있었던 모양이다.

태무랑이 자리에 앉고서도 수월화가 웃음을 그치지 못하고 키득거리자 그는 짐짓 눈을 부릅떴다.

"그만 웃어라."

수월화는 놀라는 체하며 그의 팔을 붙잡고 가슴에 안으면서 살짝 교태를 부렸다.

"어머? 무서워라."

예전에는 하지 않던 행동인데 아마도 이곳이 자신의 집이라서 긴장이 많이 풀린 탓도 있고 또 아까 태무랑이 그녀의 품에 안겨서 실컷 울고 난 후 많이 가까워졌다고 여기기 때문일 것이다.

태무랑이 귀찮다는 듯이 슬쩍 뿌리치려고 하자 수월화는 아예 뺨을 그의 어깨에 대며 조금 더 바짝 달라붙었다.

태무랑은 미간을 찌푸렸으나 실랑이하고 싶지 않은 듯 더이상 뿌리치지 않았다.

비한은 그런 두 사람을 보면서 빙그레 미소 지었다. 그는 무령왕이 어째서 태무랑에 대해 알아보고 또 그를 데려오라고 했는지 이제야 알 것 같았다. 물론 그는 그 점에 대해서 궁금하게 생각한 적이 없지만, 지금에야 자연스럽게 알게 됐다는 뜻이다.

그때 문밖에서 나직하지만 웅혼한 음성이 들렸다.

"전하 납시오!"

그러자 비한이 벌떡 일어나고, 수월화가 태무랑의 팔을 여전히 두 팔로 잡고 가슴에 꼭 안은 채 그에게 끌리듯이 따라서 일어섰다.

척!

문이 열리고 번쩍거리는 금빛 군복을 입은 장군 한 명이 보무도 당당히 안으로 들어와 깊숙이 고개를 숙였다.

곧 뒤따라서 무령왕이 들어올 것인데도 수월화는 태무랑의 팔을 끌어안고 놓지 않아서 그를 몹시 당황하게 만들었다.

그것은 평소의 그녀 모습하고는 전혀 다른 것이어서 태무랑은 이상한 생각이 들었으나 물어볼 겨를조차 없다.

"험!"

나직한 헛기침 소리와 함께 드디어 무령왕이 느긋한 걸음으로 들어섰다.

깔끔하게 상투를 튼 머리를 푸른 옥비녀로 찌르고 일신에는 금빛 황의장포를 입은 무령왕은 들어서며 제일 먼저 태무랑을 쳐다보다가 수월화가 그에게 꼭 붙어 있는 광경을 보고 시선이 고정되었다.

그는 태무랑이 수월화를 떨치려고 하다가 뚝 멈춘 것과 그녀가 자못 고집스러운 표정으로 자신을 똑바로 바라보고 있는 것을 보고는 약간 어이없다는 표정을 지었지만 곧 시선을 돌려 태무랑을 쳐다보았다.

비한은 바닥에 부복하여 깊숙이 이마를 바닥에 대고 있는데 무령왕은 그에게는 시선조차 주지 않고 태무랑을 보며 넌지시 물었다.

"자네가 무적신룡인가?"

척!

태무랑은 순간적으로 수월화를 떼어내고 탁자 옆으로 나와 무령왕을 향해 한쪽 무릎을 꿇고 왼팔을 가슴 앞에 수평으로 가로지르는 자세를 취하며 고개를 숙였다.

"총사대장군을 뵈옵니다."

무령왕의 눈빛이 가볍게 변했다. 지금 태무랑이 보여주고 있는 동작은 군사가 상관에게 취하는 예절이기 때문이다.

"자네 군사였었나?"

"서북군 흑풍창기병이었습니다."

"호오?"

무령왕은 뜻밖이라는 듯한 표정을 짓더니 태무랑과 비한을 일어나게 했다. 그러고 나서 그가 한 말은 태무랑을 조금 놀라게 만들었다.

"자네 흑풍창기병 몇 창수(槍首)였는가?"

'수(首)'라는 것은 군부 내의 어떤 특수조직에만 존재하는

빛나는 우정 249

것으로, 정기적으로 인원을 선발할 때마다 주어지는 번호 같은 것이다.

즉, 그 조직의 마지막 선발인원이 이십수(二十首)였다면 그 다음 선발인원의 '수'는 이십일수(二十一首)가 되는 식이다.

그리고 흑풍창기병대는 창기병대이기 때문에 '창수'로 분류되었다.

"이백칠십오 창수(二百七十五槍首)였습니다."

흑풍창기병대는 정기적으로 반년에 한차례씩 보충인원을 선발했었다.

그러므로 태무랑이 이백칠십오 창수였다면 흑풍창기병대의 역사가 무려 백삼십칠 년이나 된다는 뜻이다. 그러나 흑풍창기병대는 돌궐족 혈랑전대에게 전멸 당했으며, 태무랑의 창수가 마지막이 되었다.

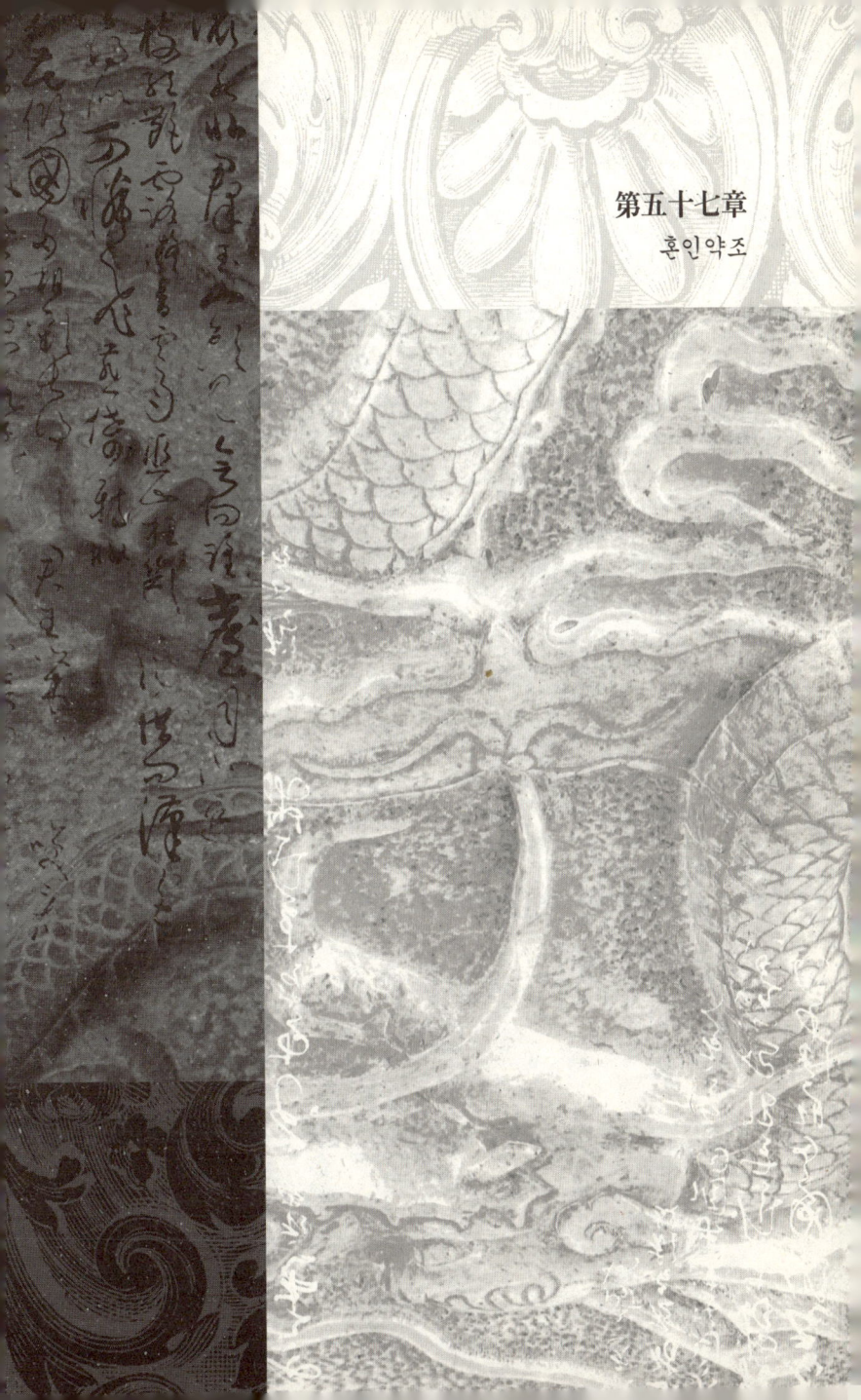

第五十七章
혼인약조

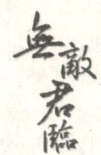

 온갖 미주가효가 한 상 떡 벌어진 곳에는 태무랑과 수월화, 비한, 그리고 무령왕이 둘러앉았다.
 무령왕 맞은편에 태무랑과 수월화가 나란히, 그리고 태무랑과 무령왕 사이 오른쪽에 비한이 앉았다.
 태무랑과 비한은 꼿꼿한 자세로, 수월화는 다소곳이 앉았는데 그녀의 어깨가 태무랑의 팔에 닿았다. 아니, 슬며시 기대고 있는 자세다.
 무령왕이 보기에 수월화의 지금 행동은 다분히 도발적이다.

평소의 그녀는 사내를 돌처럼 여기고 학문에 충실하며 품행과 언행에 한 점 흐트러짐이 없었다.

물론 그녀가 지금처럼 사내 곁에 앉아 있었던 적은 한 번도 없었다.

무령왕 앞이라서가 아니라 그가 없는 곳에서라도 그녀는 언제나 사내를 멀리했었다.

그렇기 때문에 지금 그녀가 보여주고 있는 행동은 그녀로서도 처음이고 무령왕으로서도 처음 보는 것이다.

하지만 수월화가 그러는 데에는 다분히 어떤 이유와 계산이 깔려 있으며, 무령왕은 그것을 짐작하는 듯했다.

"자. 들게."

무령왕이 술잔을 들어 올리자 태무랑과 비한, 수월화는 두 손으로 공손히 술잔을 들었다.

술을 마시고 나자 수월화가 재빨리 맛있는 요리를 집어 태무랑의 입으로 가져갔다. 그 역시 누구도 예상하지 못했던 돌발행동이다.

태무랑은 움찔하며 수월화를 원망하듯 보고 나서 무령왕의 눈치를 살폈다.

그러나 무령왕은 빙그레 미소를 지을 뿐이고 수월화는 태무랑이 요리를 먹기 전에는 꼼짝도 하지 않을 것처럼 요지부동이다.

태무랑은 무극백절 이십오륙 명하고 싸움을 할 때보다 더 초조하고 좌불안석 어쩔 줄 몰랐다.

"아~ 하세요."

그런데 수월화는 한술 더 떠서 입을 벌리라고 한다.

"허허허! 어서 먹게."

무령왕까지 먹으라고 거드는 바람에 태무랑은 어쩔 수 없이 입을 벌렸다.

그러자 기다렸다는 듯이 수월화가 그의 입속으로 요리를 집어넣고 씹지도 않았는데 방그레 미소 지었다.

"맛있죠?"

태무랑이 진땀을 흘리면서 억지로 씹으며 고개를 끄덕이는데 무령왕이 넌지시 한마디 던졌다.

"맛있을 게야. 암. 무남독녀 외동딸이 아비 입에는 한 번도 넣어주지 않은 안주를 받아먹는 것이니까 특별히 더 맛있을 테지. 음!"

"캑!"

요리를 씹어서 막 삼키고 있는 중에 태무랑은 목에 걸려서 콜록거렸다.

"들게."

그런데 무령왕은 모른 체하고 자신의 잔에 술을 따르더니 또 술잔을 들어 올렸다.

비한은 급히 자신의 잔에 술을 따르는데, 수월화는 서둘러서 태무랑 잔에 술을 따르고 나서 자기 잔에도 따르고는 술잔을 들었다.

태무랑은 술잔을 들면서도 걱정이 태산이다. 술을 마시고 나면 수월화가 또 요리를 내밀 것이기 때문이다.

아니나 다를까. 얼른 술잔을 비운 수월화는 젓가락으로 맛난 요리를 집어 태무랑이 잔을 입에서 떼자마자 입 앞에 요리를 바짝 대령하고는 방글방글 미소 지었다.

태무랑은 울며 겨자 먹기로 먹지 않을 수가 없었다.

그때부터는 별다른 대화 없이 그렇게 몇 순배의 술이 돌아갔고, 그때마다 수월화는 젓가락으로 요리를 집어 태무랑에게 먹여주었다.

수월화는 술을 잘 못하지만 이 자리에서는 남자들과 똑같이 단숨에 잔을 비웠다.

열 잔 정도 마시자 남자들은 괜찮은데 수월화만 혼자 얼굴에 붉는 노을이 깔렸다.

그때 무령왕이 열한 잔째 술잔을 비우고 잔을 내려놓으며 태무랑을 쳐다보았다.

"자네, 무엇 때문에 무극신련하고 싸우는 겐가?"

"저는… 읍!"

태무랑이 술잔을 비우고 나서 잔을 내려놓으며 대답하려

는데 그보다 먼저 수월화가 요리를 집어 입속에 넣어주는 바람에 말문이 막혔다.

"소녀가 대신 설명을 드리겠어요."

수월화는 발그레한 얼굴로 무령왕을 말끄러미 바라보며 술이 묻어서 촉촉한 입술을 나풀거렸다.

이어서 그는 태무랑의 사연에 대해서 자신이 알고 있는 것들을 빠짐없이 설명했다.

이야기를 듣는 동안 비한은 표정이 여러 차례 변했고, 무령왕은 가끔씩 탄식을 터뜨리기도 하고 주먹으로 탁자를 내려치며 분노하기도 했다.

설명을 끝낸 수월화는 어느새 슬픈 얼굴로 눈물을 흘리고 있었다..

태무랑의 사연은 어느 누가 들어도 한없이 슬프고 원통하고 또 몇 번을 들어도 처음 듣는 것처럼 가슴이 아렸다.

설명이 끝났는데도 무령왕은 묵묵히 연이어서 석 잔의 술을 마시고 나더니 똑바로 태무랑을 주시하며 입을 열었다.

"흑풍창기병대가 돌궐의 혈랑전대에게 전멸당했다는 보고를 들었었다."

태무랑은 술잔을 놓고 허리를 꼿꼿하게 폈다. 숙연한 마음을 떨치기가 어려웠다.

십육 세 어린 나이에 가족을 먹여 살리기 위해서 자원하여 군사가 되었고, 그 후에는 그의 실력이 인정을 받아서 자랑스러운 흑풍창기병이 되었었다.

그렇다 하더라도 최말단의 군사였었다. 그런 그가 대명제국 백이십만 대군의 최고 우두머리인 총사대장군 무령왕과 마주 앉아서 술을 마시고 있으니 감개무량하고 또 저절로 긴장이 되었다.

"흑풍창기병대의 전멸 이후 사막을 헤매던 자네가 무극신련 총본련에 끌려가서 그토록 모진 고생을 했다니…… 또 그 사이에 모친과 남동생이 굶어죽고 누이동생은 기녀로 팔려갔다고 하니 참으로 기구하구나."

무령왕의 위로에 태무랑은 울컥하고 뜨거운 것이 가슴에 치밀어 올랐다.

그런데 무령왕이 갑자기 자리에서 일어나 포권을 하며 태무랑에게 깊숙이 고개를 숙였다.

"서북군중녕위소의 위지휘가 자네를 군탈자로 처리하여 녹봉을 지급하지 않은 것에 대하여 총사대장군으로서 진심으로 사죄하네."

"대장군… 이러시면 안 됩니다."

태무랑은 당황하여 벌떡 일어나 손을 뻗으며 만류했다.

무령왕은 허리를 펴고 태무랑을 보며 형형한 눈빛으로 엄숙하게 말했다.

"무극신련 총련주의 두 제자와 삼장로, 그리고 단금맹우라는 자들에게 원한을 품고 있는 자네의 심정을 십분 이해하네. 자네는 군역(軍役)을 끝내지 않은 상태이므로 아직 흑풍창기병이라고 할 수 있네. 그러므로 자네의 원한은 나 무령왕의 원한이기도 하네."

태무랑은 뭐라고 할 말을 찾지 못하고 망연히 무령왕을 바라보기만 했다.

"앞으로 자네가 원한을 갚는 일에 나는, 아니, 대명제국은 전폭적으로 지원할 것을 약속하네."

태무랑은 감격이 목까지 차올라 어쩔 줄을 모르다가 한참만에 무령왕에게 공손히 허리를 굽혔다.

"말씀은 감사하지만……."

"감사할 것 없네. 놈들은 대명제국의 흑풍창기병을 건드린 대가를 마땅히 치러야 하네."

태무랑이 고개를 들자 무령왕은 비한을 쳐다보았다.

"그렇지 않느냐?"

비한은 벌떡 일어나 허리를 굽혔다.

"그렇습니다. 놈들에게 흑풍창기병의 무서움을 보여줘야만 합니다."

태무랑은 그의 말에 무슨 의미가 깃들어 있는 듯해서 의아한 표정을 지었다.

무령왕이 태무랑의 궁금증을 풀어주었다.

"비한, 너는 흑풍창기병 몇 창수였느냐?"

"속하는 이백육십오 창수였습니다."

태무랑은 뜻밖의 놀라운 사실에 표정이 변했다. 비한이 흑풍창기병일 줄은 꿈에도 예상하지 못한 일이었다.

비한이 흑풍창기병 이백육십오 창수라면 태무랑보다 십 창수, 즉 오 년 선배라는 뜻이다.

태무랑의 놀라움은 거기에서 그치지 않았다. 무령왕은 그를 더 놀라게 만들었다.

"흑풍창기병대 이백칠십오 창수."

"네!"

무령왕의 부름에 태무랑은 자신도 모르게 부동자세를 취하며 대답했다.

방금 그 호칭은 태무랑이 흑풍창기병이었을 때 꼬리표처럼 따라다녔던 것이다.

"너는 아직도 대명제국의 군사라는 사실을 인정하느냐?"

"그렇습니다."

"그렇다면 지금 너의 보직을 결정하겠다."

대명제국 백이십만 대군의 최고 우두머리가 최말단의 보직을 결정할 권한이 있기는 하지만 이런 일은 일찍이 한 번도 전례가 없었다.

"너를 총사우장군(總司右將軍)에 임명한다."

"……."

"비한은 총사좌장군이다. 앞으로 너희 둘이 나를 보필하라."

"저는……."

"단, 지금부터 너의 복수를 완전히 다 갚을 때까지 임무를 유예하되 지위는 유지한다."

태무랑은 대명제국 군권과 병권의 일인자인 총사대장군에 이어서 그의 좌우총사장군이 이인자와 삼인자라는 사실을 잘 알고 있다.

조금 전까지만 해도 흑풍창기병이었던 그가 졸지에 대명제국 군권과 병권의 삼인자인 총사우장군이 된 것이다.

"앉아서 총사우장군의 임명을 축하하자."

일이 너무 빠르게, 그리고 크게 진행되고 있는 터에 태무랑은 이런 상황에서는 자신이 어떻게 처신을 해야 할지 정신을 차릴 수가 없었다.

하지만 군사의 보직이라는 것은 거절할 수 없다. 최고 우두머리가 정하면 그것이 곧 군법이다.

더구나 태무랑은 자신이 아직도 군역에 있다고 생각하기 때문에 무령왕의 보직 결정을 무조건 받아들여야만 한다.

다시 술잔이 돌았다. 그러나 아까하고는 분위기가 사뭇 달라져 있었다.

아까는 태무랑이 외부인이었으나 지금은 내부인이 되었으며, 무령왕의 최측근이라는 신분이다.

수월화는 무엇이 좋은지 연신 생글생글 미소 지으면서 태무랑의 잔에 술을 따르고 그가 술을 마시면 요리를 입에 넣어주기를 게을리하지 않았다.

또한 그 두 가지 행동을 하지 않을 때에는 두 팔로 그의 오른팔을 붙잡고 풍만한 가슴에 꼭 안은 채 그녀 나름의 은근한 교태를 부렸다.

그녀의 젖가슴이 태무랑의 팔에 짓눌려 이지러지는 것을 무령왕은 빤히 보고 있으면서도 아무 말도 하지 않았다. 아니, 오히려 오늘의 가장 중요한 과제를 불쑥 꺼냈다.

"우장군."

"말씀하십시오."

무령왕의 부름에 태무랑은 자세를 꼿꼿하게 했으나 수월화의 가슴에서 팔을 빼지는 못했다. 그녀가 워낙 단단하게 붙잡고 있기 때문이다.

무령왕의 시선이 수월화에게 향했다가 다시 태무랑 얼굴에 고정되었다.

"령아를 어떻게 생각하고 있나?"

순간 태무랑은 자신의 오른팔을 붙잡고 있는 수월화의 몸이 경직되는 것을 느꼈다.

그러나 태무랑은 아직 무령왕이 하는 말의 진의를 제대로 간파하지 못했다.

그것을 알아차릴 만큼 그는 아직 세파에 시달리지 않았으며 경륜이 충분하지 않았다. 또한 때 묻지 않은 순진함을 간직하고 있었다.

그는 수월화를 쳐다보았다. 그녀는 눈이 마주치자 술기운 때문에 붉어진 얼굴을 더 빨갛게 물들이며 사르르 눈을 내리깔았다. 그러면서 그의 팔을 조금 더 힘주어 가슴에 꼭 끌어안았다.

어쨌든 무령왕이 물었으니 대답을 해야만 한다. 그래서 태무랑은 그동안 자신이 수월화를 직접 겪으면서 느꼈던 그대로 대답했다.

"령아는 착하고 순수합니다."

그의 대답은 예상 외로 짧았다. 하지만 그 대답 안에 모든 것이 함축되어 있었다.

무령왕은 태무랑의 얼굴에 시선을 고정시켰다. 그러나 부드럽고 편안한 미소를 짓고 있었다.

"령아의 용모는 어떤가?"

"비할 데 없는 미인입니다."

"령아와 동침한 적이 있나?"

혼인약조 263

"어, 없습니다."

느닷없는 질문에 태무랑은 깜짝 놀랐고 고개를 숙이고 있는 수월화도 화들짝 놀랐다.

그래도 무령왕의 질문은 그치지 않았고 더 날카로워졌다.

"령아의 속살을 본 적이 있나?"

태무랑은 그녀를 치료하느라 피투성이가 된 벌거벗은 상체를 본 적이 있었다.

"봤습니다."

수월화는 아예 얼굴을 태무랑 어깨에 묻어버렸다.

"어떻든가?"

"네?"

"쓸 만하던가?"

"무, 물론입니다."

"신붓감으로는 어떤가?"

"신부… 말입니까?"

무령왕은 술잔을 들면서 고개를 끄덕였다.

그의 시선이 거두어지자 태무랑은 겨우 한숨을 토해내고는 대답했다.

"이 땅에서 령아보다 더 완벽한 신부는 없을 것입니다."

"흠."

그것은 아첨이 아니다. 태무랑은 아무리 무령왕 앞이라고 해도 절대로 아첨을 할 사람이 아니다. 방금 한 말은 그의 진심이다.

"좋아."

무령왕은 단숨에 술잔을 비우고 이번에는 수월화를 쳐다보았다.

"너는 무랑이 어떠냐?"

수월화는 조심스럽게 고개를 들었다. 얼굴이 너무 빨개서 바늘로 찌르면 피가 쏟아질 것 같았다. 하지만 그녀는 태무랑의 팔을 놓지 않고 잠시 침묵을 지킨 후에 명확하고도 짧게 대답했다.

"최고예요."

"아무렴 구문제독의 평범한 장남보다는 총사우장군이 훨씬 낫겠지."

무령왕의 중얼거림에 수월화는 의중을 간파당했다는 생각에 당황하고 부끄러워서 어쩔 줄을 몰랐다.

사실 그녀가 무령왕 앞에서 하지 않았던 행동을 이 자리에서는 서슴없이 하고 또 태무랑과의 애정행각을 과시한 데에는 다 그럴 만한 이유가 있었다.

원래 그녀는 혼담이 결정되어 있었다. 상대는 구문제독의 장남이며 이미 관직에 나가 있는 청년이다.

무령왕의 결정이라서 수월화는 어쩔 수 없이 따르겠다고

말하고, 대신 마지막으로 여행을 다녀오겠다고 떠났다가 태무랑을 만났던 것이다.

이제 집에 돌아왔으니 그녀는 영락없이 구문제독의 장남과 혼인을 해야만 할 상황이었다.

그러나 태무랑을 만나기 전이었으면 모르지만 그를 알고 난 다음에는 다른 남자와 혼인을 한다는 것이 죽기보다도 싫어졌다.

그래서 그녀는 무령왕에게 자신이 따로 사랑하는 남자가 있다는 것을 보여줄 요량으로 독한 마음을 먹고 하지 않았던 행동을 거침없이 보여준 것이었다.

그리고 이제 그 눈물겨운 노력이 드디어 결실을 거두려 하고 있었다.

이윽고 무령왕이 태무랑과 수월화를 번갈아 보면서 입을 열었다.

"너희 둘 생각이 정 그러므로……."

태무랑은 그가 무슨 생각을 하고 있는지 도무지 감을 잡을 수가 없었다.

"혼인해라."

수월화는 너무 기뻐서 얼굴을 붉히고 태무랑을 쳐다보는데 그는 크게 놀란 듯 멍한 표정을 하고 있었다.

"무슨 말씀이신지……."

"너와 령아가 혼인을 하라는 말이다."

"네?"

태무랑은 더욱 놀라서 눈을 커다랗게 뜨고는 무령왕과 수월화를 번갈아 쳐다보았다.

그는 무령왕이 왜 수월화에 대해서 여러 가지를 물었는지 그제야 깨달았다.

태무랑이 대답을 하지 않자 무령왕은 뭔가 짚이는 것이 있는지 넌지시 물었다.

"자네 이미 혼인했나?"

"하지 않았습니다."

"혼인을 약속한 여자가 따로 있나?"

"없습니다."

마지막 결정적인 질문 하나가 남았다.

"령아가 마음에 들지 않나?"

그 말에 수월화는 자신도 모르게 바짝 긴장했다. 하지만 두려워서 태무랑 얼굴을 보지 못하고 고개를 숙인 채 그의 대답을 기다렸다.

태무랑은 자세를 바로 하고 진지한 표정을 지었다.

"령아, 아니, 수월공주는 제게는 분에 넘칠 정도로 완벽한 여성입니다."

무령왕의 질문은 비수가 되어 태무랑을 후벼 팠다.

"그래서 령아가 자네 마음에 든다는 겐가? 아니면 들지 않는다는 겐가?"

그의 질문은 태무랑이 도망칠 곳을 완벽하게 차단했다.

"마음에… 듭니다."

"그렇다면 령아와 혼인하게."

"명령이십니까?"

수월화의 몸이 또다시 단단하게 경직되었다. 그녀는 갈등했다. 부친이 명령이라고 말해주기를 바라면서도 아니라고 말해주기를 원했다.

명령이라면 태무랑이 따를 수밖에 없을 것이기 때문에 그를 잃을 염려는 없다.

하지만 그의 진심을 알게 되지는 못할 것이다. 반면에 명령이 아니라고 한다면 태무랑은 자신의 본심에 따라서 행동할 것이다.

수월화와 혼인하든지, 아니면 하지 않을 것이다. 그러나 하지 않을 가능성이 더 크다.

그러므로 수월화는 무령왕이 명령이라고 말해주기를 더 바라고 있었다.

그러면서 자신이 그것을 간절하게 바라고 있다는 사실을 깨닫고 적잖이 놀랐다.

자신이 그렇게까지 태무랑을 사랑하고 있는 것인지, 아니면 구문제독 장남과의 혼인을 피하려고 하는 것인지 의문이 들었다.

하지만 대답은 곧 나왔다. 태무랑이 아니었으면 구문제독 장남하고 혼인을 했을 것이다. 그렇기 때문에 그녀는 태무랑을 사랑하고 있는 것이다.

그리고 무령왕의 짧은 말이 수월화의 고막을 울렸다.

"명령이다."

그도 수월화의 마음을 충분히 짐작하고 있다. 하지만 그는 태무랑 같은 멋진 사내를 놓치고 싶지 않았다.

그래서 그를 구문제독보다 더 높은 지위인 총사우장군에 임명했던 것이다.

태무랑은 지금까지 오직 복수만을 생각했을 뿐 자신의 앞날에 대해서는 조금도 생각해 본 적이 없었다.

그래서 아주 짧은 시간이지만 지금 기회가 생겼을 때 자신의 미래, 아니, 혼인에 대해서 진지하게 생각해 보았다.

감숙성 두메산골 화전민의 찢어지게 가난한 아들로 태어난 그가 이 땅에서 가장 고귀한 신분이며 비할 수 없이 아름다운 수월화를 아내로 맞이한다면 불감청(不敢請)이언정 고소원(固所願)일 터이다.

복수를 다 끝내고 나서 수월화처럼 착하고 아름다운 여자와 알토란같은 아이들을 여럿 낳고 오순도순 살 수 있다면 그

혼인약조 269

보다 더 큰 행복이 어디에 있겠는가.

이윽고 태무랑은 고개를 숙였다.

"알겠습니다."

명령이라고 하면 태무랑이 무조건 순응하는 것이 당연한 일인데도 무령왕은 기쁜 표정을 지었다.

"헛헛헛! 좋아. 길일을 잡아 성대한 혼인식을 치르자."

태무랑으로서는 전혀 예상하지 못했던 일들이 급박하게 이루어지고 있었다.

하지만 두 가지 사실은 분명했다. 소문으로 들었던 것보다 무령왕이 더 파격적이고 영웅호걸이라는 것과 수월화와 혼인을 하게 됐다는 사실이다.

태무랑과 수월화, 비한, 무령왕 네 사람의 연회는 대낮에 시작하여 밤이 이슥해서야 끝났다.

무령왕은 평생 오늘처럼 기쁜 날은 처음이라는 말을 대여섯 번도 더 하면서 연신 호탕한 웃음을 터뜨렸다.

술자리가 끝난 후에 태무랑은 시녀의 안내를 받아 거처로 왔고 수월화가 뒤따랐다.

무령왕가 내에는 무령왕의 거처를 중심으로 좌우에 좌우 총사장군의 거처가 따로 나누어져 있는데, 총사우장군은 공석이었기 때문에 거처 역시 비어 있었다.

좌우총사장군의 거처, 즉 좌우장거(左右將居)는 그저 전각 한 채 정도가 아니다.

각기 삼십여 채의 전각들로 이루어졌으며, 그곳에는 좌우 총사장군을 보필하는 장수들과 호위대 등 측근과 숙수들, 시녀들의 거처들이 망라되어 있었다.

그리고 둥글게 담이 둘러쳐져 있어서 무령왕가 내에 또 하나의 장원이 있는 듯했다.

"목욕하시겠어요?"

총사우장군의 거처 우장거(右將居) 한가운데 위치한 삼층 전각의 삼층 꼭대기 층까지 따라 올라온 수월화는 태무랑의 겉옷을 받으면서 다소곳한 자세로 물었다.

마치 아내가 남편을 대하는 듯한 행동이어서 태무랑은 몹시 어색했다.

하지만 수월화가 부끄러워서 어쩔 줄 모르는 것을 보고는 그녀가 그런 행동을 하기까지 큰 용기가 필요했을 것이라는 생각이 들었다.

"음. 그러지."

태무랑이 어색함을 무릅쓰고 고개를 끄덕이자 수월화는 이곳까지 안내한 시녀를 가까이 불렀다.

"이 아이는 태 공자의 침녀(寢女)니까 무엇이든 필요한 것을 시키세요."

"침녀?"

태무랑이 의아한 표정을 짓자 수월화는 살포시 미소 지으며 설명했다.

"태 공자의 그림자라고 생각하시면 돼요."

점점 더 알 수 없는 말이라서 태무랑은 고개를 가로저었다.

"무슨 말인지 모르겠다."

"아까 문을 통과하셨죠?"

"그래."

"문 안쪽이 이곳 우장거인데, 그 문을 통과하는 순간부터는 이 아이가 태 공자를 그림자처럼 따르면서 모든 것을 시중들 거예요."

태무랑은 새삼스러운 표정을 지으며 시녀를 쳐다보았다.

그런데 시녀라고 해서 나이가 좀 든 여자인 줄 알았으나 이제 겨우 십오륙 세의 앳된 어린 소녀라서 그는 뜻밖이라는 표정을 지었다.

"이 아이는 수년 동안 침녀로서의 철저한 교육을 받았으므로 나이가 어린 것은 전혀 문제가 되지 않아요. 그리고 무령왕가 내에 있는 침녀들은 모두 십팔 세 이하로 정해져 있어요. 당신은 절대 이 아이를 물리쳐서도 안 되고 시중을 거절해서도 안 돼요. 그것이 이곳 무령왕가의 수많은 법도 중 하나예요."

침녀는 자그마하고 아담한 체구와 보통 키를 지녔으며, 뽀얗고 해사한 살결과 동그란 눈에 갸름한 얼굴이 예쁘장하고 귀여웠다.

"네 이름이 뭐냐?"

"소향(素香)이옵니다."

수월화의 물음에 침녀는 급히 그 자리에 엎드려 절을 하면서 대답했다.

그런데 바닥에 엎드려 웅크리고 있는 모습이 너무 아담하고 작아서 흡사 어린아이 같았다.

"가서 장군의 목욕물을 준비해라."

"네."

소향이 공손히 대답하고 물러가자 태무랑은 씁쓸한 표정을 지었다.

"내가 직접 하면 안 되겠느냐? 나는 침녀 같은 것은 필요하지 않다."

수월화는 말도 안 된다는 듯 손을 내저었다.

"이 나라 군권과 병권의 삼인자께서 손수 움직이시다니, 아버님께서 아시면 시녀들이 줄초상날 일이에요."

태무랑은 자신 때문에 시녀들이 줄초상 나는 것을 지켜보고 있을 사람이 아니다. 해서 앞으로는 그런 말은 두 번 다시 꺼낼 수 없게 되었다.

하지만 그는 누군가의 시중을 받는다는 것이 너무 어색할 것 같아서 다른 궁리를 짜냈다.

"그럼 네가 내 시중을 들면 안 되겠느냐?"

수월화는 섬섬옥수로 입을 가리고 작은 소리로 웃더니 곱게 눈을 흘겼다.

"태 공자는 방금 공주에게 시중을 들라고 하신 거예요."

"음······."

듣고 보니 그것은 더 큰일 날 소리다. 하지만 태무랑이 신음을 흘린 것은 수월화가 눈을 흘기는 모습이 너무도 아름답고 교태스러웠기 때문이다.

그녀와 혼인하기로 약조되었기 때문인지 그는 비로소 수월화가 조금씩 여자로 보이기 시작했다.

여자가 여자로 보인 것은 지금이, 그리고 수월화가 처음이다.

은지화는 물론이고 어젯밤에 본의 아니게 정사를 벌였던 옥령마저도 전혀 여자로 보이지 않았었다.

태무랑이 묵묵히 뚫어지게 주시하자 수월화는 얼굴이 붉어지더니 가슴이 요동치듯 두근거렸다.

"왜··· 그렇게 쳐다봐요?"

그런데 태무랑 입에서 뜻밖의 말이 흘러나왔다.

"령아, 너 예쁘구나."

"······."

수월화는 심장이 뚝 떨어지는 듯한 충격을 받았다. 무뚝뚝하기만 한 태무랑에게서 그런 말을 들을 것이라고는 눈곱만큼도 예상하지 못했었다.

그녀는 너무 기쁘고 부끄러워서 가까이 있는 태무랑의 가슴을 조그만 주먹으로 때리면서 교태를 부렸다.

"아이… 취하셨나 봐요."

그러고 보니까 태무랑은 많이 취했다. 술을 마시면서 공력으로 취기를 몰아내지 않았기 때문에 엄청나게 마신 술이 고스란히 정신과 몸에 작용을 했다.

그러면서 무령왕 앞에서 실수를 하지 않으려고 바짝 긴장했던 것이 이제는 수월화와 단둘이 있게 되니까 팽팽하게 잡아당겼던 활시위를 놓은 것처럼 풀려 버렸다.

반면에 수월화는 혼인약조가 성립된 이후부터는 술을 일체 마시지 않았다.

목적을 달성하여 더 이상 연기를 할 필요가 없으므로 쓰디쓴 술을 일부러 마시지 않아도 되기 때문이었다.

"그래. 취했지."

입에서 술 냄새를 확 풍기면서 태무랑은 손을 뻗어 수월화의 가느다란 허리를 끌어당겼다.

"아……."

그녀는 뼈가 없는 듯 나긋나긋하게 그의 품속으로 쓰러지며 탄성을 흘렸다.

태무랑은 그녀를 꼭 안고 얼굴을 굽어보며 중얼거렸다.

"네가 내 아내가 되는 것이냐?"

정말 새삼스러웠다. 그리고 꿈만 같았다. 아내가 될 수월화를 품에 안고 있으면서도 현실처럼 느껴지지 않았다.

"네."

수월화는 고즈넉이 대답하고 뺨을 그의 가슴에 묻으며 두 팔로 그의 허리를 꼭 끌어안았다.

태무랑은 입술을 수월화의 머리에 가벼이 문지르면서 눈을 감고 중얼거렸다.

"나는 일개 천민 무지렁이다. 그래도 좋으냐?"

"네."

태무랑은 수월화의 머리카락에서 나는 그윽한 난향에 취하는 것 같았다.

그리고 수월화는 한마디 대답으로는 부족하다는 듯 그의 품으로 더 파고들며 허리를 조금 더 꼭 힘주어 안았다.

"나는 아직은 사랑이 뭔지도 모른다. 그래도 좋으냐?"

"네."

수월화는 그의 가슴에 입술을 비비면서 들리지 않는 말로 말했다.

'소녀도 사랑을 몰라요. 하지만 우린 분명히 목숨처럼 아

끼고 사랑하는 사이가 될 거예요.'

그때 태무랑의 손이 수월화의 둔부를 가볍게 안아 들었다.

그러자 태무랑에 비해서 머리 하나 반 정도 작은 수월화는 번쩍 들려서 그와 얼굴을 나란히 하게 되었다.

그녀는 지금부터 벌어질 미지의 어떤 일 때문에 가슴이 미친 듯이 쿵쾅거려서 도저히 그를 똑바로 바라볼 수가 없었다.

그래서 눈을 감자 그의 두툼한 입술이 즉시 그녀의 장미꽃처럼 새빨간 입술을 덮쳤다.

태무랑은 자신이 왜 갑자기 수월화에게 입맞춤을 한 것인지 모른다. 아마도 취기 때문에 용기가 생긴 모양이다.

수월화의 혀를 빨면서 문득 지난밤에 옥령과 깊은 입맞춤을 했던 생각이 떠올랐다.

그러자 태무랑은 반발심이 울컥 솟구쳤다. 옥령은 원수년이라서 짓밟은 것이고, 수월화는 장차 아내가 될 고귀한 소녀라서 사랑을 하고 있는 것이라는 반발이다.

그래서 그는 옥령에게 했던 행위와 수월화에게 하는 행위를 명확하게 구분을 짓기 위해서라도 옥령에게 했던 것보다 더욱 열렬하게, 그리고 진심을 다해서 수월화의 입술과 혀를 빨았다.

수월화의 늘씬한 몸뚱이가 그의 손 위에서, 품 안에서 갓 잡아 올린 물고기처럼 파드득 파드득 떨리는 것이 생생하게 전해졌다.

입맞춤을 하면서 태무랑의 손이 그녀의 옷 속으로 파고들어 맨살의 둔부를 쓰다듬으며 미끄러져 내렸다.

그의 손가락 끝이 둔부의 계곡 사이를 비집고 들어가 은밀한 부위에 닿자 수월화는 움찔 몸이 굳어졌다.

그때 문 쪽에서 나직한 탄성이 흘렀다.

"아……."

침녀 소향이 들어오다가 그 광경을 발견하고는 크게 놀란 것이다.

태무랑은 수월화에게서 입을 떼고 그녀를 내려놓고는 나쁜 짓을 하다가 들킨 것처럼 머쓱한 표정을 지었다.

수월화도 몹시 부끄러워했으나 소향 때문이 아니라 태무랑 때문이다.

그가 격렬한 입맞춤을 해줬기 때문이고, 방금 그의 손가락 끝이 자신의 은밀한 부위에 살짝 닿았기 때문이다.

그녀는 옷매무새를 고치며 공주다운 면모를 되찾고 소향에게 명령했다.

"장군을 모셔라."

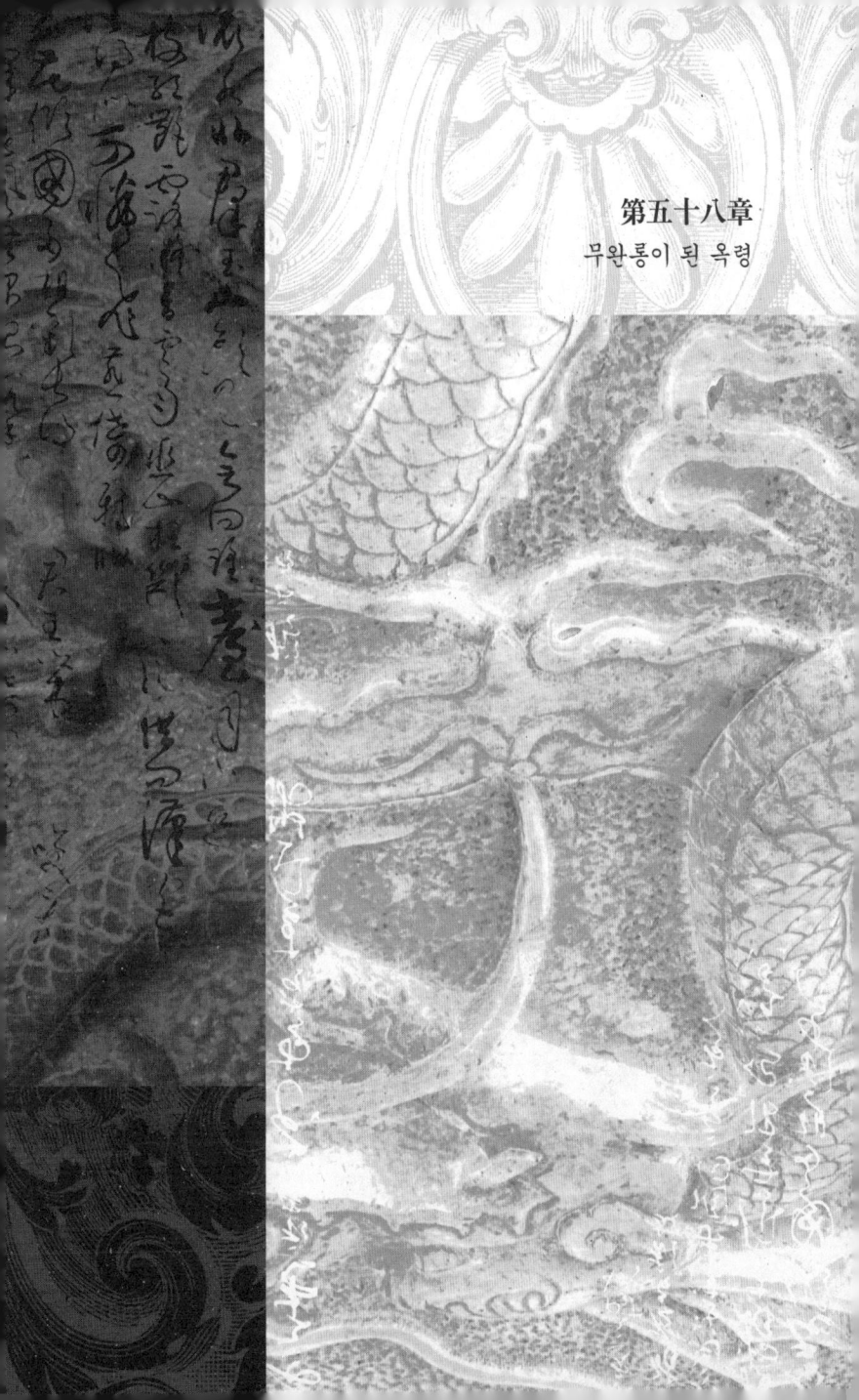

第五十八章
무완롱이 된 옥령

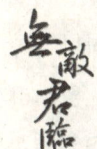

 태무랑은 설마 침녀 소향이 목욕실까지 따라 들어와서 시중을 들어줄 것이라고는 전혀 예상하지 못했었다.
 그는 소향을 내쫓으려다가 '시중을 거절하면 줄초상이 날 것이다'라는 수월화의 말이 문득 생각나서 하는 수 없이 그만두었다.
 침녀로서 첫 상전을 모시게 된 소향은 언젠가는 모시게 될 상전을 위해서 지난 수년 동안 열심히 배운 재주를 최대한 발휘하려고 애썼다.
 그녀는 태무랑을 손가락 하나 까딱하지 못하게 하고서는

그의 몸 구석구석을 꼼꼼하게 깨끗이 씻긴 후에는 긴 시간 동안 열심히 안마를 해주었다.

물론 소향도 실오라기 하나 걸치지 않은 알몸이다. 그녀는 태무랑을 눕혀놓거나 혹은 엎드리게 해놓고, 그의 허리나 복부에 걸터앉아 땀을 뻘뻘 흘리면서 안마를 했다.

심지어는 그의 가슴에 둔부를 그의 얼굴 쪽으로 하고 앉아서 음경을 열심히 안마해 주기까지 했다.

태무랑이 놀라서 당장 그만두라고 하자 그녀는 진지하게 대답했다.

"저는 의원으로부터 남성의 정력이 강건해지고 음경이 장대해지는 비법을 전수받았습니다. 이렇게 하는 것은 모두 공주님을 위한 것입니다."

그녀는 열심히 안마를 하면서 궁둥이를 들썩여 태무랑의 눈을 어지럽혔다.

"소녀경(小女經)에 의하면 남자가 어린 동녀(童女)의 순음지기를 채음(採陰)하면 불로장생하며 정력이 매우 왕성해진다고 했습니다."

그러면서 그녀는 한마디를 잊지 않았다.

"저는 동녀이며 또한 나리의 소유물입니다."

그렇게 말하고 나서 소향은 재빨리 자세를 바꿔 자신이 한껏 키워놓은 음경 위에 살포시 앉았다.

"무슨 짓이냐?"

태무랑이 소리치는데도 소향은 듣지 못한 듯 궁둥이를 들고 어떤 행위를 하느라 여념이 없다.

태무랑은 움찔 놀라 그녀를 달랑 들어서 바닥에 내려놓고 나서 목욕실을 나왔다.

"됐다. 어서 비켜라."

그러자 소향이 따라 나오면서 울먹이며 하소연을 했다.

"이러시면 소녀가 시녀장(侍女長)께 치도곤을 당합니다. 제발… 어서 들어오세요. 나리."

태무랑은 옷을 입으며 단호하게 말했다.

"시녀장에게는 내가 말하마."

고문 같은 목욕을 끝낸 태무랑은 침상이 있는 방 한가운데 앉아서 한차례 운공조식을 하며 취기를 말끔히 몰아냈다.

그러면서 왜 진작 취기를 몰아내지 않았는지 후회스러웠다. 그랬더라면 수월화에게 섣부른 짓도 하지 않았을 테고, 어린 소향을 더 빨리 물리칠 수도 있었을 것이다.

확실히 그는 많이 취해 있었다. 예전에도 그는 몇 번인가 만취해서 자신이 무슨 짓을 했는지 깨어난 후에 기억하지 못한 적이 있었다.

또한 목욕을 하기 직전에 수월화와 입맞춤을 하면서 한껏 몸이 달아올라 있었던 것도 이유라면 이유다.

그런 것들이 합쳐졌기 때문에 잠시나마 소향이 하는 대로 내버려 두었을 것이다.

태무랑은 자신이 정인군자는 아니지만 그래도 사리분별 정도는 할 줄 안다고 여겼었다. 그런데 그게 아닌 듯했다. 그는 자신이 평범한 범부(凡夫)보다 못한 인간이라는 생각을 떨쳐 버릴 수가 없었다.

소향은 한쪽 구석에 단정하게 무릎을 꿇고 앉아서 말끄러미 태무랑을 바라보고 있었다.

그녀의 얼굴에는 어떤 초조함 같은 것이 떠올라 있었다. 아마도 자신의 소임을 다하지 못한 것 때문인 듯했다.

운공을 끝낸 태무랑은 소향이 구석에서 꾸벅꾸벅 졸고 있는 것을 발견하고 측은한 마음이 생겼다.

소향은 상전에게 봉사하는 것이 사명이고 천직일는지 몰라도 태무랑은 왕가의 생활이라는 것이 이런 식이라면 앞으로 잘할 수 있을 것 같은 생각이 들지 않았다.

그는 소향을 침상에 눕힐 요량으로 가볍게 안아 들었는데 그녀는 화들짝 놀라서 몸부림을 쳤다.

"가만히 있어라."

태무랑이 낮게 명령조로 말하자 그녀는 거짓말처럼 몸부림을 멈추고 얌전히 있었다.

태무랑이 침상에 눕히자 그녀는 그가 뒤늦게 정사를 요구하는 것인 줄 알고 급히 옷을 벗으려고 하였다.

태무랑은 손을 뻗어 그녀를 제지시키고 가만히 이불을 덮어주었다.

"눈 감아라."

소향은 눈을 크게 뜨고 말똥말똥 그를 바라보다가 두 손을 가슴에 모으고 사르르 눈을 감았다.

그때 누군가 조용히 문을 두드렸다.

누가 접근하는 기척을 전혀 느끼지 못한 태무랑이 경계하며 문을 열었더니 밖에 비한이 우뚝 서 있었다.

태무랑은 옥령 문제로 그를 만나고 싶었는데 그가 마침 제때 찾아와 주었다.

방 안으로 들어온 비한은 침상에 꼿꼿한 자세로 누워 있는 소향을 힐끗 보고는 곧장 탁자로 가서 의자에 앉았다.

태무랑은 그가 소향과 자신의 일을 짐작하고 있을 것이라 여기고 겸연쩍어졌다.

"그녀들을 갖고 왔네."

불쑥 말하면서 비한은 문 쪽을 턱으로 가리켰다.

'그녀들'이라는 것은 옥령과 천자필사일 것이다. 그리고 그는 '갖고 왔다'라는 표현을 썼다. 사람이 아닌 물건 취급을 한 것이다.

그는 원래도 과묵하고 멋이라곤 없는 성격이지만, 태무랑의 신세에 대한 얘기를 듣고는 옥령이 사람이 아니라 개나 돼지만도 못한 존재로 여겨졌다.

"전하와 공주께선 그녀들의 존재를 모르고 계시네. 비밀로 하려는 것이 아니라 하잘것없는 일이라 보고하지 않은 걸세."

그것이 배려라는 것을 모를 리 없는 태무랑이다.

태무랑은 반사적으로 소향을 돌아보았다. 비한이 비밀스런 일을 그녀가 있는 곳에서 아무렇지도 않게 말했기 때문이다.

그러나 비한은 꼼짝도 하지 않는 소향을 보며 조용히 말했다.

"저 아이는 완전한 자네의 소유물일세."

태무랑은 알고 있다는 듯 고개를 끄덕였다.

"그러므로 자네에게서 일어난 일은 죽는 한이 있어도 절대 그 누구에게도 말하지 않네."

태무랑은 새로운 사실에 표정이 약간 변했다.

"저 아이를 자네 몸의 일부로 생각하면 되네."

"그럼 자네도?"

비한은 고개를 끄덕였다.

"당연히 나도 침녀가 있네. 벌써 세 명째네."

"세 명?"

"침녀는 십팔 세가 되면 자격을 상실하네. 그럼 새로운 침녀가 배정되지."

태무랑은 잠시 망설이다가 조심스럽게 물었다.

"자네도 침녀하고 동침을 했나?"

비한은 보일 듯 말 듯 미소를 지었다.

"침녀하고 동침은 하지 않네."

태무랑은 그 말에 위안을 얻었다. 그러나 비한의 다음 말에 충격을 받았다.

"침녀에겐 단지 봉사를 받는 것뿐일세."

"봉사라고?"

"피로를 풀기 위해서 차나 술을 마시거나 산책을 하는 것이나 같네. 침녀는 남자를 기쁘게 해주는 하나의 도구일 뿐일세. 그녀들은 비록 어리지만 방중술(房中術)에 통달했기 때문에 침상에서 남자를 충분히 만족시켜 주네."

태무랑은 적잖이 충격을 받았다.

"사랑하지 않으면서도 동침을 한다는 말인가?"

비한은 빙그레 미소 지었다.

"나도 처음에는 자네처럼 생각했었네. 하지만 차츰 길들여졌지. 이것 하나만 알아두게. 사람들은 차나 술을 사랑하지 않아도 즐겨 마시네. 침녀도 그와 같네."

"그런……."

태무랑의 상식으로는 도저히 이해할 수 없는 일이다.

비한은 침상에 누워 있는 소향을 보고 나서 우정 어린 충고를 해주었다.

"아마도 자넨 저 아이의 봉사를 거절한 모양이로군. 그렇다면 시녀장은 자네가 저 아이를 마음에 들어하지 않는다고 생각하거나 저 아이의 능력이 미흡하기 때문이라 간주하고 침녀를 교체할 걸세."

태무랑은 놀라고 또 착잡해졌다. 자신 때문에 소향이 문책을 당한다는 것도 그렇고, 새로운 침녀로 교체된다는 사실 때문이다. 그것은 둘 다 그가 원하는 바가 아니다.

"혹시 저 아이를 범하지 않고 침녀를 교체하지 않는 방법은 없겠나?"

비한은 고개를 가로저었다.

"없네."

"그렇다면 이 사실을 령아도 알고 있나?"

"물론일세. 그녀 부친인 무령왕 전하는 이미 수십 년 동안 침녀를 곁에 두고 계시네. 일 년 혹은 몇 달 주기로 침녀를 교체하시지."

태무랑은 기가 막혔다. 왕족이나 고관대작들의 생활이라는 것을 도저히 이해하기 어려웠고 마음에 들지 않았다. 철없는 십오륙 세의 소녀를 침녀로 삼아 유린하다니, 이해하고 싶지도 않고 그 자신은 절대 그러지 말아야겠다는 생각이 확고해졌다.

"찬녀(饌女)는 주방에서 일하고 다녀(茶女)는 차를 끓이는 것이 본직이듯이 침녀는 상전을 가까이에서 모시는 것이 맡은 바 천직이네. 다들 제 역할이 있는 것이지."

비한은 태무랑을 이해시키려고 애쓰지 않았다.

"왕가 내에서의 생활은 자네가 상상하는 것 이상으로 기이하고 복잡한 일들이 많네."

"그런 것 같더군."

"이것 한 가지만 알아두게."

"뭔가?"

"자네가 무령왕가 내에서 섬겨야 할 분은 무령왕과 왕비 두 분뿐일세. 그 외는 모두 자네의 수하라고 생각하면 되네. 그리고 어떻게 해야 할지 모를 때에는 그저 그들이 하는 대로 내버려 두면 되네."

태무랑은 의아한 표정을 지었다.

"자네는 내 상전이 아닌가?"

총사우장군보다는 총사좌장군이 서열이 높아서 하는 말이다.

비한은 또 보일 듯 말 듯 희미하게 미소 지었다.

"우린 친구일세."

태무랑은 고개를 끄덕였다.

"그렇군."

태무랑은 비한과 함께 두 개의 자루를 들고 옆에 있는 소향의 방으로 갔다.

이어서 자루에서 옥령과 천자필사를 꺼내 바닥에 나란히 눕혀놓았다.

자인원 이후 계속 혼혈이 제압되어 있는 두 여자는 자신들에게 무슨 일이 벌어지고 있는지도 모른 채 깊은 잠에 빠져 있었다.

"무공을 폐지하는 방법을 알고 있나?"

"알고 있네."

나란히 서서 두 여자를 굽어보며 태무랑이 묻자 비한이 고개를 끄덕였다.

태무랑은 두 여자를 그대로 눕혀놓은 상태에서 비한에게 무공을 폐지시키는 방법을 배웠다.

"폐지 후에 다시 회복시킬 수도 있나?"

"무공을 폐지시키는 방법은 일반적이지 않고 각자 다르기 때문에 오직 폐지시킨 사람만이 회복시킬 수 있네. 회복시킬 때는 폐지시켰을 때의 역순(逆順)일세."

태무랑은 옥령의 무공을 폐지시킬 생각이다. 하지만 회복시켜 줄 생각은 추호도 없다.

그는 혹시 자신이 폐지시킨 무공을 다른 사람이 무공을 회복시켜 줄 수 있는지를 물어본 것이다.

태무랑은 천천히 두 여자에게 다가가 혼혈을 풀어주었다.

그러나 마혈과 아혈은 그대로 놔두었다.

눈을 뜬 두 여자는 각기 다른 반응을 보였다. 깊은 잠에서 깨어났는데도 천자필사는 태무랑을 발견하고 눈빛이 가볍게 흔들렸을 뿐이다.

하지만 옥령은 매우 격렬한 반응을 보였다. 눈에서 불을 뿜을 듯이 태무랑을 노려보면서 어금니를 깨물었다. 그러더니 잠시 후에 통한의 눈물을 비 오듯이 흘렸다.

태무랑은 무표정한 얼굴로 묵묵히 옥령을 굽어보다가 발끝으로 그녀의 두 발을 가볍게 차서 두 다리가 활짝 벌어지게 만들고 그 사이에 우뚝 섰다.

그녀는 태무랑이 단유천인 줄 알고 몸을 허락했었고 죽어서도 잊지 못할 쾌감과 행복을 만끽했었다. 그런데 그것이 찢어 죽여도 시원치 않을 태무랑과의 정사라는 사실을 깨닫고는 치욕 때문에 죽을 만큼 괴로웠었다.

그런데 지금 태무랑이 그녀의 다리를 벌리게 하자 불현듯 그 생각이 다시 떠올라서 치욕과 분노 때문에 가녀린 교구를 부들부들 마구 떨었다.

태무랑은 그녀를 굽어보며 무표정하게 중얼거렸다.

"겨우 이 정도로 그렇게 분노한다면 나는 어떻게 분노해야 옳겠느냐?"

그래도 옥령은 분을 이기지 못하고 몸을 떨면서 태무랑을 죽일 듯이 쏘아보기만 했다.

그때 태무랑 뒤에서 비한이 중얼거렸다.

"아예 죽이지 그러나?"

태무랑이 대답이 없자 비한은 좋은 방법 하나를 제시했다.

"오체분시(五體分柭)라는 방법이 있네. 머리와 팔다리를 밧줄로 묶어서 다섯 필의 말에 연결한 후에 말들을 다섯 방향으로 달리게 하여 찢어 죽이는 것이지."

몸을 다섯 조각으로 찢어 죽이는 잔인한 방법을 말하면서도 비한의 표정은 조금도 변하지 않았다.

그의 말에 천자필사는 반응이 없는데 옥령은 눈을 커다랗게 떴다. 그리고 이번에는 분노 때문이 아니라 두려움 때문에 몸을 떨었다.

무극신련 총련주의 여제자라는 신분과 절정의 무공을 다 박탈당하고 짓밟힌 채 누워 있는 옥령은 그저 평범한, 아니, 그보다 못한 여자일 뿐이다.

그러므로 추호도 반항하지 못하는 상태에서 자신의 몸이 오체분시되는 상상을 하게 되자 두려움, 아니, 공포가 온 정신과 몸을 휩쓸었다.

태무랑은 고개를 가로저었다.

"그 정도로는 내 원한이 가시지 않네."

그는 천자필사에게 다가가 그녀의 아혈을 풀어주고 나서

물었다.

"천자필사, 나는 너에게 원한이 없다."

천자필사는 아혈이 풀렸으나 아무 말도 하지 않고 똑바로 태무랑을 주시했다.

"너는 두 가지 중에 하나를 선택할 수 있다."

정작 당사자인 천자필사는 아무런 반응도 없는데 옥령은 몹시 초조한 표정으로 눈동자를 굴려 천자필사를 보려 애썼다.

"옥령 곁에 남겠다면 그녀와 똑같은 대접을 해주겠다."

그것은 옥령도 천자필사도 각오하고 있던 일이다. 그런데 태무랑이 제시한 두 번째 선택은 전혀 뜻밖이다.

"그러나 떠나겠다면 너를 고스란히 놔주겠다. 단, 두 번 다시 내게 적대하지 않는다는 조건이 있다."

태무랑은 천자필사의 눈동자가 가볍게 흔들리는 것을 발견했다.

그녀가 제아무리 냉담한 성격의 소유자라고 해도 자신의 생사가 걸린 일인데 초연할 수는 없을 터이다.

태무랑은 천자필사의 대답을 기다리지 않고 옥령 옆에 한쪽 무릎을 꿇고 앉아 손을 뻗으며 억양없이 중얼거렸다.

"옥령, 너의 무공을 폐지하겠다. 이제부터 너는 나의 무완롱이 될 것이다."

옥령의 눈이 커다랗게, 아니, 찢어질 듯이 부릅떠졌다. 그리고는 새카만 눈동자가 마구 이리저리 움직였다. 또한 입을 벙긋거리는데 말이 되어 나오지는 않았다. 기실 그녀는 절규를 터뜨리고 있는 것이다.

"나는 너희의 무완롱으로 반년 동안 짓밟혔으니까 너도 반년 동안 내 무완롱이 돼봐라."

말과 함께 태무랑의 손이 그녀의 상체 여덟 군데와 하체 다섯 군데 중요 혈도를 천천히, 그러나 정확하게 눌러 나가기 시작했다.

그러는 사이에 천자필사는 눈동자를 한껏 옥령 쪽으로 향하고 그녀를 보려고 애썼다.

그러는 그녀의 얼굴에는 두려움과 갈등이 흐릿하게 떠올라 있었다.

냉혈한인 그녀가 그 정도 표정을 짓는다는 것은 속으로 몹시 흔들리고 있다는 뜻이다.

쿡······.

태무랑이 마지막 열세 번째 혈도를 누르자 옥령의 몸이 갑자기 사시나무 떨 듯이 와들와들 마구 떨렸다.

두 눈에 고여 있던 눈물이 후드득 떨어지고, 몸이 한 뼘 이상 떠올랐다가 바닥에 떨어지는 동작을 되풀이하는 광경은 마치 커다란 물고기가 퍼덕이는 것 같았다.

천자필사는 그것이 바로 무공이 폐지되는 과정이라는 사

실을 잘 알고 있다.

몸부림이 잠잠해지자 옥령은 소리없이 눈물을 흘리며 그를 죽일 듯이 노려보았다.

그러나 태무랑은 옥령 옆에서 천자필사를 쳐다보았다.

"생각해 봤느냐?"

천자필사는 대답하지 않았다. 옥령은 눈물을 흘리면서 간절한 표정으로 눈동자를 굴려 그녀를 보려고 애썼고 태무랑은 잠시 더 기다려 주었다.

태무랑의 의도는 옥령에게 배신의 쓰라림을 맛보여 주려는 것이다.

그리고 그녀를 철저하게 고립시킬 생각이다. 천자필사가 곁에 남아 있다면 어느 정도 위로가 되겠지만, 떠난다면 옥령은 혼자 남아서 태무랑의 무완롱 노릇을 하면서 죽음보다 더한 고통을 맛보게 될 터이다.

"무공을 남겨주겠느냐?"

그때 천자필사가 조용히 물었다.

옥령은 헉! 하는 표정을 지으며 눈동자가 마구 흔들렸다.

태무랑은 가볍게 고개를 끄덕였다.

"물론이다."

"가겠다."

슥—

태무랑은 천자필사의 멱살을 잡고 일으켜 세웠다.

천자필사는 자신보다 머리 하나 정도 키가 큰 태무랑을 똑바로 주시했다.

하지만 그녀의 눈에는 분노나 적대감 같은 것이 담겨 있지 않았다.

있다면 체념 같은 것이 흐릿하게 일렁이고 있을 뿐이다. 최소한 태무랑이 보기에는 그랬다. 하지만 체념이 아니라고 해도 상관이 없다.

태무랑은 천자필사를 옥령 쪽으로 돌려세웠다.

"마지막으로 할 말이 있으면 해라."

이것 역시 계산된 잔인함이다. 이것은 옥령과 천자필사 둘 다에게 뼈를 깎아내는 고통을 줄 것이다.

천하의 천자필사도 이때만큼은 옥령을 보지 못하고 눈을 감아버렸다.

그래서 옥령이 얼마나 애절한 눈빛으로 바라보고 있는지 알지 못했다.

이윽고 태무랑이 천자필사를 어깨에 메고 문 쪽으로 걸어가자 비한이 뒤를 따랐다.

'아아……'

바닥에 누워 있는 옥령은 벌써부터 엄습하는 외로움과 두려움에 몸을 바들바들 떨며 쉴 새 없이 눈물을 흘렸다.

쿵!

문이 닫히는 소리에도 그녀는 화들짝 놀라 심장이 터지는 줄 알았다.

그녀의 분노와 원한과 도도함은 무공 폐지와 함께 깡그리 사라져 버린 듯했다.

반 시진 후에 태무랑과 비한이 돌아왔을 때까지도 옥령은 울고 있었다.

태무랑은 비로소 옥령의 마혈과 아혈을 풀어주고는 방을 나가 버렸다.

그녀에게 뭘 어떻게 하라는 말도 하지 않았다. 그저 그녀를 이 방에 혼자 놔두고 나가서 문을 닫아버린 것이다.

옥령은 한동안 그대로 누워 있다가 일각쯤 지나 태무랑이 돌아오지 않을 것이라는 판단이 서자 조심스럽게 몸을 움직였다.

손과 팔다리와 몸통이 움직여졌다. 그녀는 두 손으로 바닥을 짚고 힘겹게 몸을 일으켰다.

단지 누웠던 몸을 일으키려는 것뿐인데도 거짓말처럼 너무 힘들었다. 아니, 몸에 힘이라곤 한 움큼도 남아 있지 않은 것 같았다.

무공을 잃었다는 것이 이 정도일 줄은 몰랐다. 단지 무공을 전개하지 못하는 것일 줄만 알았는데, 지금 이대로라면 걷는 것조차도 힘겨울 듯했다.

그녀는 서 있는데도 다리가 후들후들 떨리고 상체가 흔들려 금방이라도 쓰러질 것만 같아서 몇 걸음을 비틀거리고 걸어가 탁자 앞 의자에 무너지듯이 앉았다.

"하아… 하아……."

가쁜 숨을 몰아쉬며 그녀는 실내를 둘러보았다. 가로 세로가 이 장 남짓이며 한쪽 벽에 침상이 하나 놓였으며 지금 그녀가 앉아 있는 탁자와 의자 두 개, 그리고 침상 옆에 옷을 넣어두는 자그마한 함롱(函籠)이 하나 있는 것이 전부였다.

문득 이곳이 앞으로 자신이 지내야 할 방이 아닐까 하는 생각이 들었다.

눈앞이 캄캄하고 머릿속이 하얘졌다. 아무것도 생각나지 않았으며 단지 한 가지 생각만 머릿속에서 뱅뱅 맴돌고 있었다.

자신이 태무랑의 무완롱이 됐다는 사실이다.

옥령의 방을 나선 태무랑은 그 길로 비한과 함께 자인원으로 갔다.

누가 치웠는지 자인원에는 시체가 한 구도 보이지 않았고 치열하게 싸웠던 흔적마저 남아 있지 않았다.

단지 아무도 살지 않는 을씨년스러운 폐장원의 모습을 하고 있을 뿐이다.

태무랑은 옥령의 거처 침실로 들어가서 침상 아래 감춰두었던 염마도를 꺼내 어깨에 멨다.

이어서 두 사람은 정원으로 나왔다. 그곳은 얼마 전까지만 해도 두 사람이 무극백절들과 생사혈전을 벌였던 장소였다. 두 사람은 나란히 서서 정원을 천천히 둘러보았다.

무극백절들과의 싸움에서 서로를 위해 목숨을 아끼지 않았던 일들이 떠올라 두 사람은 아무 말도 하지 않으면서도 더욱 우정이 돈독해졌다.

"그때 두 여자를 갖고 무령왕가로 가던 중에 작은 일이 한 가지 있었네."

비한이 문득 생각났다는 듯 말문을 열었다.

"한 여자가 나를 추격해서 다짜고짜 공격을 가했었는데 아마도 자루를 노리는 것 같았네."

태무랑이 묵묵히 듣기만 하자 비한은 말을 이었다.

"그녀는 무극백절 상위 급에 버금가는 절정고수였네.

태무랑은 짚이는 바가 있어서 고개를 끄덕였다.

"그녀는 아마 철화빙선의 심복일 거야."

경뢰궁주의 말에 의하면 철화빙선이 자인원으로 무극백절들을 불러들였으며, 그 이유가 옥령을 납치하고 태무랑과 무극백절들을 몰살시키기 위함이었다고 했었다.

그렇다면 비한이 두 개의 자루를 메고 자인원을 빠져나가는 것을 철화빙선이 그냥 놔뒀을 리가 없다.

"그녀를 막 제압했을 때 똑같은 복장의 여자 한 명이 또다시 공격해 왔네. 아마 두 여자가 한꺼번에 공격을 했으면 나도 감당하지 못하고 도주했을 거야."

그 말은 비한이 두 여자를 모두 제압했거나 아니면 죽였다는 뜻이다.

"자네에게 필요할 것 같아서 둘 다 제압해서 왕가 내 좌장거(左將居)에 감금해 두었네."

좌장거는 비한의 거처다. 그의 행동은 태무랑에 대한 배려다.

그러지 않고 평소의 비한이었다면 그 자리에서 그녀들을 죽여 버렸을 것이다.

태무랑은 고개를 끄덕였다.

"고맙네."

태무랑만큼이나 무표정으로 일관하는 비한이 슬쩍 미간을 좁혔다.

"그런 말은 듣기 싫군."

태무랑이 고맙다고 말했기 때문이다. 비한은 친구에게 치하의 말을 듣는 것을 모욕이라고 생각한다.

태무랑은 알았다는 듯 고개를 끄덕였다. 그 점에 있어서는 자신과 같기 때문이다.

잠시 후 태무랑과 비한이 자인원 담을 넘어 골목을 통해서 전문 앞의 대로 쪽으로 나와 무령왕가를 향해 나란히 걸어가고 있는데 뒤에서 누군가 달려오며 다급히 부르는 소리가 들렸다.
"태 형!"
돌아보니 신풍개가 반가운 표정을 지으며 허겁지겁 달려오고 있었다.

*   *   *

"우헤헤… 정말 기막힌 몸뚱이로구나……!"
"으흐흐… 못 참겠다. 어서 순서를 정하자고."
세 명의 사내가 벌거벗은 나녀(裸女) 하나를 가운데 두고 욕정에 벌겋게 물든 얼굴로 수선을 피웠다.
풀 바닥에 누워 있는 나녀는 다름 아닌 천자필사였다.
아까 태무랑은 혼혈을 제압한 그녀를 포구 옆 강둑 위에 내려놓고는 혼혈을 풀어준 후에 말없이 돌아갔다. 약속대로 그녀를 풀어준 것이다.
하지만 천자필사는 마혈과 아혈이 제압된 상태라서 꼼짝 못하고 누워 있어야만 했다.
태무랑은 그녀의 무공을 폐지하지 않고 놔준다는 약속을 지켰다. 하지만 어떤 형태로 놔준다고는 약속하지 않았었다.
천자필사가 강둑에 누워서 손가락 하나 움직이지 못한 채 눈만 깜빡이고 있을 때 마침 술에 취해서 지나가던 세 명의 사내가 그녀를 발견했다.

그리고는 강둑 옆 숲 속으로 끌고 들어가서 순식간에 그녀를 발가벗긴 것이다.

천자필사의 나신을 한마디로 표현하자면 폭포를 거슬러 오르는 한 마리 은어(銀魚) 같았다.

티 한 점 없이 희고 매끄러웠으며 오랜 무공 수련으로 신체 각 부위가 잘 발달되어 군살은 찾아볼 수가 없었다.

언제나 차디찬 표정을 짓고 있는 얼굴이지만, 미모도 누구에게 뒤지지 않았으며 미끈하고 풍만하며 탄력적인 몸매는 가히 절색이었다.

"으헷헷! 내가 먼저다!"

세 개의 풀을 각자 길이가 다르게 잘라서 제비뽑기를 한 세 사내 중에 일등을 뽑은 자가 침을 튀기면서 환호성을 지르더니 허겁지겁 바지를 활활 벗어 던지고 천자필사에게 달려들었다.

강간, 아니, 윤간을 하는 마당에 여자를 애무할 자비심을 갖고 있는 사내들이 아니다.

첫 번째 고슴도치처럼 까칠한 수염을 기른 사내는 이미 몽둥이처럼 발기한 음경을 덜렁거리면서 천자필사의 다리를 활짝 벌려 자신의 양 어깨에 걸치면서 그녀의 사타구니 앞에 무릎을 꿇고 앉아 자세를 취했다.

"퉤엣!"

그는 손바닥에 침을 뱉어 천자필사의 옥문에 덥석 처바르고는 슥슥 문지르더니 서둘러 자신의 음경을 가져갔다.

음경이 옥문에 닿자 싸늘한 표정의 천자필사의 눈동자가 세차게 흔들렸다.

"어어… 이년 처년가 봐! 잘 안 돼!"

고슴도치 사내는 사타구니에 고개를 처박고 삽입을 하려고 용을 썼다.

잠시 후 사내의 얼굴이 희열로 물들었다.

"돼… 됐다!"

천자필사는 옥문이 찢어지는 듯한 통증을 느꼈다. 음경의 귀두 부분이 무지막지하게 밀고 들어왔기 때문이다. 아직 처녀막은 파열되지 않았으나 그것도 시간문제다.

그리고 태무랑에 대한 분노가 그녀의 가슴속에서 불길처럼 치밀어 올랐다.

'개… 자식!'

그런데 그때 그녀의 몸이 가볍게 꿈틀 움직였다.

"……!"

급히 손가락을 움직여 보니까 제대로 움직였다. 마혈이 풀린 것이다.

이제 보니까 태무랑은 일정한 시간이 지나면 자연적으로

혈도가 풀리도록 해놨던 것이다.

"웃차!"

고슴도치 사내가 허리에 불끈 힘을 주면서 멧돼지 같은 궁둥이를 힘차게 앞으로 밀어붙였다.

순간 천자필사의 오른손이 허공을 갈랐다.

퍽!

그녀의 주먹에 적중된 고슴도치 사내의 머리통은 잘 익은 수박처럼 박살 나서 뇌수와 피를 허공에 뿌렸다. 비명 따위가 있을 리 없다.

머리가 박살 났으나 고슴도치 사내의 몸뚱이는 조금 더 움직이다가 정지했다.

즉, 허리가 앞으로 밀려가면서 음경이 옥문을 찢었다. 하지만 여전히 처녀막은 안전했다.

"우왁? 뭐, 뭐야 이년?"

"장칠이 주, 죽었어!"

두 사내는 혼비백산하여 비명을 지르며 주춤주춤 뒤로 물러났다.

천자필사는 상체를 일으키면서 발을 들어 몸뚱이만 남아 있는 고슴도치 사내의 가슴팍을 걷어찼다.

고슴도치 사내의 몸이 허공으로 지푸라기처럼 날아갈 때 벌떡 일어난 천자필사는 부리나케 도망치고 있는 두 사내를 향해 날아갔다.

퍽! 퍽!

역시 신음조차 지르지 못하고 두 사내는 머리통이 박살 나서 몇 걸음 비틀거리다가 고꾸라졌다.

천자필사는 그들에게 눈길조차 주지 않고 여기저기 흩어져 있는 자신의 옷을 찾아 주섬주섬 입었다.

옷을 다 입은 그녀는 숲을 나와 포구를 향해 걸어갔다.

포구에 선 그녀는 몇몇 부지런한 일꾼들이 배에서 짐을 내리거나 싣는 광경과 포구에 늘어선 문 닫힌 가게들을 천천히 둘러보고 나서 성내 쪽으로 걸음을 옮겼다.

평소보다 더욱 싸늘해진 표정으로 걸어가는 그녀는 입술을 잘근잘근 깨물다가 이를 부드득 갈았다.

"적안혈귀 네놈을 죽이기 전에는 돌아가지 않겠다."

그녀는 약속을 밥 먹듯이 어기는 사람은 아니지만, 그렇다고 목숨을 걸고 약속을 지키는 어리석은 사람도 아니다.

옥령을 구하려는 것이 아니다. 태무랑하고 제대로 싸워보지도 못하고 제압당했다는 수치심 때문이다.

하지만 그녀는 적안혈귀, 즉 태무랑에 대해 아는 것이 없다.

그래도 상관없다. 처음부터 새로 시작하면 될 테니까.

중요한 것은, 태무랑이 남경에 있을 것이라는 사실과 천자필사 자신도 남경에 있다는 사실이다.

그것이면 충분했다.

*   *   *

태무랑은 무령왕가에 머물기로 마음먹었다.

그렇게 결정한 것은 여러 가지 이유가 있고 또 여러 가지 장점이 있기 때문이다.

물론 그에 따르는 거추장스러운 몇몇 조건과 그것들을 지키기 위한 희생들이 있겠지만 감수하기로 마음먹었다.

그는 현재 자신의 입장이 거대한 물결에 올라탄 한 척의 배라고 생각했다.

배가 물결을 잘 타면 순조롭게 항해를 하겠지만, 물결에 거스르면 침몰하고 말 것이다.

복수만을 위해서 들판을 달려온 그는 한 마리 거친 야생마나 다름이 없었다.

그에게 사람의 정(情)과 가족, 신의, 희망을 가르쳐 준 사람들은 은지화와 수월화, 신풍개, 경뢰궁주, 그리고 고구려 사람들이었다.

그들은 또 행동으로 가르쳐 주었다. 되도록 운명에 순응하면서 살아야 한다는 것을. 그러면 그에 마땅한 보상을 받게 된다는 사실을.

태무랑의 예전 운명은 찢어지게 가난하고 또 모진 고생을 하면서도 인간답게 살지 못하는 것이었다.

 하지만 지금 그를 찾아온 또 다른 운명은 지상 최고의 신분을 안겨주려 하고 있다.

 하지만 태무랑은 그 새로운 신분이 자신에게 어떻게 작용할 것인지 모른다.

 단지 한 가지는 알고 있다. 아니, 느끼고 있다. 이 새로운 운명에 순응해야 한다는 사실을 말이다.

 그는 무령왕의 권력과 세력을 이용하려는 것이 아니다. 그의 가족이 되려는 것이다.

 수월화의 남편이 되고 무령왕의 사위가 되어 자연스럽게 그네들과 한 가족이 되고 싶은 마음이다.

 자신이 수월화를 사랑하고 있는지는 잘 모르겠지만 앞으로 사랑하게 될 것이라는 사실은 분명했다.

 그녀는 충분히 사랑스러운 소녀이기 때문이다. 그리고 무령왕은 오래전부터 태무랑이 진심으로 존경하던 인물이라서 장인으로 모시는 것은 별달리 염려하지 않는다. 성심껏 최선을 다하면 될 터이다.

 지난 열흘 동안 태무랑은 무령왕가에 머물면서 총사우장군으로서, 그리고 수월화의 정혼자로서 알아야 하고 갖춰야 할 것들을 두루 배웠다.

특히 태무랑은 무령왕과 급속도로 가까워졌다. 태무랑은 아침과 저녁 두 차례 무령왕에게 문안인사를 드리는 정도지만, 무령왕은 수시로 태무랑을 부르거나 불쑥 찾아왔다.

태무랑이 무령왕과 어울리면 보통 짧아야 반나절이고 길면 하루 종일이다. 무령왕이 태무랑을 붙잡고 놓아주지 않기 때문이다.

태무랑은 무령왕과 함께 있는 시간이 조금도 지루하지 않다. 무령왕에게 많은 것들을 배우고 있기 때문이다.

그렇다고 무령왕이 태무랑을 앞에 앉혀놓고 억지로 머릿속에 주입시키는 공부가 아니라 자연스러운 대화 중에 무령왕의 해박한 지식이 태무랑에게 옮겨지는 식이었다.

아들이 없는 무령왕은, 그리고 왕비까지도 태무랑을 친아들처럼 대해주었다.

어떨 때는 무령왕 내외가 친딸인 수월화보다 태무랑을 더 챙기고 감싸는 바람에 수월화가 입을 삐죽거리는 일도 종종 일어났다.

태무랑이 무령왕에게 배우는 것들은 지배자가 갖추어야 할 여러 덕목이나 대인관계, 대화술, 친화력 등이 망라되었지만 그중에서도 태무랑이 가장 배우고 싶은 것이 있다.

그것은 무령왕의 군림지도(君臨之道)다.

옥령은 우장거의 시녀장 손에 맡겨졌다.

무령왕가에서 시녀 노릇만 삼십 년 넘게 해온 시녀장은 상전을 어떻게 섬겨야 하는지 누구보다 잘 알고 있는 사람이다.

시녀장은 옥령에게 닷새에 걸쳐서 시녀가 갖춰야 할 기본적인 것들을 가르쳤다.

그리고 이후 사흘에 걸쳐서 총사우장군의 몸종, 즉 배료(陪僚)로서의 철저한 교육을 받았다.

천하에서 가장 고귀한 신분 중에 한 사람이었으며, 도도함과 오만함으로 철저하게 무장된 옥령이 여드레 동안의 고된 수련을 견뎌내고 새로운 시녀로 거듭날 수 있었던 것은 순전히 시녀장의 탁월한 능력 덕분이었다.

시녀장이 옥령에게 매질을 했는지 심한 벌을 주었는지는 아무도 모른다.

단지 여드레가 지났을 때 옥령의 완전히 변화된 모습이 그동안 그녀가 어떤 고초를 겪었을 것이라고 막연하게 짐작하도록 해주었다.

여드레가 지났을 때 옥령은 매우 수척한 모습이었다. 하지만 눈은 반짝반짝 빛났으며 행동에는 절도가 있었고 말투는 공손했다.

그러나 무엇보다도 가장 큰 변화는 자신이 세상에서 가장 낮은 신분이라는 사실을 분명하게 깨달은 듯한 자세와 표정이었다.

그리고 아흐레째 날에 옥령은 태무랑의 몸종으로 전격 배치되었다.

태무랑의 거처, 넓고 화려한 편좌방(便坐房:휴게실)에 태무랑과 수월화, 비한이 앉아 있다.

소향은 창문 아래쪽에 단정하게 무릎을 꿇고 앉아서 대기하고 있었다.

태무랑은 침녀인 소향의 긴밀한 봉사를 받지 않고서도 그녀가 문책을 당하지 않고 또 곁에 두는 데 일단은 성공했다.

그가 우장거의 시녀장을 불러서 자초지종을 설명하고 소향을 그대로 둬달라고 부탁했기 때문이다.

하지만 시녀장은 태무랑의 명령을 마지못해 따르면서도 한 가지 사실을 알려주었다.

소향이 침녀로서의 역할을 수행하지 못했고, 그 사실을 시녀장이 묵인했다는 사실을 만약 무령왕가의 천여 명 전 시녀를 총괄하는 총시녀장(總侍女長)이 알게 되면, 우장거의 시녀들 백여 명이 줄초상을 당할 것이라는 사실이다.

태무랑은 소향을 위해서, 아니, 자신의 주관을 굽히지 않으려는 대가로 우장거 백여 명 시녀들 운명을 잡고 도박을 하고 있는 셈이다.

옥령은 쟁반에 찻주전자와 찻잔을 갖고 들어와 태무랑 등에게 조심스럽게 차를 따르고 있는 중이다.

 비록 짧은 여드레 동안의 시녀 교육이었지만 옥령은 복장이나 행동거지, 그리고 표정까지도 다른 시녀들과 같았다.

 하지만 옥령은 분명히 다른 시녀들하고는 달랐다. 다른 시녀들은 뼛속까지 시녀지만 옥령은 겉으로만 시녀인 체하고 있는 것이다.

 그녀는 시녀 교육을 받는 여드레 동안 한 가지 사실을 깨달았다. 무공이 폐지된 지금 상황에서는 아무리 날뛰어봐야 자신에게 해만 돌아온다는 사실을 말이다.

 그래서 그녀는 당분간 참고 견디면서 우장거의 시녀로서 최선을 다할 것이라고 결심했다.

 그녀는 자신의 인생이 절대로 이렇게 끝날 것이라고는 생각하지 않았다.

 반드시 단유천과 사부가 자신을 구하러 올 것이라고 확신했다. 그러므로 그때까지 참고 견뎌야만 한다.

 그리고 무엇보다 중요한 것은 그때까지 자신이 살아 있어야 한다는 사실이다.

 쪼르르……

 옥령이 차를 따르는 동안 세 사람은 대화를 나누고 있었다.

 수월화는 옥령에게 눈길조차 주지 않았다.

그녀가 옥령이라는 사실을 모르기 때문이다. 단지 우장거에 속한 태무랑의 배료라고만 알고 있었다.

반면에 옥령은 수월화가 누군지 알고 있다. 누가 말해주지 않았으나 시녀들끼리 나누는 대화를 흘려들었기에 그녀가 무령왕의 금지옥엽인 수월공주이며, 머지않아서 태무랑과 혼인할 사이라는 것을 자연스럽게 알게 되었다.

옥령은 수도 없이 마음을 다스리고 억눌러서 자신이 일개 시녀일 뿐이라고 철저하게 세뇌를 시켜놓은 상황이다.

그래서 태무랑 곁에서 그에게 차를 따르고 있어도 분노를 드러내지 않을 수 있다.

하지만 수월화에게 차를 따르면서 그녀는 알 수 없는 기분이 드는 것을 억누르기가 어려웠다.

그것은 날카로운 것으로 심장을 바각바각 긁는 듯한 기묘한 느낌인데 아주 기분 나빴다.

그리고 그것이 '질투'라는 사실을 그녀는 오래지 않아서 깨닫게 되었다.

『무적군림』 6권에 계속…

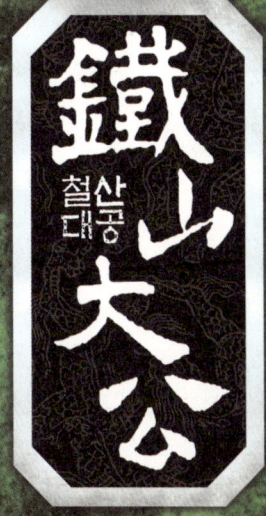

임준후 新무협 판타지 소설

「철혈무정로」, 「천마검엽전」의 작가 임준후!
그가 태산처럼 거대한 남자의 이야기로 돌아왔다!

"네가 좋아하는 방식대로 살 거라.
지금까지처럼 마음이 가고 몸이 가는 대로!"

스승이 남긴 말을 가슴에 새기고 중원으로 나온 강산하.
고향으로 향하는 귀로에 하나둘씩 인연이 모여들고
어느새 그의 걸음마다 무림의 판도가 바뀌기 시작한다.

태산처럼 굳세게
산들바람처럼 유유자적하게
흔들리지 않고 올곧게 자신의 길을 걸어간
괴협 철산대공 강산하의 가슴 묵직한 일대기!

Book Publishing CHUNGEORAM

 유행이 아닌 자유추구 -
WWW.chungeoram.com

용호객잔
龍虎客棧

설경구 新무협 판타지 소설

낙양 변두리에 위치한 허름한 용호객잔.
폐업 직전까지 몰렸던 용호객잔에 복덩이,
천유강이 저절로 굴러 들어왔다.
그런데… 이 객잔 좀 수상하다?

독문병기는 낡은 주판, 중원상왕을 꿈꾸는 객잔주인, 용사등.
독문병기는 마른 걸레, 끔찍이 못생긴 점소이, 용괄.
독문병기는 식칼, 긴 독수공방 끝에 요리와 혼인한 숙수, 장유걸.
독문병기는 이 빠진 도끼, 사연 많은 남장여인, 문우령.
독문병기는 얼굴, 기억을 잃어버린 절세미남 신입 점소이, 천유강.

"중원의 상왕이 되리라!"

현실감각이라고는 찾아보기 힘든
용사등의 허황된 선언이 천하를 혼란에 빠뜨린다.
바람 잘 날 없는 용호객잔의 평범한(?) 일상에
중원의 이목이 집중된다.

Book Publishing CHUNGEORAM

유행이 아닌 자유추구 -
WWW.chungeoram.com

Unterbaum
GOD BREAKER
운터바움
신들의 파괴자

이상혁 판타지 장편 소설

**나를 제거할 자, 그를 다스리는 한 권의 책.
찾아 뒬으리. 그리하지 않으면 나는 불타리.**

세계의 근거, 그 자체인 거대한 나무, 바움.
그 아래에서 살아가는 생명들의 세상, 운터바움.
윈델은 신탁에 따라 바움을 파괴할 책을 찾아 떠나고
맨 처음 그의 손이 책에 닿는 순간 운명이 격변한다.

십 년을 모신 주인이자 친구, 세베리아를 비롯
세상 모든 것이 자신의 존재를 잊어버린 상황에서
윈델은 존재의 증명을 위하여 운명과 싸우기 시작한다!

나무의 파괴자 '엠베르크'란 무엇인가?
모두가 잊어버린 '나'는 대체 누구인가?

「데로드 앤드 데블랑」,「카르마 마스터」의 뒤를 잇는
이상혁 작가의 정통 판타지 대작!

「운터바움-신들의 파괴자」!

Book Publishing CHUNGEORAM

유행이 아닌 자유추구 -
WWW.chungeoram.com

寄護武士
수호무사

각사 新무협 판타지 소설

소년은 오직 소녀를 위하여 검을 들었다
가슴에 담긴 지키고자 하는 뜨거운 열망.

"이제는 지킬 것이다."

단 하나 남은 소중한 인연, 무유화를 지키려
악의에 휩싸인 무림을 수호하기 위하여
윤, 세상에 서다!

그의 용혈검이 떨치는 무상류와 구천류가
모든 악을 쓸어내리라!

지키는 자!
수호무사 윤, 그를 기억하라.

Book Publishing CHUNGEORAM

유행이아닌 자유추구 -
WWW.chungeoram.com